Grog & Vanillekipferl
Veronika Lackerbauer

Grog & Vanillekipferl

Kriminalgeschichten

aus der bayerischen Provinz

☙ Band 4 ❧

Winteredition

Veronika Lackerbauer

In dieser Reihe sind bisher erschienen:

„Hugo & Leberkäs – Kriminalgeschichten aus der bayerischen Provinz"
„Sushi & Weißbier – Kriminalgeschichten aus der bayerischen Provinz 2"
„Latte & Dampfnudeln – Kriminalgeschichten aus der bayerischen Provinz 3"
„Grog & Vanillekipferl – Kriminalgeschichten aus der bayerischen Provinz 4, Winteredition"

Impressum:
© 2017 Veronika Lackerbauer, Oberahrain

1. Auflage
ISBN: 9783743172579
Covergestaltung: Grit Richter – Art Skript Phantastik Verlag & Design
Fotografie: A_Lein / Quad / Smallredgirl – Fotolia.de
Lektorat & Korrektorat: Jacqueline Mayerhofer, Melanie Vogltanz
Satz: Ingrid Pointecker
Herstellung und Verlag: BoD – Books on Demand, Norderstedt

Bibliografische Information der Deutschen Nationalbibliothek: Die Deutsche Nationalbibliothek verzeichnet diese Publikation in der Deutschen Nationalbibliografie; detaillierte bibliografische Daten sind im Internet über dnb.dnb.de abrufbar.

Das Werk, einschließlich seiner Teile, ist urheberrechtlich geschützt. Jede Verwertung ist ohne Zustimmung des Autors/Verlegers unzulässig. Dies gilt insbesondere für die elektronische oder sonstige Vervielfältigung, Übersetzung, Verbreitung und öffentliche Zugänglichmachung.

Alle Personen und Handlungen sind frei erfunden. Ähnlichkeiten mit lebenden oder verstorbenen Personen sind zufällig und vom Autor nicht beabsichtigt.

Besuche die Webseite der Autorin:
http://veronika-lackerbauer.jimdo.com/
oder folge ihr auf Facebook unter „Veronika Lackerbauer Autorin"

Für die beste
Familie
der Welt

Vorwort

Schön, dich wiederzusehen!
Vielleicht kennen wir uns bereits aus *Hugo & Leberkäs*, *Sushi & Weißbier* oder *Latte & Dampfnudeln*, möglicherweise bist du aber gerade erst zu uns gestoßen; in jedem Fall freue ich mich, dass du da bist!
Dieses Mal lade ich zu einem ganz besonderen Winter-Weihnachts-special der Kriminalgeschichten aus der bayerischen Provinz. Die drei Geschichten aus diesem Band möchte ich dir deshalb vorab ganz kurz vorstellen:
Los geht's, wie es der inzwischen liebgewonnenen Tradition dieser Reihe entspricht, mit Kommissar Veitl. In seinem vierten Fall *Grog & Vanillekipferl* begibt sich das bayerische Urgestein auf eine Schlager-Kreuzfahrt. Doch anstatt die Feiertage mit seiner Familie und der Erholung auf See zu genießen, holt ihn auch im Urlaub das Verbrechen ein.
Die zweite Geschichte befasst sich mit etwas, das mir meine liebe Schwiegermama mal beiläufig erzählt hat. Ja, ja, man muss auf der Hut sein, was man im Beisein einer Schriftstellerin von sich gibt. Bei *Glühwein mit Schuss* handelt es sich um eine Begebenheit, die schon etliche Jahre zurückliegt und das Gruselige und Mystische der kalten Jahreszeit heraufbeschwört.
Damit es nicht nur kalt und grau wird, befasst sich die dritte Geschichte ganz konträr mit Sommer, Sonne und Dolce Vita und zaubert ein bisschen italienische Lebensart in die bayerische Provinz. Außerdem gibt es in *Flitterwochen mit Mord* ein Wiedersehen mit einer bereits aus *Hugo & Leberkäs* bekannten Protagonistin, der Serienkillerin Liz.
Das Jahresende, Weihnachten – eine Zeit, in der wir traditionell auch an jene denken wollen, die es weniger gut haben. Auch wenn keine Geschichte sich dieses Mal explizit mit den Themen Rassismus und Flucht beschäftigt, bleibt die Tradition dennoch erhalten:
Es geht wieder ein Anteil des Erlöses aus dem Verkauf dieses Buches an eine Hilfsorganisation für Flüchtlingskinder.
Und nun wünsche ich wieder spannende, gruslige, nachdenkliche sowie auch heitere Lesestunden mit meinem vierten Krimibuch!

Ich freue mich über jede Anregung oder Kritik, auch gern in Form einer Rezension, zum Beispiel auf Amazon oder Lovelybooks.de. Ansonsten bleibt mir nur noch, euch allen eine schöne Winterzeit zu wünschen. Frohe Weihnachten und einen guten Start ins neue Jahr!

Und jetzt: *Viel Spaß*!
Eure

Veronika Lackerbauer

 Inhalt

Vorwort..7

Grog & Vanillekipferl...11
Extras..137
Glühwein mit Schuss..141
Flitterwochen mit Mord..151

Danksagung..207
Über die Autorin..208

Grog & Vanillekipferl

August 2017

Der Saal war mäßig gefüllt. Die Stehtische im hinteren Bereich schienen ganz gut bevölkert, obwohl sich eine genaue Zahl der Besucher im Dunkeln des Halbrunds nicht ausmachen ließ. Vorne jedoch, wo zur Sicherheit für die drängelnden Massen Metallzäune als Wellenbrecher aufgestellt worden waren, herrschte gähnende Leere. Vereinzelte Grüppchen standen herum, unterhielten sich aber rege miteinander, anstatt gespannt auf die Bühne zu schauen. Einige wenige Hardcore-Fans hatten sich mit Postern und Plakaten direkt vor dem ersten Wellenbrecher postiert. Sie sangen sich schon einmal warm, aber die Stimmen klangen dürftig. Hinter der Bühne, in der Künstlergarderobe, wo der einstige Star auf seinen Auftritt wartete, war davon nichts zu hören.

Roman Jung saß vor dem großen Spiegel am Schminktisch, die Augen geschlossen, und spulte routiniert sein Einsing-Programm ab. Er machte diese Routine bereits seit mehr als zwanzig Jahren. Damals hatte ihm ein Stimmtrainer, den er für teures Geld engagiert hatte, diese todsicheren Übungen gezeigt.

Jung ahnte, dass dieser Auftritt kein fulminantes Comeback sein würde. Manchmal beschlich ihn selbst das Gefühl, dass die großen Zeiten des Roman Jungs vorbei waren. Hielt er krampfhaft an etwas fest, dass einfach unwiederbringlich zu Ende war?

Oder musste er einfach noch auf den richtigen Zeitpunkt warten?

Sollte er besser einfach aufgeben? Sich zur Ruhe setzen?

Aber womit würde er dann seinen Lebensunterhalt bestreiten?

Er war leider darauf angewiesen, dass Konzertagenturen ihn buchten – für Möbelhauseinweihungen, zu Firmenjubiläen und für Vereinsfeiern. Früher hatte der große Roman Jung mit Leichtigkeit ganze Stadien gefüllt. Heute gelang ihm das noch nicht einmal bei der Mehrzweckhalle von Essen-Huttrop. Um das zu wissen, musste er gar nicht erst auf die Bühne hinausgehen. Er kannte die Zahlen des Kartenvorverkaufs, und die sprachen leider eine eindeutige Sprache.

Es klopfte.

So kurz vor dem Auftritt konnte das eigentlich nur einer sein: der Plattenboss und sein alter Wegbegleiter Jürgen Gmeiner. Er arbeitete mit Gmeiner bereits seit den späten Siebzigerjahren zusammen. Gmeiners Plattenfirma hatte Jung großgemacht. Er hatte seine Abstürze miterlebt und ihn trotzdem nie fallengelassen, in all den Jahren nicht.

„Du bist ein echter Freund", sagte Jung, von einer sentimentalen Laune beseelt, ohne sich umzudrehen.

Die Antwort kam prompt. „Ich weiß …"

Die Stimme gehörte eindeutig nicht Jürgen Gmeiner.

Jung fuhr herum.

„Was willst du hier?", knurrte er, doch hinter seiner coolen Fassade kroch die Panik in ihm hoch. Instinktiv schweifte sein Blick herum, ob es noch einen Ausgang aus der Garderobe gab. Das kleine, vergitterte Fenster war jedenfalls keine Option.

Die Gegenfrage kam in schmeichelnd-gurrender Tonlage: „Kannst du dir das nicht denken?"

November 2017

Inzwischen hatten Oberkommissar Veitl und seine Frau sich in der neuen, alten Heimat Landshut, nicht zuletzt auch dank des freundschaftlichen Verhältnisses zu Veitls Vorgesetztem Steindl, gut eingelebt. Margarete verbrachte viel Zeit bei ihren drei Enkelkindern in Adlkofen, wo ihre Älteste Andrea mit ihrer Familie auf einem Bauernhof lebte. In Haus und Hof gab es immer genug zu tun, sodass Margarete inzwischen den eigenen Garten und ihr Reihenhäuschen in Garmisch gar nicht mehr so vermisste. Wenn ihre Pflichten als Oma sie gerade nicht beanspruchten, ging sie gänzlich in ihrem neuen Hobby auf: ihrem Lifestyle-Blog.

Nachdem sie zum letzten Geburtstag einen Laptop bekommen hatte, war sie schnell in die Geheimnisse ihres neuen Spielzeugs eingetaucht. Eine Weile war sie schier nicht mehr zu bremsen gewesen und schien alle verfügbaren Rezepte ausprobieren zu wollen. Für ihren Mann eine schwere Zeit.

Dann stieß sie auf ein Blog über Ernährung und Lebensart und schnell war die Idee geboren, so etwas auch betreiben zu wollen. Seitdem verbrachte sie die Vormittage damit, sich neue kulinarische Inspirationen zu holen und darüber zu schreiben.

Kurz vor dem ersten Adventswochenende flatterte den Veitls eine Postkarte ins Haus. Ihr Sohn Benedikt, der schon seit etlichen Jahren zur See fuhr, meldete sich bei seinen Eltern in unregelmäßigen Abständen mit einer bunten Karte aus den entlegensten Winkeln der Erde. Für Mama Margarete immer ein Grund zur Freude. Dieses Mal versetzte er seine Mutter mit seinem flüchtig hingekritzelten Schreiben jedoch in besondere Aufregung.

Veitl rührte in seiner Kaffeetasse und kaute missmutig auf einem Löffel Müsli herum. Dass er nicht einmal am Wochenende, wenn er schon frei hatte, ein anständiges Frühstück bekam, wurmte ihn. Eigentlich hatte er gehofft, dass Margarete durch den Ortswechsel von ihrem Ökotrip herunterkommen würde. Stattdessen hatte sich ihre Versessenheit, ihn ernährungstechnisch umkrempeln zu wollen, durch den Blog sogar noch verstärkt.

Als sie ihm die Postkarte freudestrahlend unter die Nase hielt, sah er auf und griff nach seiner Lesebrille. Lange Zeit hatte er sich dagegen gesperrt, doch irgendwann hatte sich die Weitsichtigkeit einfach nicht mehr leugnen lassen. Umständlich setzte er sie sich auf die Nase und betrachtete das Bild auf der Vorderseite der Karte durch das Gestell.

„Schee, ja. Wo is er denn wieder, da Bub?", nuschelte er zwischen den Körnern und Flocken in seinem Mund hindurch.

„Schluck doch erst amal runter, bevors'd mit mir redst", tadelte Margarete.

„Konn i ned, des Zeig wird ja im Mund allerweil mehrer."

Lautstark rumpelte ein Güterzug am offenen Esszimmerfenster der Veitl'schen Hochparterrewohnung vorbei. Als der letzte Containerwagon vorbeigefahren war, erklärte Margarete mit missbilligendem Unterton: „Lies halt amal die Rückseiten!"

Veitl drehte die Karte herum, sodass die Hula-Girls in ihren leichten Bikinis und den riesigen Blütenketten um den Hals zu Margarete schauten, und las.

„Ja, wos?", machte er erstaunt. „Is des a Einladung, oder wia?"

„Les i scho so, oder ned?" Margarete konnte ihre Aufregung schwerlich verbergen. „Mei, stell dir des vor! Mir zwei da auf dem Schiff, ha? Des wär scho was."

„Ah geh, meinst wirklich? Da geht's ja gwiss recht vornehm zu. Da musst dann a Abendkleid dabei ham und allerweil umziehen vorm Essen …", gab Veitl zu bedenken.

„Geh, Flori", widersprach seine Frau. „Du hast zu viel Traumschiff gsehen, so steif sind die Kreuzfahrten doch heute nimmer. Der Bene und der Vicky, die sind doch auf so einem Clubschiff. Da is bestimmt a rechte Gaudi, grad wenn des a no über die Feiertag is!"

Obwohl sich Veitl nur zögerlich mit dem Gedanken einer Schiffsreise anfreunden konnte, war bald klar, dass die beiden die Feiertage dieses Jahr nicht zu Hause verbringen würden. Benedikt besorgte für seine Eltern eine Kabine auf dem brandneuen Kreuzfahrtschiff seiner Flotte. Die Fahrt ging von Hamburg aus über den Atlantik nach New York. Die Endeavour-Line, bei der Benedikt arbeitete, hatte ein neues Flaggschiff: die *Vasco da Gama*. Bisher waren Benedikt und sein Freund Vicky auf der älteren *Columbus* gefahren, jetzt wechselten sie gemeinsam auf das neue Schiff und Benedikt nutzte die Gelegenheit, um seine Eltern endlich einmal von einer Kreuzfahrt zu überzeugen.

23. Dezember 2017, am Flughafen Hamburg

„Wann kommen jetzt unsre Koffer, sag amal? Ham's die verschmissen? Wenn i jetz ohne Gwand auf des Schiff muss ...", nörgelte Veitl kaum fünf Minuten, nachdem sie am Gepäckband Stellung bezogen hatten.

„Geh, jetzt lass dir halt Zeit. So schnell geht des a ned. Die müssen ja jetz den Flieger erst amal ausräumen", versuchte seine Frau ihn zu beruhigen.

„Mir is des in München scho seltsam vorkommen", ließ Veitl sich nicht davon abbringen, dass sein untrügliches Gespür für brenzlige Situationen ihn wieder einmal nicht getäuscht hatte. „Garantiert ham de de Koffer in den falschen Flieger nei tan. Und jetzt bin i in Hamburg und meine Unterhosen fliegen in d'Karibik oder so!"

Da bogen die ersten Gepäckstücke auf das Förderband ein. Die beiden in die Jahre gekommenen Koffer der Veitls waren allerdings immer noch nicht zu sehen.

„Mei Rasierzeug is a in dem Koffer", fiel es Veitl unvermittelt ein. „Wenn des jetzt ned mitkommen is, dann schau i in a paar Tag aus wie a Seeräuber!"

„Passt doch dann", kommentierte Margarete ungerührt.

„Passt eben *ned*!", widersprach Veitl sofort. „Wenn ma da sogar a Krawatte braucht auf dem Schiff." Er hatte noch nicht überwunden, dass Margarete ihn extra zum Einkaufen in die Stadt geschleppt hatte, damit er sich vor der großen Fahrt neu einkleidete.

Doch da kamen glücklicherweise die Koffer in Sicht. Rasch drängelte Veitl sich zum Förderband durch und zog eines der beiden Gepäckstücke hoch, hievte es vom Band und stellte es neben Margarete ab. Dabei verlor er jedoch den anderen Koffer aus den Augen und musste um das halbe Rund hinterherlaufen, um ihn zu erwischen. Schweißperlen glänzten auf seiner Stirn, als er endlich mit dem zweiten Koffer bei Margarete ankam.

„Geh, jetzt nehm'ma so a Wagerl für die Koffer. Komm!", entschied Margarete und steuerte zielstrebig die Trolleystation an. „Wir hätten doch amal so moderne Koffer mit Radln unten dran kaufen sollen."

Veitl folgte ihr schnaufend und japste: „Wofür daten jetz wir neue Koffer brauchen? Wir fahrn doch gar nirgends hin!"

„Und wenn uns des jetz gfallt? Vielleicht mach'ma na sowas öfter", hielt Margarete dagegen.

„Des is no gar ned raus!", widersprach Veitl sofort. „Des weiß i nämlich no ned, ob mir des gfallt."

Vom Flughafen ging es direkt zur Hafen-City, wo die großen Ozeanriesen anlegten und auf ihre neuen Gäste warteten. Für die beiden Reisenden aus der bayerischen Provinz war schon die Fahrt quer durch Hamburg ein Erlebnis.

Dann standen sie am Kai und blickten fassungslos an der makellos weißen Fassade des Kreuzfahrtschiffs hinauf, an dessen Bug in verschlungenen Buchstaben *Vasco da Gama* zu lesen stand – das neuste Flaggschiff der Endeavour-Linie. Die Schiffe fuhren unter deutscher Flagge und hörten auf klangvolle Namen wie *Marco Polo*, *Christopher Kolumbus*, *James Cook* und nun eben *Vasco da Gama*. „Ja verreck, is des ein Drum Kasten!", staunte Veitl. „Mechst ja nicht glaubn, dass so a Klotz überhaupt schwimmt."

Auch Margarete war sichtlich beeindruckt. „Ned, dass es am End untergeht ... so wie d'Titanic seimals. Jetzt is ma vei glatt a bissl blümerant ..."

Das Zaudern seiner Frau brachte in Veitl wieder den Beschützer ans Tageslicht. Im Brustton der Überzeugung erklärte er: „Da fehlt se nix. Derfst glaubn, de Dinger san sicherer wie alles andre. So a Auto, des is gfährlich. Da passiert so viel. Beim Fliegen und aufm Wasser geht lang ned so viel schief. Aber wenn, dann is's halt immer glei a richtige Katastroph. Des lest dann wieder wochenlang in da Zeitung und dann kummt's da so vor, als ob da viel mehr passieren tät. Vorm Autofahrn fürchst dich ja a ned, oder?"

Margarete schluckte ihr ungutes Gefühl hinunter und setzte ein fröhliches Gesicht auf. „Hast recht. Wird scho schief geh. *Petri Heil*! Oder wie sagt ma jetzt da?"

„Naa, *Petri Heil* is für d'Fischer. Damit de was fangen. Schott- und Mastbruch oder so sagt ma da", korrigierte Veitl.

„Was? Mastbruch? Des is aber nix, was ma se wünschen sollt, oder?"

„Ja, mei, des is halt so wie: Hals- und Beinbruch. Des is ja a ned wirklich wünschenswert, ned?"

Die beiden näherten sich ihrem vorübergehenden schwimmenden Zuhause. Vor dem Schiff stand ein überdachtes Gebäude, das an eine große Garage erinnerte. Dort fand die Registrierung der Schiffsgäste statt. Im Inneren führten Absperrungen die Wartenden in Schlangenlinien zur Kontrollstation. Wie zuvor schon am Flughafen, wurden hier noch einmal alle Gepäckstücke durchleuchtet und die Tickets kontrolliert. Es standen bereits eine Traube Menschen in der vorgegebenen Schlange. Die Veitls reihten sich ein und näherten sich Schritt für Schritt den Scannern.

Es dauerte eine ganze Weile, bis alle Wartenden abgefertigt waren. Dann bekamen die Veitls ihre Bordkarten ausgehändigt und ein paar allgemeine Erläuterungen zum Verhalten auf dem Schiff. Ihr Gepäck nahm man ihnen ab, was Veitl sofort wieder unken ließ: „Unsre Koffer nehmen's uns. Des is ma jetz zwider, jetz hamma's glückselig gschafft, dass ma's nach dem Flug wiederkriegt ham und jetzt reißen's es uns scho wieder davo."

Ein tadelnder Blick von Margarete streifte ihn. „Geh, de helfen uns doch bloß, damit ma de schweren Dinger ned durch des ganze Schiff schleppen müssen. Sei doch froh, kann se a andrer schinden mit unsre unkamperten Koffer!" Damit ging sie frohen Mutes voran, die Gangway hinauf zum Eingang des Schiffes.

„So, da samma jetzt." Veitl blieb stehen und stellte schnaufend seine schwere Last auf den flauschigen Teppich des Schiffsflurs auf dem achten Deck. Die langen Flure entlang hatte sich auch das Handgepäck noch als ziemlich anstrengend entpuppt. „8125. Mi leckst am Arsch. So viele Zimmer hat ja's *Vier Jahreszeiten* ned mal."

„Hat's a ned", bekräftigte Margarete besserwisserisch. „De *Vasco da Gama* is eins der momentan größten Schiffe der Welt."

Veitl klopfte sich die Hosenbeine ab. „So, und wo is jetzt der Zimmerschlüssel?"

Margarete verdrehte die Augen. „Da gibt's doch keine Schlüssel mehr! Du hast doch so a kleine Plastikkarte kriegt, wie a Scheckkarte so groß. De is zum Türöffnen."

Tatsächlich förderte Veitl nach einigem Suchen so ein Plastikding zutage.

„Und was mach i da jetzt damit?"

Margarete nahm ihm die Bordkarte aus der Hand und hielt sie in unterschiedlicher Weise vor den kleinen Metallkasten über dem Türgriff. Wie sie es auch drehte und wendete, die Tür blieb verschlossen.

Veitl freute sich insgeheim diebisch, dass seine Frau, die sich schon die ganze Zeit so weltmännisch aufführte, auch an dieser Technik scheiterte.

Ein junger Mann in Uniform kam just in diesem Moment den Gang herunter, erkannte die Misere, blieb stehen und bot an: „Darf ich Ihnen vielleicht behilflich sein?"

Mit einer routinierten Geste zog er das Kärtchen durch den Schlitz an der Oberseite des Kastens, das Gerät summte kurz und ein grünes Licht flammte auf. Die Tür ließ sich öffnen.

„Sie müssen das in der richtigen Geschwindigkeit machen. Das kriegen Sie aber schnell raus. Angenehmen Aufenthalt!" Damit verabschiedete sich der freundliche Helfer.

Veitl und Margarete standen in ihrem kleinen Domizil für die nächsten zwei Wochen. Die Kabine vereinte auf engstem Raum allen Luxus, den man sich wünschen konnte: ein bequemes, wenn auch nicht allzu breites Boxspringbett, einen riesigen Flachbildfernseher, der fast die gesamte Breite des Schlafbereichs einnahm, eine gut sortierte Minibar, ein vollausgestattetes Bad inklusive Regendusche und LED-Lichteffekten. Benedikt hatte seinen Eltern sogar zu einer Balkonkabine verholfen. Hinter der spiegelglatten Glasschiebetür befand sich eine kleine Sitzgelegenheit mit Blick auf das Meer, oder momentan noch auf die Hamburger Elbe.

Margarete schob gleich die Tür auf und begutachtete die Aussicht. „I glaub, i kann die Elbphilharmonie sehen!", rief sie und hing dabei fast über das blank geputzte Geländer.

Veitl folgte ihr, inspizierte dann jedoch eine andere Sehenswürdigkeit direkt an der Trennwand zum nächsten Minibalkon. Als besonderen Gag gab es noch eine Hängematte, die man bei Bedarf quer über den Balkon spannen und darin den Ausblick genießen konnte. Das musste Veitl natürlich sofort ausprobieren.

Dann dröhnte die Schiffshupe – das Signal zum Aufbruch. Langsam glitt das mächtige Schiff vorbei an den Sehenswürdigkeiten der Hansestadt zur Elbmündung bei Cuxhafen und von dort hinaus auf die See.

23. Dezember 2017, erstes Abendessen an Bord

Als Veitl und Margarete zum ersten Mal den großen Speisesaal im Oberdeck betraten, blieb ihnen beiden der Mund offenstehen.

Die *Vasco da Gama* verfügte über vier Restaurants, drei Bars und das große, über vier Etagen reichende Theatro. Im Hauptspeiserestaurant saßen die Gäste umgeben von einem verglasten Halbrund, das nahezu auf allen Sitzplätzen einen Blick auf das Meer bot. Die elegante Einrichtung harmonierte mit dem blitzblanken Himmel, den die Nordsee heute zur Schau trug.

Margarete trug ein knielanges Kleid mit Spitze in Rostrot, das sie eigens für die Kreuzfahrt gekauft hatte. Veitl hatte sich extra in ein Hemd gezwungen und sogar eine Krawatte angelegt, weil die Kleiderordnung an Bord das so vorsah. Da standen sie nun vor all der Pracht und Herrlichkeit und fühlten sich schrecklich provinziell.

Das exquisite Buffet ließ für anspruchsvolle Kreuzfahrer keine Wünsche offen. Dort türmten sich Speisen aus aller Herren Länder: italienische Antipasti, spanische Tapas, eine Salatauswahl, die allein schon vier laufende Meter Auslage einnahm, sowie Suppen mit verschiedenen Einlagen. Margarete zählte acht verschiedene Sorten Oliven in weiten Schüsseln, von kleinen schwarzen mit Kern aus Italien, über grüne mit Mandelfüllung aus Spanien, bis hin zu golfballgroßen griechischen. Die Hauptspeisen wurden *à la minute* an Show-Cooking-Stationen zubereitet und vom Koch persönlich gereicht. Für den ersten Abend hatte man ein französisches Coq-au-vin zur Auswahl, daneben eine Fischstation mit Kabeljau oder Seesaibling und ein Stück aus der Keule vom Schwäbisch-Hällischen Landschwein direkt vom Grill. Die Beilagen warteten in gut gefüllten, blank geputzten Rechauds darauf, ausgewählt zu werden.

Nachspeisen gab es in kleinen bunt dekorierten Förmchen, und überhaupt war die Deko an allem das Beste.

„Schau dir bloß amal die Deko an!", konnte Margarete diese deshalb nicht unerwähnt lassen und bestaunte sie mit leuchtenden Augen. „Der Vicky hat scho mal erzählt, dass de an Bord a ganzes Bataillon Köche ham, de nur für die Obstschnitzereien zuständig san. De schnitzen aus ana Ananas an Pfau, oder aus a Melone a ganzes Kunstwerk wie da die Venus von dem Dingens."

„Ja dann, auf geht's. Pack ma's an", forderte Veitl, denn sein Magen knurrte bereits vernehmlich.

Die Kuchen und Törtchen formten eine Nachbildung des Schiffes und über dem Fischbuffet hingen lebensgroße Repliken der zu verzehrenden Meerestiere. Obstberge türmten sich in einer Art Marktstand, vor dem Margarete beeindruckt stand. Sie erkannte Äpfel, Birnen, Trauben, ganze Ananas, Melonen und Pflaumen, Pfirsiche, Nektarinen, Orangen, Bananen, Maracujas, Mangos und Papaya. Daneben gab es Früchte, die sie so noch nie gesehen hatte. Die kleinen Tafeln zeigten, welche fruchtigen Exoten das Schiff noch zu bieten hatte: Drachenfrucht, Karambole, Physalis, Litschis, Naschi, Khaki, Granatäpfel, Kaktusfeige und Tamarillo. Auf der ganzen weiten Welt schien es nichts zu geben, was dieses Schiff nicht geladen hatte.

Veitl stand indes atemlos vor der Käseauswahl. Das *Käse schließt den Magen*-Dessertbuffet umfasste geschätzt vierhundert Sorten: Weichkäse, Hartkäse, mit Blauschimmel, mit Kümmel oder Pfefferkörnern, in Salzlake oder im Blütenmantel, streichfähig oder im ganzen Laib. Käse aus Frankreich, aus der Schweiz, österreichischen, holländischen und belgischen, bekannte deutsche und weniger bekannte Sorten aus Spanien, Italien oder sogar aus der Türkei. Kuhmilchkäse aus Rohmilch, pasteurisierter und auch Heumilch, aus Schafs-, Ziegen- und sogar Eselsmilch.

Veitl und Margarete waren schier sprachlos, bis ein livrierter Kellner sich schließlich ihrer annahm. „Herr und Frau Veitl?", fragte er freundlich. Es klang mehr wie eine Feststellung. „Ihr Sohn Benedikt hat mich heute auf Sie angesetzt. Er hat noch Dienst und ist deshalb leider verhindert, Sie zum Essen zu begleiten. Darf ich Sie zu Ihrem Tisch führen?"

Margarete nickte stumm, erschlagen von den vielen Eindrücken. Auch Veitl stand noch ganz unter Schock aufgrund des riesigen Buffets. Der Kellner, der sich ihnen als Antonio vorstellte, führte sie zu einem Tisch direkt an der Glasfront. Von dort hatte man einen atemberaubenden Blick hinaus aufs Meer, wo die Sonne sich eben anschickte, als fulminanter, glutroter Ball im Ozean zu versinken.

„Des muss's Paradies sein", murmelte Margarete fassungslos.

Antonio kehrte mit den Weinkarten zurück. „Wenn ich etwas empfehlen darf: der Château Clerc Milon Rothschild 1995 Paulliac AOC, eine Cuvée aus Cabernet-Sauvignan, Merlot, Cabernet Franc und Petit Verdot, passt sehr gut zu unserer heutigen Speisenauswahl. Sie werden von dem raffinierten Bukett aus reifen Kirschen und roten Beeren und der zarten Note von Lakritze begeistert sein. Er verfügt über einen vollmundigen Nachhall mit reifen Tanninen; ein Wein von echter Finesse. Oder wenn Sie Weißwein bevorzugen, kann ich Ihnen den Chablis ans Herz legen. Wir führen einen Chablis AC von 2014 aus dem Hause Domaine des Héritières aus einhundert Prozent Chardonnay, er passt mit seinem fruchtigen Aroma von Mangos, Ananas und Zitrus und seiner leichten Mineralität hervorragend zu Fisch und Meeresfrüchten. Zuerst überwiegt die fruchtig-frische Note, im Abgang kommen weiche, blumige Komponenten dazu, mit einer angenehm ausgebauten Säure. Als Aperitif empfehle ich heute außerdem ein Glas von unserem spanischen Jahrgangssekt Cava Reyes de Aragon von Bodegas Langa aus dem Calatayud, dagegen lassen Sie jeden Champagner stehen, das verspreche ich Ihnen! Die feine Perlage dieses aus hundert Prozent Chardonnay-Trauben in Bio-Qualität hergestellten Perlweins unterstreicht die intensiven, fruchtigen Aromen von Äpfeln, Pfirsichen und Quitten, gepaart mit einem lebhaften Nachhall."

Margarete begann nervös in der Karte zu blättern, Veitl dagegen, der von Haus aus kein Weintrinker – geschweige denn -kenner – war, legte die Weinempfehlung gleich zur Seite und fragte: „Habt's ihr kein Bier hier?"

Antonio antwortete unverändert zuvorkommend und ohne mit der Wimper zu zucken: „Doch, selbstverständlich. Amstel oder Fosters vom Fass, Budweiser oder Guinness aus der Flasche und für Sie, als Kenner der bayerischen Braukunst, vielleicht am ehesten ein Franziskaner Weißbier aus München?"

Veitl strahlte über das ganze Gesicht: „Siehgst, so komm'ma ins Geschäft. So eins nehm i."

Margarete strafte ihn mit einem Blick, der sagte: *Musst du uns schon wieder blamieren?*

Veitl zuckte bloß die Achseln. Der um seine Gäste bemühte Kellner hatte es doch schließlich selbst angeboten.

Einer apokalyptischen Plage gleich, fielen die knapp tausend Reisenden über das paradiesische Buffet her. An den diversen Stationen bildeten sich lange Schlangen, und obwohl die Köche und Kellner mit heinzelmännchenhafter Geschwindigkeit die leergefressenen Platten und Terrinen sofort wieder auffüllten, entstand in den Köpfen der Hungrigen anscheinend der Eindruck, in möglichst kurzer Zeit möglichst viel auf den Teller häufen zu müssen, um nicht leer auszugehen.

Veitl stand völlig überfordert zwischen den vielen Menschen und den exotischen Speisen und konnte sich nicht entscheiden. Als er nach einer gefühlten Ewigkeit zu Margarete an den Tisch zurückkehrte, überfiel ihn seine Frau mit einem Sturm der Begeisterung: „Hast du des gsehn? Also des Buffet ... i muss morgen unbedingt Fotos machen, wenn i davon auf meim Blog erzähl, glauben mir des die Leut sonst bestimmt ned! Und die Qualität! Des is wirklich alles ganz hochwertige Ware. I hab mi da mit einem von den Köchen an so a Station unterhalten, es gibt jeden Tag vier vegetarische Vorspeisen und sogar drei komplett vegane. De ham da extra an Koch an Bord, der hat bei dem Attila Dingsbums glernt, weiß schon, dem veganen Starkoch! Unglaublich, oder?"

Veitl erwiderte nichts. Vegan war seine Ausbeute vom Buffet zwar nicht, allerdings hatte er auf seinem Teller nicht viel mehr als Kartoffelsalat, etwas, das aussah wie eine Frikadelle, und einen Klecks Senf.

„Is des alles, was du isst?", fragte Margarete erstaunt, die ihrerseits den Teller mit einem Löffel von so ungefähr jeder Vorspeise des riesigen Buffets vollgehäuft hatte. „Und was hast jetz da so lang gmacht? I hab scho dacht, du findst nimmer her."

Veitl murmelte unglücklich: „Mir san des z'viel Leut! Und z'viel Auswahl." Er begann in seinem Kartoffelsalat zu stochern. „I kenn ja da 's meiste gar ned und dann weiß i ned, ob i des überhaupt mag."

„Da steht doch überall dran, was des is", krittelte Margarete. „Und des sogar in drei Sprachen!"

„I kann aber da ned so lang davor stehen bleiben, bis i des alles glesen hab, da drucken's ja dann von hint scho wieder nachher! Ma hat des Gfühl, de Leut ham alle extra vierzehn Tag vorher nix mehr gessen, damit's da jetzt richtig reinhaun können. Direkt ekelhaft is des teilweis", verteidigte er sich.

Da musste Margarete ihm nun doch recht geben. Die Leute trugen Teller zurück zu den Tischen, die vermuten ließen, dass der Inhalt für den Rest der vierzehntägigen Fahrt reichen sollte.

„Warum bist denn dann ned zum Vicky hingangen? Der hätt dir doch was empfohlen", konnte Margarete sich einen weiteren Tadel nicht verkneifen.

„Zum Vicky? Wieso? Wo hast den gsehen?"

„Na, der steht doch hinter der einen Kochstation, da beim Fisch!"

Resigniert schob Veitl sich eine Gabel von seinem Kartoffelsalat in den Mund. Dann noch eine. Und noch eine. Da hellte sich seine

Miene schlagartig auf. „Aber des muss ma eana jetzt doch lassen, von dem veganischen Zeugs da versteh i ja nix, aber Kartoffelsalat hab i selten an bessern gessen. Des können's!"

24. Dezember 2017

Der Heilige Abend an Bord fühlte sich irgendwie unwirklich an. Zu Hause hätte Margarete jetzt das ganze Haus auf den Kopf gestellt und mit dem Weihnachtsschmuck dekoriert, den sie teilweise von ihrer eigenen Oma geerbt hatte.

Sie hätte gebacken und zubereitet, um ihre Lieben drei Tage lang verwöhnen zu können. Am Heiligen Abend dann gehörte im Hause Veitl das Bedauern, dass man wieder einmal keine weißen Weihnachten haben würde, ebenso zur liebgewonnen Tradition wie die Christmette und der Stollen.

Heuer war alles anders.

Die Weihnachtsdekoration, da war man sich einig gewesen, konnte dieses Jahr im Schrank bleiben. Bis Margarete und Flori Veitl wieder in ihrer Landshuter Wohnung sein würden, war bereits das neue Jahr angebrochen, und nach Dreikönig hatte man ja eh keine Lust mehr auf Tannengrün und Sterne. Schweren Herzens hatte Margarete also darauf verzichtet, das Haus zu schmücken. Gebacken hatte sie trotzdem. Trotzig hatte sie den Teig geknetet und auf dem Küchentisch ausgerollt, wenigstens ein paar Vanillekipferl und Zimtsterne hatte sie machen wollen.

Doch auch auf der *Vasco da Gama* war über Nacht der Weihnachtswahnsinn ausgebrochen. Das Kreuzfahrtschiff hatte sich in die kitschigste Weihnachtshölle verwandelt, die sich nur denken ließ. Um jedes Treppengeländer wanden sich künstliche Tannenzweige, von den Decken hingen Mistelzweige aus Plastik, überall funkelten Sterne in Silber, Gold und Rot. Tannenbäumchen, über und über mit Lametta und Kugeln beladen, standen in jeder Ecke, darunter türmten sich Päckchen, eingewickelt in schillerndes Goldpapier, das das Licht reflektierte. Im Eingangsbereich des Hauptspeisesaals parkte Santas Schlitten mit überlebensgroßen Rentieren davor, deren plüschige Nasen schon ganz abgewetzt vom ewigen Streicheln waren.

Schon zum Frühstück hatte man die blütenweiße Tischwäsche durch grüne, rote und goldene ersetzt, das Buffet bog sich unter Lebkuchen, Christstollen, Baumkuchen und Plätzchen, der Geruch von Zimtstangen, Orangen und Gewürznelken hing über allem.

Margarete drehte nachdenklich den kleinen geschnitzten Weihnachtsmann zwischen den Fingern, der zur heutigen Tischdeko gehörte, und murmelte: „Sie bemühen sich ja scho recht, aber so a richtige Stimmung kummt do irgendwie trotzdem ned auf ..."

„Mei, des is halt ned desselbe, wie wenn ma daheim is, des is scho klar", pflichtete Veitl ihr bei. „Aber des hamma ja vorher gwusst, ned?"

Auch die Crew trug heute dem Anlass entsprechend rotweiße Zipfelmützen oder Elchgeweihe auf dem Kopf. Antonio, ihr treuer Schatten seit dem gestrigen Abendessen, begrüßte sie fröhlich und am Revers seiner Uniform blinkte eine bunte Lichterkette.

„Heute Abend gibt es unser Christmas Dinner mit Truthahn, Gans und Karpfen. Anschließend sollten Sie die traditionelle Endeavour X-mas Showgala nicht verpassen, sie findet ab zwanzig Uhr im großen Theatro statt. Ich will noch nicht zu viel verraten, aber wir haben einen Special-Guest an Bord ...", erklärte Antonio augenzwinkernd.

„An Spezialgast, ja sowas. Da samma aber gspannt", sagte Veitl mit mehr Enthusiasmus in der Stimme, als er augenblicklich empfand. Doch er kannte die niedergedrückte Stimmung bei seiner Frau schon aus der Zeit gleich nach ihrem Umzug nach Landshut. Er wollte jetzt wegen der Feiertage nicht wieder so etwas erleben.

Antonio tänzelte davon und Veitl dirigierte Margarete ans reich bestückte Frühstücksbuffet.

Nach dem Frühstück ging Veitl sich auf der Kabine vom Stress des Buffetkampfes erholen und Margarete schlug den Weg zum Fitness & Spa Club ein. Benedikt hatte seiner Mutter auch Yoga und viele andere Kurse an Bord in Aussicht gestellt.

Tatsächlich hatte das morgendliche Yoga-Programm eben begonnen. Margarete beobachtete die Gruppe bewegungslustiger Damen, die in einem hellen Gymnastikraum mit ganzseitiger Glasfront in eleganter Sportkleidung den Übungen folgten. Das Training wurde geleitet von einer Kreuzung aus Jane Fonda in den frühen Achtzigerjahren und Sacha Baron Cohen im Film Borat. Er – oder sie? oder es? – trug einen silbernen Glitzer-Ganzkörperanzug, der so hauteng war, dass er, zumindest untenherum bei näherer Betrachtung doch keinen Zweifel zuließ, dass es sich um ein männliches Wesen handelte. Auf dem Kopf trug er einen winzigen Dutt aus langen, öligen, pechschwarzen Haaren mit blinkenden

Rentierhörnern. Margarete konnte den Blick gar nicht abwenden, er haftete in einer Mischung aus Faszination und Grauen an der seltsamen Erscheinung.

Das Wesen musste den Blick gespürt haben, denn es strahlte Margarete von einem Ohr zum anderen an und gestikulierte wild mit den Armen, sie solle hereinkommen.

Margarete folgte der Aufforderung mit Skepsis und drückte die Klinke der Glastür. Augenblicklich schallte ihr in ohrenbetäubender Lautstärke frenetische Musik entgegen. Die Glastüren isolierten offenbar kolossal gut.

„*Hola Chica*! Willkommen bei unsere crazy Yoga-Training! *Venga, venga*! Mach mit!", rief ihr das glitzernde Rentier-Double zu.

Margarete stellte sich in der letzten Reihe schnell auf eine freie Matte und kopierte die Haltung der Dame zu ihrer Linken.

„*Vamos amigas*! *Yo soy Enrico y esta es* unser crazy X-mas Yoga! *Venga, venga*!", brüllte der eigenwillige Trainer gegen den Lärm der Musik an.

Das Lied hatte gewechselt, jetzt drang eine Version von *Last Christmas* aus den Boxen, die klang, als interpretiere Donald Duck auf Speed die größten Weihnachtshits der Achtziger. Aber Margarete hatte keine Gelegenheit, sich über die Musik Gedanken zu machen, denn der mutmaßlich südamerikanische Yoga-Trainer nahm sie und die anderen Damen ordentlich in die Mangel.

Anderthalb Stunden später kehrte Margarete verschwitzt und seltsam beschwingt zu Veitl in die Kabine zurück. Der hatte sich warm eingepackt und hing entspannt in der Hängematte auf dem Balkon. Durch sein Gewicht berührte er dabei fast mit dem Hintern den Balkonboden, doch er genoss sein Plätzchen augenscheinlich nichts desto trotz.

Die *Vasco* befand sich nun mitten im Ärmelkanal zwischen Großbritannien und dem europäischen Festland und hatte Kurs auf Southampton genommen. Vor dem verglasten Balkon der Veitls zogen träge Wellen mit gekräuselten Kämmen vorbei. Von Zeit zu Zeit kam ein Containerschiff oder eine Fähre ins Blickfeld, über denen Möwen kreisten und ihren Unmut hinaus in den bewölkten Himmel kreischten.

„Schee is des, ha? Sag selber!", fasste Veitl zufrieden zusammen. „Und endlich amal keine Büroarbeit!"

Abends gesellte sich endlich auch Benedikt zu ihnen und leistete seinen Eltern beim weihnachtlichen Dinner Gesellschaft. Vicky war zwar auch da, hatte aber wieder Dienst hinter einer Kochstation. Im Kontrast zu seiner weißen Kochmütze und der Kochjacke sah seine Haut noch dunkler aus. Veitl fragte Benedikt beiläufig: „Wer war jetzt da eigentlich der Neger in der Familie vom Vicky?"

Margarete sah pikiert von ihrem Vorspeisenteller auf: „Geh, Neger sagt ma doch ned!"

„Was soll i denn sonst sagen? *Maximalpigmentierter mit afrikanischem Migrationshintergrund*? I mein des ja ned bös. Im Schwabenländle, wo er aufgwachsen is, is ma normal halt ned so braun, oder?", verteidigte sich Veitl.

Benedikt sah an diesem Festtag über die Kabbelei seiner Eltern hinweg und antwortete: „Sein Vater stammt aus Angola, seine Mutter ist Deutsche."

„Des spielt ja für uns sowieso keine Rolle, Hauptsach ihr habt's euch gern", betonte Margarete und bedachte Veitl mit einem giftigen Seitenblick.

„Hab i was andres gsagt?!", erwiderte Veitl und wechselte dann schnell das Thema: „Was wird jetzt dann da heut Abend alles geboten?"

Benedikt machte ein vielsagendes Gesicht: „Lasst euch überraschen! Ich darf noch nichts verraten. Aber wir haben ein paar ganz besondere Showacts an Bord."

„*Schowäkts* glei? Na, da bin i aber gspannt", entgegnete Veitl trocken.

Benedikt grinste. „Dürft ihr auch sein! Vor allem du, Mama ..."

„Wer, i? Wieso i?", wunderte sich Margarete.

„Weil du ganz bestimmt begeistert sein wirst."

„D'Mama war scho vom Yogalehrer total begeistert heut", hielt Veitl schmunzelnd dagegen.

Benedikt lachte. „Wer war denn da? Der Enrico? Der ist die Schau, ja. Aber gut! Der hat echt was drauf. Seine Aquazumbakurse sind heiß begehrt."

„Aqua-was?", wiederholte Veitl und schob sich eine große Gabel Nudelsalat in den Mund. Seine anfängliche Zurückhaltung am Buffet war inzwischen verflogen.

„*Zumba*. Weißt du, Papa, das ist sowas wie Aerobic früher. Heißt halt jetzt Zumba und man hat dafür so lateinamerikanische Musik", tat Benedikt die Frage ab.

„Aha. Naa, des Gehüpfe is nix für mi", winkte Veitl mit vollem Mund ab und fragte stattdessen: „Was empfiehlst jetzt als Hauptgang?"

„Probiert mal den Truthahn, der ist nach englischem Originalrezept zubereitet, sehr lecker", schlug Benedikt vor.

„Ah, naa, so an Puter mog i glaub i ned. Und de Engländer und ihr Küche ... na ja ... i weiß ned recht ..."

„Dann vielleicht von der Barbarie-Entenbrust auf Rotkohl mit zweierlei Knödel? Da machst du sicher nix verkehrt."

Margarete kehrte mit einem von Vicky eigens für sie zubereiteten Lachsfilet zurück. Nach dem ersten Bissen verdrehte sie die Augen und sagte schwelgend: „Mmmmmhhh ... also direkt himmlisch!"

Benedikt nickte triumphierend. „Der Lachs ist ein Gedicht, ja. Der wird ganz langsam auf der Haut gegart."

„Also, kochen kann er auf jeden Fall, dein Vicky", räumte Veitl gönnerhaft ein und die heiße Entensoße troff ihm vom Kinn.

„Siehste, Papa, da hat er deinem anderen Schwiegersohn schon mal was voraus."

Benedikts Schwester war mit einem niederbayerischen Landwirt verheiratet, in dessen Weltbild die Homosexualität seines Schwagers schlecht passte, was das Verhältnis der Geschwister nicht unwesentlich belastete.

„Ja mei, dei Schwester führt halt a eher traditionelles Leben. Des muss ja deswegen ned alles schlecht sein", erklärte Veitl diplomatisch. „Der kann halt andre Sachen. Es kann ja ned a jeder alles können, ned wahr?"

Nach dem Dessert waren die drei rechtschaffen vollgefressen. Irgendwie stand Veitl und Margarete der Sinn mehr nach einem gepflegten Verdauungsschläfchen, doch Benedikt bestand darauf, dass sie die Show keinesfalls verpassen durften.

Vicky, der nun auch frei und eine Ausnahmegenehmigung bekommen hatte, hatte sich rasch umgezogen und gesellte sich zu den drei Veitls.

„Das ist der Vorteil meiner neuen Position", sagte Benedikt und legte demonstrativ den Arm um Vickys Schulter. „Ich muss mir als Chefsteward nicht mehr dauernd einen Passagierschein holen, wenn ich mich unter die Gäste mischen will. Im Gegenteil, ich darf die Dinger sogar ausstellen!"

Vicky zwinkerte ihm neckisch zu und konterte: „Zom Gligg bin i mit em Chefsteward befreindet, do ko e ma a Genehmigung gäba lassa. In da Kich isch sonst ällas subba und i hann ma Ruh!"

Im festlich geschmückten Theatro, das sich über die vier Hauptdecks erstreckte, herrschte bereits auf allen Rängen vorfreudiges Gedränge. Die Veitls hatten, dank Benedikt, exklusive Sitzplätze in der ersten Reihe unmittelbar am Bühnenrand. Von der Hauptbühne reichte ein Steg zwischen die gepolsterten Sessel mit den kleinen, runden Tischchen dazwischen, der zu einer zweiten, sternförmigen Satellitenbühne mitten im Raum führte. Noch war der glitzernde Vorhang fest geschlossen.

„Was wollt ihr trinken?", fragte Benedikt in die Runde.

„An Glühwein vielleicht, ha? Gibt's sowas?", fragte Margarete unsicher.

Vicky schwäbelte: „Nadierlich hem ma Gliehwei do, isch ja Weihnachda."

Margarete seufzte. „Ja, aber so richtig wie Weihnachten fühlt sich des für mi ned an. Es is irgendwie scho komisch, wenn ma ned daheim is. Dabei hätt'ma heuer amal mit de Enkerl feiern können. Alle miteinander ..."

Benedikt verzog schmollend das Gesicht. „Ich finde das jetzt ein bisschen ungerecht, Mama. Da bieten wir dir so eine tolle Reise und du kannst ausnahmsweise mal mit deinem Sohn Weihnachten feiern, und dann jammerst du nur, dass du nicht daheim bist. Bei Andrea und den Kindern. Die hast du doch jetzt eh das ganze Jahr. Alles auf einmal geht halt nicht ..."

Sofort lenkte Margarete ein: „Hast ja recht. I sag ja a ned, dass's ma ned gfallt hier. Ganz im Gegenteil."

„Dei Mutter is halt a alte Hehn, die ihre Singerl am Heilig Abend am liebsten alle unter ihrm Flügel hätt", ergänzte Veitl grinsend.

Vicky schlang die Arme um Margarete und sagte treuherzig: „Hajo, jetz hasch ja uns!"

Margarete tätschelte Vicky die dunkelbraune Wange und pflichtete ihm bei: „Habt's ja recht! Jetzt mach'ma uns an recht schönen Abend, wir vier!"

Als Benedikt mit den Glühweintassen zurückkam, trat gerade der Unterhaltungschef des Schiffes vor die Wartenden.

„Meine sehr verehrten Damen und Herren, Sie erwarten sicher mit Spannung den Höhepunkt unseres heutigen Abends, und ich glaube, ich verspreche nicht zu viel, wenn ich Ihnen eine kleine

Sensation in Aussicht stelle! Wir haben keine Kosten und Mühen gescheut und Ihnen ein ganz zauberhaftes Showprogramm zusammengestellt, das Sie auf unserer Reise über den Atlantik begleiten wird. Freuen Sie sich auf die *Crème de la Crème* des Varietés, der Zauberkunst, der Akrobatik und natürlich ganz besonders auf unsere musikalischen Highlights! Ich möchte Sie nun nicht länger auf die Folter spannen, meine Damen und Herren: Hier ist er! Unser Showstar ... unser Schlagerkönig ... der unvergleichliche ... der einzigartige ... der Titan des deutschen Schlagers! ... Begrüßen Sie mit mir: *Roman Jung!*" Die letzte Silbe verschluckte frenetischer Applaus und hysterische Schreie. Vor allem die älteren Damen an Bord – so wie Margarete – waren ganz aus dem Häuschen, als der Vorhang sich öffnete und der Angekündigte wirklich und wahrhaftig vor sein völlig überraschtes Publikum trat.

„Oh!", machte Margarete schnappatmig.

„Gell, da hab ich nicht zu viel versprochen, Mama?", grinste Benedikt.

Margarete war ein großer Schlagerfan und Roman Jung hatte in den Siebziger- und Achtzigerjahren zu ihren absoluten Favoriten gehört. Seit einiger Zeit war es nun schon still um den Sänger geworden, er war auch deutlich in die Jahre gekommen. So aus der Nähe, von direkt unterhalb der Bühne, war das unverkennbar.

Veitl lästerte: „Der hat aber seine besten Tage a scho hinter sich, ha? Kann der überhaupt no allein auf d'Bühne geh, dass der da kein so a Rollwagerl braucht?"

Margarete meinte schnippisch: „Der is fitter als du, mein Lieber, und des in seim Alter! Bin i gspannt, ob du a no so gut beinand bist, wenn du amal so alt bist wie der!"

„Schau ma mal, ob i überhaupt so alt werd. Der is doch bestimmt scho achtzig, oder ned?"

Benedikt zuckte die Schultern. „Keine Ahnung. Kann schon sein."

„Der is noch *keine* achtzig!", widersprach Margarete trotzig. „So lang is des a no ned her, dass der seine großen Hits ghabt hat."

„Kommt mir scho so vor", beharrte Veitl unbeirrt. „Wann war des? In de Achtziger? Der war ja da scho nimmer jung und des is dreißig Jahr her!"

Vicky warf fröhlich ein: „Ei, die Achtzigerjoha häde gern erlebt. Do war i no a glois Kendle. Subba Zeit war des!"

Und prompt stimmte Roman Jung einen seiner großen Hits aus den Achtzigern an und alle sangen aus voller Kehle mit:

Adios, mi amor
Adios, klang es mir im Ohr
Adios, das heißt Good-bye
Adios, wenn es aus ist für uns zwei.

Margarete wippte im Takt der Melodie und schwelgte in Erinnerungen. Veitl hingegen konnte es nicht lassen und feixte weiter: „Singt der allerweil no de alten Kamellen? Des wird dem a scho ganz schee aus'm Hals raushängen, wenn er seit dreißig Jahr immer denselben Schmarrn singen muss."

Doch auch wenn er es nie zugegeben hätte, auch Veitl amüsierte sich an diesem Abend. Und so kehrten sie erst spät und ordentlich erledigt vom Mitsingen, Klatschen und Lachen zu ihrer Kabine zurück, wo sie sich noch aus der Minibar einen Absacker genehmigten, weil sie zu aufgewühlt waren, um sofort schlafen zu gehen.

Sommer 1984

„Wie machst du das bloß, sag mal?" Jürgen Gmeiner, der Boss des Plattenlabels *Endless-Records*, klatschte vor Begeisterung seine Wurstfinger auf die nackten Knie.

Er saß aufgrund der Hitze in Bundfalten-Shorts und Kurzarm-Hawaiihemd am Schreibtisch, unter dem ein Ventilator rödelte, aber unter seinen Achseln bildeten sich trotzdem bereits enorme Schweißflecken. Gmeiner versuchte auszusehen wie Tom Selleck in *Magnum*, tatsächlich erinnerte er eher an den unehelichen Bruder des Komikers Jürgen von der Lippe. Der Drei-Zentner-Mann schnaufte wie ein Walross, als er fortfuhr: „Du bist mein bestes Pferd im Stall, Roman, und das weißt du genau, nicht wahr?"

Roman Jung lächelte bescheiden. „Man tut, was man kann."

„Und du kannst, mein Lieber, du kannst! *Adios* hat Gold-Status, kaum dass die Single auf dem Markt erhältlich ist. Ich hatte noch keine *Record*, die das schneller geschafft hätte."

Roman Jung stand mit neununddreißig Jahren auf dem absoluten Höhepunkt seiner Karriere. Jetzt erntete er endlich die Lorbeeren für seine jahrzehntelange Arbeit. Jung machte Musik seit er denken konnte, und nie hatte er etwas anderes gewollt, als damit erfolgreich zu sein. Der deutsche Schlager war nicht unbedingt seine Wunschliga, er hätte auch ein erfolgreicher Jazzmusiker werden können. Allerdings war mit Jazz derzeit einfach kein Geld zu verdienen, und nachdem Jung wirtschaftlich dachte, machte er eben das, was sich am besten verkaufen ließ.

Aber sicherlich war es nicht nur die Musik, die ihn so erfolgreich werden hatte lassen. Viel trug auch sein Auftreten und seine äußere Erscheinung dazu bei. Er hatte eben einen Stich bei den Frauen, und auch Männer, obwohl sie ihm seinen Erfolg neideten, kamen nicht umhin anzuerkennen, dass an ihm kein Weg vorbeiführte.

Jung war kein Neuling mehr in der Branche. Er wusste, dass Erfolg immer auch etwas mit Fleiß zu tun hatte. Mit harter Arbeit. Und auch mit mageren Zeiten.

Das alles ließ er nun hinter sich und wenn es nach Jung ging, dann verdiente er es, dass es jetzt nur noch in eine Richtung weiterging: nach oben!

Christina Berger, ein platinblondes Schlagerstarlet, das hauptsächlich unter seinem Vornamen bekannt war, lehnte während des Gesprächs schweigend am Fenster und spielte mit den großen, weißen Plastikperlen ihrer Halskette. Jetzt löste sie sich vom Fensterbrett und ging aufreizend langsam zu Jung hinüber. In einer zärtlichen Geste legte sie ihre Hand an seine Brust und sah ihm in die Augen. „Wird wieder Zeit für ein Duett, findest du nicht?"

Gmeiner schnalzte von seinem Schreibtisch aus mit der Zunge, auf seinem speckigen Gesicht glänzte der Schweiß. „Ihr zwei zusammen, das geht ab durch die Decke, *I promise!* Ich mach aus euch das neue Dream-Team – die Sonny und Cher des deutschen Schlagers!"

Gmeiner war zwar von Geburt durch und durch deutsch, doch er hielt es für ein Zeichen von Weltläufigkeit, jeden seiner Sätze mit ein paar englischen Brocken anzureichern – egal, ob es passte oder nicht.

Jung legte wie beiläufig den Arm um Christinas schmale Hüfte. „Ich mach gern mein eigenes Ding, das wisst ihr."

Christina zog eine beleidigte Schnute.

Im Hintergrund schmachtete Nino de Angelo sein *Jenseits von Eden*, eine Platte, die ebenfalls von Gmeiner und *Endless-Records* produziert worden war.

„Das hat nichts mit dir zu tun", erklärte Jung freundlich, aber unbeirrt. „Ich fand, unsere Platte letztes Jahr war phänomenal. Aber es war eine einmalige Sache. Den romantischen Teil überlass ich diesem Italiener und seiner Romina. Da hab ich keine Ambitionen."

Christina wand sich aus Jungs Arm. Es war deutlich, dass sie enttäuscht war. Dennoch sagte sie: „Du hast vollkommen recht. Wir sind besser, wenn jeder sein Ding macht."

Jung lachte. „Was denn für ein *Ding*, Chrissy? Du machst doch schon seit Langem keine *Dinger* mehr."

Er hatte sie nur aufziehen wollen, doch offensichtlich war das ihr neuralgischer Punkt. Wie ein Tiger, dem man auf den Schwanz getreten war, fuhr sie herum und fauchte: „*Das* sieht dir ähnlich! Jahre lang warst du nur *ferner liefen* und musstest um jeden Auftritt kämpfen, jetzt hast du *einmal* einen Erfolg und schon tust du, als wärst du uns allen haushoch überlegen!"

Gmeiner hatte wohl ebenfalls genug, er hievte seinen schweren Körper in die Senkrechte und beugte sich so weit vor, wie es die Glasplatte des Schreibtisches zuließ. Schweißperlen platschten auf die glatte Oberfläche des Tisches.

„Den Erfolg, den Roman gerade hat, den hattest du auch in deinen *high times* beileibe nicht! Du bist *jealous* und jetzt versuchst du deine übriggebliebenen Reize dazu einzusetzen, dass er dich mit in seinen Windschatten nimmt. Wenn er nicht will, dann will er nicht. War ja nur so *an idea*."

Jung hob abwehrend die Hände. „Hey, beruhigt euch, ihr zwei. Ich gönne jedem seinen Erfolg, aber ich will lieber allein bleiben. Ein Duett ist eine Sache, aber eine langfristige Verpflichtung will ich einfach nicht." Jung wusste, dass sein Macho-Charme seine Wirkung nicht verfehlen würde und schenkte Christina noch ein gewinnendes Lächeln. Tatsächlich schmollte sie zwar weiter, zog ihre neonpinken Krallen aber wieder ein.

„Der *lonesam rider*, was? Du hast völlig recht, Roman. Deine weiblichen Fans würden es uns vermutlich übelnehmen, wenn der Eindruck entstünde, dass du *taken* wärst …", ruderte Gmeiner nun schnell zurück und wechselte dann zum geschäftsmäßigen Ton: „*Goodigood*, dann sind wir hier fertig, denk ich. Mach Party, Roman, du hast es mehr als verdient! Und du, Chrissy, gönnst ihm jetzt einfach mal seinen *success*!"

Christina Berger und Roman Jung verließen gemeinsam das Bürogebäude der Plattenfirma auf der Leopoldstraße im Münchner Stadtteil Schwabing. Unten vor den sauber gestutzten Rabatten schlug Christina noch einmal einen schmeichelnden Tonfall an: „Und, wo feiern wir zwei Hübschen jetzt deine Goldplatte?"

Jung sah sie überrascht an.

„Ich hatte da oben eben nicht den Eindruck, dass du mit mir anstoßen willst."

Christina schmiegte sich in vollem Körpereinsatz an Jung und schenkte ihm einen treuherzigen Augenaufschlag aus stark geschminkten, metallisch-glitzernden Augen. „Aber wie kommst du denn darauf? Natürlich möchte ich mit dir feiern! Wir könnten ja vielleicht noch etwas trinken gehen und dann …" Sie ließ das Weitere offen, fuhr sich jedoch einladend mit der Zunge über die kirschrot geschminkten Lippen.

Jung hatte schon verstanden. Das war ihr letzter Trumpf.

Nicht dass er sie nicht anziehend gefunden hätte. Sie war zwar keine zwanzig mehr, aber ihr Körper war wohlgeformt und sportlich. Für diesen heißen Sommertag hatte sie ihn in ein knappes grünes Rüschentop gehüllt, das mit seinem Carmen-Ausschnitt sowohl ihre gebräunten Schultern als auch ihren Bauch freiließ. Dazu trug sie eine abgeschnittene Jeans, die kaum ihre Pobacken bedeckte. Insgesamt vielleicht ein wenig zu mädchenhaft für ihr Alter, aber sie konnte es zweifellos tragen. Ihre wasserstoffgebleichten Dauerwellen hielt zur Hälfte ein buntes Haarband zurück, darunter fielen sie ihr offen auf die nackten Schultern.

Nein, ohne Zweifel, Christina Berger war immer noch eine sehr attraktive Erscheinung. Nur leider waren ihre Konkurrentinnen im Schlagerbusiness im Schnitt zehn Jahre jünger und zahlreich, sonst hätte sie sicher noch immer die Charts dominiert.

Einen Moment haderte Jung tatsächlich mit sich, ob er das Angebot nicht einfach annehmen sollte. Was war denn schon dabei?

Doch dann entschied er, dass er lieber konsequent bleiben sollte, er hatte keine Lust auf den Kater hinterher. Also erwiderte er: „Chrissy, sei mir nicht böse, aber ich meinte das eben ernst. Ich bin nicht der Typ für langfristige Verpflichtungen. Weder beruflich noch im Privaten."

Jetzt versuchte Christina glatt mit ihren Händen auf ihn loszugehen. Sie griff nach seinem Hemdkragen und fingerte ihm an Schläfe, Wange und Hals herum. Mitten auf der Straße, im hellen Sonnenlicht war Jung das peinlich. Er wehrte sie ab, griff ihre Handgelenke und drehte sie so, dass sie gezwungen war, still zu halten und ihn anzusehen.

„Hör mir mal zu, Chrissy", sagte er ruhig, aber mit drohendem Unterton. „Lass die Spielchen. Ich habe keine Lust darauf. Im einen Moment bist du zu schmusig, im nächsten hängst du mir an der

Gurgel; heute willst du nur Spaß haben und morgen heulst du mir wieder den Anrufbeantworter voll. Ich kann verstehen, dass dir jedes Mittel recht ist, um deine Karriere zu retten, mir aber nicht. Akzeptier das bitte."

Damit ließ er sie stehen und ging zu seinem Wagen, einem nagelneuen, bronzefarbenen Porsche 928, der auf der anderen Straßenseite im Schatten parkte.

25. Dezember 2017

Am Vormittag des ersten Weihnachtstags ging die *Vasco da Gama* im Hafen von Southampton vor Anker. Wie etwas mehr als hundert Jahre zuvor die legendäre Titanic, wurde sie von den Einheimischen und Schaulustigen vom Pier aus bestaunt. Auch Veitl und Margarete standen trotz Wind und Kälte an Deck und beobachteten, wie das Ungetüm festgemacht wurde. Dann stand Landgang auf dem Programm.

Gerade als die beiden sich einreihen wollten, um von Bord zu gehen, kam Benedikt ihnen im Gewühl der Ausflügler entgegen. Er wirkte irgendwie aufgebracht, wie er sich da seinen Weg durch die Wartenden bahnte.

„Huhu Bene, i hab dacht, du musst heut arbeiten und kannst ned mit an Land gehen?", begrüßte seine Mutter ihn und winkte über die Köpfe der Wartenden hinweg.

„Muss ich auch. Also, ich bin im Dienst. Aber ich müsst mit dir was bereden, Papa. Dienstlich sozusagen. Habt ihr noch einen Moment?", erklärte Benedikt und machte ein ernstes Gesicht dazu.

Veitl warf Margarete einen fragenden Blick zu.

„Des dauert eh no ewig, bis de da alle draußen san. Uns läuft ja nix davon. Gehst halt schnell mit", schlug sie vor.

Veitl zuckte die Achseln und folgte seinem Sohn. Margarete scherte aus der Schlange der Wartenden aus, setzte sich derweil im unteren Empfangsbereich in einen der geblümten Sessel und schnappte sich eine auf dem Tisch bereit liegende Lifestyle-Zeitschrift.

Benedikt lotste seinen Vater durch ein Gewirr aus Gängen und Treppenhäusern im Inneren der *Vasco*, dem Bereich, der normalerweise den Angestellten vorbehalten war.

„Wo führst jetz du mi da hin?", keuchte Veitl und hielt sich die stechende Seite.

„Zu unserem Kapitän", erwiderte Benedikt, und der schmale Strich, den seine Lippen bildeten, ließ erkennen, dass es sich um ein ernstes Anliegen handelte.

Veitl horchte auf. „Gibt's a Problem?"

„Ja, könnte sein", räumte Benedikt ein.

Er wollte weitergehen, doch Veitl blieb mitten auf der Treppe stehen. „Raus mit der Sprach! Was is'n los? I möcht da jetzt ned reintappen wie so a Depp. Setz mi bitte ins Bild!", erklärte er energisch.

Benedikt seufzte. „Das wollte dir der Kapitän gern selber erklären, aber schön, ich sag dir, was ich weiß."

„Ja, i dat scho drum bitten."

„Es geht um unseren Showstar, den Roman Jung. Der spinnt sich irgendwas zusammen, dass er bedroht wird. Wenn du mich fragst, dann hat der sie einfach nicht mehr alle. Voll die Verschwörungstheorien sind das. Aber irgendwas müssen wir tun. Und weil ich halt erwähnt hab ... also, der Kapitän weiß halt, dass du bei der Kripo bist und deshalb ..." Benedikt brach ab.

Veitls Miene verfinsterte sich. „I bin hier im Urlaub, Bene, des weißt du genau. Und i hab seit Jahren keinen Urlaub mehr ghabt. Wenn's da Probleme gibt, dann sei so gut und geht's zur Polizei."

Benedikt sah unglücklich drein. „Ich weiß schon, Papa. Aber wenn du dir das wenigstens mal anhören könntest, bitte. Vielleicht is es eh nicht so tragisch, dass man gleich die Polizei braucht. Es würd den Jung vielleicht schon beruhigen, wenn er weiß, dass wir quasi jemanden zu seinem Schutz an Bord haben."

Veitl war einerseits wirklich grantig, weil er nicht einmal in seinem Urlaub Ruhe hatte, andererseits schmeichelte es ihm auch, dass man auf seine Meinung Wert legte und ihn sozusagen als Sachverständigen hören wollte. Also ließ er sich von Benedikt zum Kapitän auf die Brücke schleifen.

Schon allein die war es eigentlich wert. Veitl stand staunend in der Kommandozentrale des Ozeanriesen.

„Oberkommissar Veitl? Meine Verehrung. Kapitän Schröder", begrüßte sie der Kapitän in seiner makellosen weißen Uniform mit den respekteinflößenden vier Streifen auf der Schulterklappe. Veitl war fast versucht zu salutieren.

„Veitl, angenehm", murmelte er.

Der Kapitän führte den Kommissar und seinen Chefsteward nach hinten in einen der angrenzenden Räume, wo sie unter sich waren. Entschuldigend erklärte er: „Seit die *Costa Concordia* 2012 vor Giglio auf einen Felsen aufgelaufen ist, dürfen wir eigentlich keine Zivilisten mehr auf die Brücke lassen. Unter diesen Umständen haben wir jedoch beschlossen, dass wir eine Ausnahme machen. Trotzdem muss jetzt nicht unbedingt die ganze Mannschaft mitbekommen, dass Sie hier sind."

Veitl nickte bloß.

„Hat Ihr Sohn Ihnen bereits geschildert, warum wir Sie hierher bemüht haben?", fragte der Kapitän.

„Ansatzweise. Irgendwas mit Drohung, hat er gmeint."

„Richtig. Sie haben ja vielleicht gestern den Auftritt unseres Stargasts gesehen, Roman Jung. Der Schlagersänger ist etwas beunruhigt", erklärte der Kapitän.

„*Beunruhigt* ist gut. Hysterisch würde ich eher sagen", unterbrach Benedikt gereizt.

Der Kapitän ergänzte: „Er ist sehr aufgeregt, aber vielleicht völlig zu Unrecht. Wir wollen natürlich auch unseren Stargästen eine unbeschwerte Kreuzfahrt gewährleisten, gleichzeitig müssen wir aber auch an unsere regulären, zahlenden Gäste denken. Wir möchten nicht, dass jetzt aufgrund einer bloßen Vermutung Panik ausbricht. Deshalb muss ich Sie auch bitten, über das, was wir hier besprechen, absolutes Stillschweigen zu bewahren."

Veitl nickte. „Scho klar."

„Ihr Sohn meinte, dass Sie uns vielleicht einen Rat geben könnten, wie wir mit der Sache verfahren sollen", sagte der Kapitän hoffnungsvoll.

„Dazu müsst i erst mal wissen, was überhaupt passiert is. Wie kommt der denn überhaupt darauf, dass er bedroht wird? Gibt's da konkrete Ereignisse? Hat er an Drohbrief kriegt oder sowas?"

„Nicht direkt." Der Kapitän wechselte einen Blick mit Benedikt.

Dieser fuhr fort: „Das ist es ja, eigentlich nicht wirklich. Aber er empfindet es so. Vor seinem Auftritt gestern Abend fand er in seiner Garderobe eine Flasche Southern Comfort mit einer Karte daran vor."

Veitl zuckte die Achseln. „Ja und? Des is ja nix Bsonderes, oder? Soll ja vorkommen, dass a Künstler von am Fan a Geschenk kriegt vorm Auftritt, ned?"

Kapitän Schröder wand sich, die ganze Sache war ihm sichtlich unangenehm. „Er meint, es wäre landläufig bekannt, dass er erst seit einiger Zeit trocken ist, und wer einem trockenen Alkoholiker eine Flasche Schnaps hinstellt, braucht schon einen seltsamen Humor, das müssen Sie zugeben."

Veitl nickte vage. „Hm. Ja, zumindest is's keine nette Geste. Aber deshalb glei meinen, dass ma *bedroht* wird?"

„Es war eine Karte dabei", ergänzte Benedikt. „Da stand drauf: *Damit du während der Reise an mich denkst.* Ich hab die Karte selber gesehen. Sonst nichts. Keine Unterschrift, kein Absender, gar nichts."

„Also a Flaschn Schnaps, damit er an den oder die Absender denkt ... Vielleicht a freundlicher Gruß aus der Entzugsklinik?" Veitl grinste.

„Wir nehmen die Anliegen unserer Gäste sehr ernst", sagte der Kapitän, ohne eine Miene zu verziehen.

„Ja, ja", winkte Veitl ab. „Also, aus polizeilicher Sicht seh i da jetz wenig Ansatzmöglichkeiten. Des kann ja jeder gwesen sein. I würd da no ned amal zwingend davo ausgeh, dass des tatsächlich boshaft gmeint war."

Der Kapitän bot an: „Roman Jung gibt heute Nachmittag ein kleines, intimes Weihnachtskonzert, unplugged, in unserer Leselounge auf Deck zwölf. Sundowner und unser Stargast zum Anfassen. Die Besucherzahl ist begrenzt und wir haben die Plätze eigentlich auch schon vergeben, aber ich würde gerne Sie und Ihre Frau dazubitten. Sie werden dort auch Gelegenheit haben, mit Jung zu sprechen und sich vielleicht selbst ein Bild von ihm zu machen."

Veitl hatte an sich wenig Lust, sich in der Sache zu engagieren, doch die Aussicht auf ein intimes Konzert des Schlagerstars wollte er Margarete zuliebe doch nicht ausschlagen. Also willigte er ein.

Weil das Wetter ausgesprochen ungemütlich war, entschieden Veitl und Margarete, dass sie gar nicht an Land gehen wollten. Stattdessen kehrten sie zurück aufs Promenadendeck und genossen die relative Menschenleere an Bord. Der Himmel war grau, das Meer war grau und auch das Schiff wirkte grau im schwachen Sonnenlicht. Der Ärmelkanal war heute aufgewühlt. Die *Vasco da Gama* schaukelte auf den Wellen am Pier.

Margarete und Veitl waren eine Runde an Deck spazieren gewesen, doch der Wind peitschte einem auch dort eiskalte Regentropfen ins Gesicht. Schlotternd und tropfnass kehrten sie zurück in die Wärme der Café-Lounge. An den hohen Glasfronten lief der Regen herunter.

Benedikt hatte sich nach der Aufregung um das gestrige Konzert und den ersten Landgang wieder ein paar Stündchen freimachen können und traf seine Eltern an der Bar. Er hatte Vicky dabei.

„Is des ein Sauwetter", begrüßte Veitl die beiden.

„Das wird schon wieder. Bald sind wir in südlicheren Gewässern, dann kannst du in der Badehose draußen an Deck liegen", tröstete ihn sein Sohn.

„Was trink'ma denn jetzt?", fragte Margarete. „Irgendwas Heißes, ned dass ma no krank werden. I bin ganz durchgfroren."

„Uf Sylt trinkt ma im Winta Grog, damit ma sich net erkälten tut", warf Vicky ein.

„Was? Auf Sylt? Warst du scho mal auf Sylt?", fragte Margarete in Plauderstimmung.

„Hajo, wor i scho uf Sylt", erzählte Vicky. „In Wenningstedt."

„Und? Wie war's da so?", fragte Margarete neugierig. „Da san doch de ganzen Reichen dorten, oder?"

Vicky schüttelte den Kopf. „Amol ehrlich zu sai ... des Beschde an Wenningstedt isch de Bus nach Westerland."

„Die Promis trifft man eher in Westerland", ergänzte Benedikt. „Aber grundsätzlich gibt's in der Nordsee interessantere Inseln als Sylt. Seit wir in Hamburg wohnen, waren wir schon auf einigen nord- und ostfriesischen Inseln. Langeoog ist schön. Oder Baltrum. Und längst nicht so überlaufen und touristisch wie Sylt."

„I hob jetz an Durscht", unterbrach Veitl die Urlaubserinnerungen.

„Krieg'ma hier a so an Grog?", fragte Margarete.

Benedikt bestätigte: „Bestimmt. Ich kümmere mich drum. Sucht ihr euch doch ein hübsches Plätzchen am Fenster."

Vicky führte seine Quasi-Schwiegereltern zu einem freien Tisch. Kurz darauf kam Benedikt mit vier dampfenden Tassen dazu.

Margarete benutzte die heiße Tasse zum Händewärmen. Veitl nahm seine und roch erst einmal daran.

„Was is jetzt da drin?", fragte er skeptisch.

„Grog bsteht eigetlich hauptsächlich aus Wassa un Rum un em braune Zucka", erklärte Vicky

„Jetzt fehlen eigentlich bloß noch die Weihnachtsplätzchen", seufzte Benedikt zufrieden. „Mama hat früher immer so toll gebacken zu den Feiertagen."

Da glitt ein Grinsen über Margaretes Gesicht. Sie bückte sich zu ihrer Handtasche hinunter und förderte eine Dose daraus zutage. Mit geheimnisvoller Miene stellte sie sie auf den kleinen Glastisch.

„Was hast du da drin?", fragte Benedikt.

Margarete hielt ihm die Blechdose hin, die mit leicht abgewetzten Märchenmotiven bedruckt war. „Kennst die Dosn nimmer?"

„Doch, das ist die alte Plätzchendose, in der du uns als Kinder immer die Plätzchen aufgehoben hast. Da gab's eine ganze Reihe davon und die standen dann im Advent immer in der Speisekammer. Ich konnte nie an der Tür vorbeigehen, ohne dass ich hineingegangen bin und heimlich eine Dose aufgemacht habe. Meistens waren die Plätzchen bis Heiligabend schon weg", gestand Benedikt nostalgisch.

Margarete drohte ihrem Sohn spielerisch mit dem Zeigefinger. „Du warst des! De kleine Dosn da, de hab i immer extra versteckt, damit i für die Feiertag a no a paar Platzerl retten hab können. Schau doch amal nach, was jetzt drin ist." Man sah Margarete die diebische Freude an, die ihr die Überraschung selber bereitete.

Benedikt nahm die Dose und öffnete den etwas klemmenden Deckel. „Boah!", rief er erfreut aus. „*Vanillekipferl*!" Er steckte sich gleich zwei der Plätzchen auf einmal in den Mund. Genüsslich schloss er die Augen. „Mmmmmh ... Wie früher. Deine Vanillekipferl sind einfach die allerbesten!"

„Hast du des Bröselzeug in deim Koffer ghabt?", fragte Veitl tadelnd. „Weil's ja auf dem Schiff eh nix zum essen gibt ..."

„Freilich. I kann doch dem Bubn ned seine Weihnachtsplatzerl vorenthalten, oder? Du hast es doch ghört, an meine Vanillekipferl kommt nix hin!", erklärte Margarete mit stolz vorgerecktem Kinn.

Veitl tätschelte seiner Frau beschwichtigend den Arm. „An dein Schweinsbratn a ned."

„Ja, aber der hat ned in Koffer neipasst", erwiderte Margarete trocken.

So verbrachten sie alle vier zusammen in der ansonsten leeren Café-Lounge einen entspannten Vormittag und genossen Margaretes mitgebrachte Vanillekipferl.

Sommer 1984

„Habt ihr noch *hard* gefeiert letztens?", fragte Gmeiner und zwinkerte Roman Jung vielsagend zu. Sie trafen sich erneut in Gmeiners Büro in Schwabing. Die unerträgliche Hitze der letzten Tage war endlich von einem ordentlichen Regenschauer abgelöst worden. Heute trug Gmeiner den aktuell angesagten Glam-Rock-Look zur Schau, in Form eines durchscheinenden Achselshirts und einer mit Nieten besetzten Jeans. Erstens war er ungefähr zwanzig Jahre zu alt für diesen Aufzug und zweitens mindestens einen Zentner zu schwer, doch ein Mann, der so unverschämt erfolgreich war wie Gmeiner, konnte ungestraft nahezu alles tragen, denn niemand hätte es gewagt, ihn deswegen zu kritisieren.

Jung dagegen traf mit wenig Aufwand und praktisch im Schlaf den Geschmack seiner vorwiegend weiblichen Fans. Zum makellos weißen Anzug kombinierte er ein türkisblaues Shirt, dessen körpernaher Schnitt seinen gut trainierten Oberkörper wie zufällig ins rechte Licht rückte. Dass er das passende, weiße Sakko nur lässig über der Schulter trug, unterstrich diesen Effekt noch zusätzlich.

„Was?", fragte Jung, der mit seinen Gedanken schon ganz woanders war.

„*Your party* mit Chrissy letztens. Verdient hättest du's dir, *jump on the bandwagon!*", präzisierte Gmeiner gönnerhaft.

Jung machte eine abfällige Handbewegung. „Ah, hör mir mit der auf! Die geht mir gehörig auf die Nerven."

„Schade. Ich hätt mich wirklich auf eine erneute *cooperation* mit euch beiden gefreut. Die *audience* liebt euch!"

„Ach komm, da nehmen wir lieber eine von den neuen Schlagerhüpfdohlen, die schießen wie die Pilze aus dem Boden, und wahrscheinlich würde sich eine jede von denen die Finger bis zum Ellbogen ablecken, wenn sie ein Duett mit mir bekäme." Es war eine deutliche Prise Arroganz aus Jungs Worten herauszuhören.

Gmeiner lachte herzhaft. „Mit Sicherheit! Nach *Adios* würde wahrscheinlich sogar Nena ein Duett mit dir machen. Und nicht nur das ..." Gmeiner wurde mit einem Schlag wieder ernst. „Aber jetzt mal unter uns, es wäre fatal, anzunehmen, dass dein derzeitiger *success* von nichts aufzuhalten wäre. Das Showbusiness ist gnadenlos, heute loben sie dich in den Himmel hinauf und morgen lassen sie dich fallen, wie eine *hot potato*. Unterschätze das bitte nicht."

Roman zog eine gelangweilte Grimasse. „Ich weiß, ich weiß. Nicht umsonst kämpfe ich seit Jahren um ein kleines Stück vom großen Kuchen. Ich habe das nicht vergessen. Aber daran möchte ich im Augenblick nicht denken."

Gmeiner durchwühlte das Meer aus Illustrierten, Zeitungsausschnitten, Fotostrecken und Bildmaterial, das vor ihm auf dem Schreibtisch ausgebreitet lag, sodass man von der Glasplatte gar nichts mehr sah, und förderte schließlich einen bestimmten Bericht zutage.

„Der *Boulevard* hat schon Lunte gerochen", erklärte er tadelnd und hielt Jung den Zeitungsausschnitt unter die Nase.

Jung schleuderte sein Sakko lässig über die Stahlrohrlehne eines herumstehenden Stuhls, schnappte sich den Bericht und überflog ihn. Dann ließ er ihn zurück auf den Haufen auf Gemeiners Schreibtisch segeln. „Und?", fragte er.

„Was, *und*?! Du hast grad erst eine Scheidung hinter dir!", blaffte Gmeiner zurück.

„Meinst du, das weiß ich nicht? Ich war x-mal im Gericht wegen der Scheiße. Aber das Thema ist durch."

„Für dich vielleicht", wiegelte Gmeiner sofort ab. „Du bist ja auch wirklich fein aus der Sache rausgekommen. Deinem *fucking* Anwalt sei Dank. Aber es geht mir um die Publicity!"

„Das hatte ich weniger meinem Anwalt als vielmehr meinem Ex-Schwiegervater zu verdanken. Und die Aasgeier von der Presse sind ja wohl lange genug über dem Kadaver meiner Ehe gekreist, die haben inzwischen sicher schon wieder neue Leichen zum Zerfleddern gefunden."

In der Tat hatte Roman Jung sich erst kürzlich von seiner langjährigen Lebensgefährtin scheiden lassen. Es war eine Art Befreiungsschlag gewesen. Leider war das Ende etwas unschön geraten, nachdem sich seine Ex-Frau und ihr Anwalt am bestehenden Ehevertrag die Zähne ausgebissen hatten. Sein Schwiegervater hatte bei der Hochzeit damals selbst darauf bestanden, dass die beiden einen wasserdichten Ehevertrag schlossen, um das Vermögen seiner Tochter vor dem Zugriff des brotlosen Künstlers zu schützen. Dabei hatte er nicht einkalkuliert, dass Jung mit seiner Musik einmal so großen Erfolg haben würde. So schützte der besorgte Vater nun ungewollt Jungs Vermögen vor dem Zugriff seiner inzwischen Ex-Frau.

„Mal so unter uns", sagte Gmeiner in vertraulichem Ton. „Läuft da was zwischen dir und Chrissy?"

Jung hob eine Augenbraue.

Schnell beeilte Gmeiner sich, hinterher zu schieben: „Es geht mich ja auch eigentlich gar nichts an. Ich frag nur. So rein aus *curiosity*. Interessehalber, *you know*?"

„Genau", antwortete Jung schlicht. Als wäre damit alles gesagt, angelte er sich einen anderen Zeitungsausschnitt vom Tisch seines Produzenten und vertiefte sich in die Lektüre.

„Was, *genau*?", ließ Gmeiner nicht locker.

Jung sah scheinbar gelangweilt von dem Artikel über ihn auf. „Du sagtest: *Es geht mich ja nichts an*. Und ich sagte: *Genau*."

„Aber weißt du, wenn die *Press* jetzt von deiner Affäre mit Chrissy Wind bekommt ... Wo du gerade erst die Headlines mit der Scheidung hinter dir hast ... Nicht, dass es noch heißt, du hättest Ilona mit Chrissy betrogen!"

Energisch schleuderte Jung den Zeitungsfetzen zurück auf den Tisch, sodass mehrere der penibel gesammelten Ausschnitte zu Boden segelten. „Ich hab nix mit ihr, okay? Vielleicht hätte sie das gern, aber da ist nichts. Seit diesem Duett fühle ich mich regelrecht von ihr verfolgt. Überall, wo ich bin, taucht sie auch auf. Sie schafft es, auf jede Party eingeladen zu werden, auf der ich zu Gast bin. Ihre Auftritte finden zufällig immer genau dort statt, wo ich auftrete. Vielleicht will *sie* ja, dass die Presse denkt, wir hätten eine Affäre. Hast du daran mal gedacht?"

Gmeiner schürzte die Unterlippe vor, so wie er es immer tat, wenn er grübelte.

„Die Publicity käme ihr sicher gerade recht. Als weiblicher Schlagerstar hat sie es gerade nicht einfach, es gibt zu viele davon. Und ihr *lucky star* ist im Sinken begriffen."

„Chrissy ist nicht dumm", bestätigte Jung. „Sie weiß genau, wie sie bekommt, was sie will. Nach unserem Duett hat sie wieder Feuer gefangen. Sie will an meinem Erfolg teilhaben."

„Du hast *maybe* recht. Eine weitere *Cooperation* mit euch beiden wäre von dieser Seite her betrachtet vielleicht wirklich nicht gut", räumte Gmeiner ein.

Jung grinste selbstzufrieden.

„Lass uns von etwas anderem reden", wechselte Gmeiner das Thema. „Und zwar hab ich hier ein paar neue Songs, die könnten sich gut auf deinem nächsten *Record* machen. Willst du mal reinhören?"

25. Dezember 2017

„Jessas, was zieh i denn da an? Also da bin i jetz gar ned drauf vorbereitet ..." Margarete stand unschlüssig vor ihrem Kleiderschrank in der engen Kabine und hielt verschiedene Blusen testweise vor sich hin.

Den späten Nachmittag hatten die beiden dann doch noch an Land verbracht, aber das Wetter war immer noch ungemütlich und Southampton hatte Margarete weniger gereizt als die Aussicht,

Roman Jung ganz aus nächster Nähe kennenlernen zu dürfen, weshalb sie recht früh wieder an Bord zurückgekehrt waren.

„Du hast doch so an Haufen Gwand dabei. Und du warst vor dem Urlaub extra noch beim Einkaufen, da wird doch was dabei sein, was sich für den Schlagerfuzzi da eignet", meinte Veitl, die Misere seiner Frau völlig verkennend.

„I hab amal so für den gschwärmt, weißt du des eigentlich?", stichelte Margarete.

Doch Eifersucht lag Veitl fern. „Du, so taufrisch schaut der a nimmer aus. Da kannst du allerweil mithalten mit dem."

Schließlich hatte Margarete sich entschieden und die beiden verließen ihre Kabine, um mit dem Aufzug zur Lounge auf Deck zwölf zu fahren. Veitl nestelte an seiner Krawatte herum.

„Braucht's jetz des wirklich, sag? Den Kälberstrick da ..."

Margarete zupfte ihm den doppelten Windsor zurecht und erklärte entschieden: „Doch, den braucht's scho. Es is Weihnachten und wir san jetz glei bei einem exklusiven *Meet and Greet* dabei."

„Was samma? Bei am Miet und Griet?"

Margarete rollte mit den Augen über so viel Unwissenheit. „Mei, des nennt ma halt so, wenn ma bei so am Konzert den Star direkt aus nächster Nähe kennenlernen derf."

„I glaub, da könnt i drauf verzichten. I bin hier im Urlaub. Aber der scheint ja so massiv zum spinnen, der Jung, dass alle scho ganz narrisch san mit dem. Des fehlert ma grad no, dass i den jetzt dann überallhin eskortiern derf!", moserte Veitl.

Der Aufzug blieb stehen und ein anderes Paar drängte zu den beiden herein, deshalb ließen Margarete und ihr Mann das Thema fallen.

Anscheinend hatten die beiden Neuankömmlinge denselben Weg, denn der Mann sagte beim Einsteigen zu seiner Begleiterin: „Ich habe aber keine Lust, dass ich den ganzen Abend bei diesem Schlagertyp herumhänge. Wir lassen uns da jetzt kurz sehen und dann will ich etwas Ordentliches essen und nachher noch in die Sportsbar."

Sie war damit offensichtlich nicht einverstanden, denn sie erwiderte: „An der Bar sitzen und ein paar Bier zwitschern kannst du doch zu Hause auch. Jetzt sind wir einmal hier auf diesem schönen Schiff und haben so einmalige Gelegenheiten wie dieses Weihnachtskonzert ..."

Er schnitt ihr in harschem Ton das Wort ab: „Mach, was du willst, ich geh nachher in die Sportsbar und Ende."

Die Fremde drehte sich beleidigt von ihrem Mann weg. Margarete und Veitl wechselten betretene Blicke.

Als das Paar vor ihnen den Aufzug auf Deck zwölf verließ, flüsterte Margarete ihrem Flori zu: „Der war jetz aber goschert zu der Frau, ha?"

„So tät i nie mit dir reden", beeilte Veitl sich, zu bestätigen.

Margarete knuffte ihn in die Seite: „Aber so a Bier in da Sportsbar wär dir scho a lieber, gib's zu!"

„Geh, in der Sportsbar. Was tät denn i da?", winkte Veitl ab.

Die Lounge beherrschte dieselbe weihnachtliche Deko – hart an der Grenze zum Kitsch – wie das Restaurant. Für die Zuschauer waren bequeme Ohrensessel im Halbkreis um einen Mikrofonständer und einen Barhocker geschart.

Die beiden Veitls wurden von einer Dame in schwarzer Uniform mit dem unvermeidbaren blinkenden Elchgeweih auf dem Kopf empfangen. Sie reichte ihnen zwei Champagnerflöten zur Begrüßung und geleitete sie zu ihrem Tischchen. Ein Kellner eilte herbei und nahm ihre Bestellung entgegen.

Am Tisch nebenan saßen die beiden aus dem Fahrstuhl. Die Frau hatte sich mit ihrem Stuhl so weit wie möglich von ihm weggedreht und er bestellte beim Kellner bereits das zweite Pils, wobei er ihm das leere erste Glas gleich energisch entgegenstreckte.

Als alle versorgt waren, wurde das Licht in der Lounge gedimmt und der Kapitän persönlich trat in Galauniform ans Mikrofon. „Ich wünsche Ihnen einen wundervollen ersten Weihnachtstag, meine sehr verehrten Damen und Herren. Ich hoffe, Sie hatten heute einen angenehmen Landgang. Bei den Briten ist heute ja der wichtigere Tag der weihnachtlichen Festtage, deshalb haben wir uns heute auch etwas ganz Besonderes für Sie einfallen lassen. Unser umjubelter Stargast, den Sie gestern Abend bereits in unserer Christmas-Show erleben durften, hat sich heute ganz exklusiv für Sie Zeit genommen. Begrüßen Sie mit mir: Roman Jung!"

Die kleine Zuschauergruppe applaudierte. Ein Spot tauchte den Barhocker in grelles, weißgelbes Licht. Und dann kam er auch schon, der Schlagerstar, mit seiner Gitarre unter dem Arm. Hinter ihm blinkte und funkelte der künstliche Weihnachtsbaum mit unzähligen Lichtern, silbernen Kugeln, Sternen und Lametta.

Jung hatte sich zur Feier des Tages in einen dreiteiligen, bordeauxroten Samtanzug nebst gestärktem weißen Hemd geschmissen. Die förmliche Korrektheit seiner Kleidung unterbrach zum Zeichen des informellen Charakters des heutigen Abends eine nicht gebundene rote Fliege, die ihm locker um den Hals hing. Bei seinem Anblick ging ein kollektives Seufzen durch den Raum.

„Danke. Danke, meine lieben Gäste", grüßte er in die Runde und erklomm den Barhocker. Routiniert legte er den Gitarrengurt um und klampfte ein paar Akkorde, um ihre Harmonie zu prüfen. Mit geübten Griffen justierte er, wo nötig, noch die Spannung der Saiten nach. Im Publikum herrschte erwartungsvolle Stille.

Dann wandte er sich wieder an seine Zuhörerschaft. „Ich möchte dieses kleine private Konzert gerne mit einem klassischen Weihnachtslied beginnen. Vielleicht kennen Sie den Text und stimmen mit ein: *Es ist ein Ros' entsprungen* ..."

Roman Jung stimmte inbrünstig das Lied an. Vor allem die anwesende Damenwelt hing an seinen Lippen. Seine weiblichen Fans zu betören, gelang ihm immer noch.

Veitl, dem die derzeitige weihnachtliche Besinnlichkeit nicht so lag, nutzte die Gelegenheit und examinierte mit geschultem Blick die Zuschauer. War die Angst des Schlagerstars berechtigt? Hatte es jemand auf ihn abgesehen? War derjenige vielleicht sogar anwesend? Oder war die Hysterie des alternden Stars mehr seinen überreizten Nerven geschuldet?

Jung zog die ganze Palette an klassischen, deutschen Weihnachtsliedern. Als nächstes präsentierte er *Alle Jahre wieder*, gefolgt von *Leise rieselt der Schnee*. Nach *Süßer die Glocken nie klingen* wurden Margarete und Veitl Zeuge einer weiteren unschönen Szene bei dem Paar nebenan:

Kaum war der letzte Akkord verklungen, rückte der rüpelige Ehemann seinen Sessel geräuschvoll zurück, stellte sein inzwischen drittes leeres Pilsglas schwungvoll auf das Glastischchen und befahl: „So, gut jetzt, auf geht's. Ich hab Hunger!"

Strafende Blicke trafen ihn von allen Seiten, was ihn jedoch nicht weiter zu stören schien. Seine Frau versank peinlich berührt in ihrem Stuhl. Mit fahrigen Gesten versuchte sie ihm zu bedeuten, sich wieder hinzusetzen.

„Nein, komm jetzt. Ich will mich nicht wieder um einen guten Platz im Restaurant prügeln müssen!" Er machte sich nicht die Mühe, seine Stimme zu dämpfen.

Inzwischen beobachteten alle Anwesenden, einschließlich Jung, die Szene. Die arme Frau lächelte gequält in Richtung des Stars. Ihr Mann packte sie am Handgelenk und versuchte sie hochzuzerren. Jetzt hatte Veitl genug.

Vernehmlich sagte er: „Entschuldigen'S, aber i glaub, Ihr Frau möcht no da bleiben. Vielleicht gehen'S einfach scho amal allein zum Essen vor?"

Der Kerl drehte sich abrupt zu Veitl um und fixierte ihn aus zusammengekniffenen Augen. Einen Moment lang befürchtete Veitl, dass er das mit den Prügeln durchaus wörtlich gemeint hatte. Doch dann verließ er, ohne weiteres Wort zu Veitl oder seiner Frau, den Raum. Die Gattin des Rüpels bedachte Veitl mit einem dankbaren Blick.

Jung kehrte nichtsdestotrotz zu seinem Programm zurück.

„Ich möchte den ersten Teil unseres kleinen Konzerts mit einem Klassiker aus meiner Kindheit beschließen", kündigte er vielversprechend an. „Ein Lied, das mir meine Großmutter immer schon zum Weihnachtsabend gesungen hat:

Aber Heidschi Bumbeidschi schlaf lange,
und ist auch dein Mutter gegangen,
und ist sie gegangen und kehrt nicht mehr heim,
und lässt ihr kleins Bübchen so ganz allein
..."

Jung legte allen Schmalz in seine Interpretation und am Ende des Wiegenlieds wischte sich nicht nur Margarete verstohlen ein paar Tränchen aus den Augenwinkeln. Danach ging das Saallicht wieder an und zwei Kellner beeilten sich, die Zuhörerschaft mit Nachschub zu versorgen.

„Schee, ha? Sag selber", forderte Margarete ihren Mann zu einer Stellungnahme auf.

„Ja. Geht scho", bestätigte der.

„Was denn, *geht scho*? Des is doch wirklich sehr feierlich jetzt!"

„Ja, mei Begeisterung halt se a weng in Grenzen. I frag mi immer no, ob der bloß spinnt oder ob er wirklich bedroht wird."

Margarete schüttelte missbilligend den Kopf. „Du kannst aber a immer nur an dei Arbeit denken, oder? Wir san im Urlaub jetz. Des is doch alles gar ned dei Problem."

„Scho. Aber so einfach is des halt ned. I bin Polizist. Wenn i mitkrieg, dass da was ned stimmt, dann muss mi des quasi interessieren. Dann bin i im Dienst, verstehst?"

Margarete legte ihrem Flori die Hand auf den Arm und sagte: „I weiß scho. Du hast halt an ausgeprägten Gerechtigkeitssinn. Des hat ma ja bei dene zwei da grad wieder gsehen."

„I mag sowas ned. So kann der von mir aus daheim mit seiner Frau reden, aber ned in der Öffentlichkeit. Des ghört sich einfach ned", erklärte Veitl mit Nachdruck.

Von der feierlichen Stimmung des Abends beseelt, antwortete Margarete: „Mei weißt, und deshalb hab i di ja a so gern." Sie drückte ihrem völlig verdatterten Mann einen Kuss mitten auf den Mund.

Diese ungewohnt liebevolle Szene wurde jäh unterbrochen.

„Entschuldigen Sie bitte, sind Sie Herr und Frau Veitl?"

Wie zwei Teenager, die beim Knutschen auf dem Schulhof ertappt wurden, fuhren Margarete und Veitl auseinander und sahen sich unversehens Roman Jung gegenüber.

Margarete blieb vor lauter Schreck der Mund offenstehen. Veitl fand schneller zu seiner Sprache zurück. „Ja, Florian Veitl. Angenehm, Herr Jung", sagte er und hielt dem Schlagerstar die Hand hin.

Der ergriff sie und schüttelte sie heftig.

„Mei Frau, Margarete", fuhr Veitl fort und wies auf seine Frau.

Auch ihr gab Jung die Hand.

„Der Kapitän meinte, Sie wären von der Polizei", murmelte Jung verstohlen.

Veitl bestätigte: „Stimmt, ja. I bin Kriminaler."

„Das ist gut." Jung sah sichtlich erleichtert aus. „Man hat Ihnen ja vielleicht schon mitgeteilt, was mir widerfahren ist." Der Schlagersänger sah bei jedem Wort nervös über seine Schulter, als wollte er prüfen, ob ihr Gespräch ja nicht belauscht wurde. Doch die anderen Zuhörer unterhielten sich in ihren Stühlen oder standen in Grüppchen beisammen.

„Sie fühlen se verfolgt, kann ma des so sagn?", fragte Veitl routiniert.

„Das kann man wohl sagen! Ich habe Todesangst! Jemand hat es auf mein Leben abgesehen", erklärte Jung theatralisch.

Veitl besänftigte ihn: „Aber doch ned wegen der Flaschen S.C., oder? Also, des allein is doch no kein Indiz für a Morddrohung."

Noch leiser erwiderte Jung: „Sie müssen wissen, ich bin seit einigen Jahren trocken. Ich hatte früher ... wie soll ich sagen? Mein Alkoholkonsum war wohl etwas exzessiv bisweilen."

„Des hab i scho ghört, ja. Aber vielleicht weiß des Ihr Fan a bloß einfach ned. Kann doch sein? Und er wollt Ihnen damit bloß a Freud machen", gab Veitl zu bedenken.

Davon wollte Jung nichts wissen. „Glauben Sie mir, ich werde bedroht, und das nicht erst seit ich hier auf dem Schiff bin. Ich fühle mich meines Lebens nicht mehr sicher. Aber dass Sie hier sind, das beruhigt mich. Ich hoffe, Sie genießen unser kleines Konzert heute, trotz der unerfreulichen Umstände."

„Ja, mei Frau is ja a ganz großer Fan von Ihnen", beeilte sich Veitl zu sagen.

Margarete puffte ihn empört in die Seite, doch Jung wandte sich sogleich mit seinem gesammelten Charme an sie. „Ist das wahr, gnädige Frau? Das ehrt mich sehr."

„Ach, mei, i hab früher Ihre Platten gern ghört, des stimmt", winkte Margarete peinlich berührt ab.

„Kennen Sie denn schon mein neustes Album, Frau Veitl, oder darf ich Margarete zu Ihnen sagen?"

Margarete verfiel kurzzeitig in Schnappatmung. „Ja, freilich ... Also, naa, wenn i ehrlich bin, die neueren Sachen von Ihnen, die kenn i gar ned", gestand sie.

Veitl schüttelte verständnislos den Kopf über die teenagerhafte Nervosität, die seine Frau an den Tag legte. Sie blickte den Schlagerstar aus großen, runden Augen wie ein Mondkalb an und nestelte dabei an ihrer Perlenkette herum.

Jung bot gleich voller Enthusiasmus an: „Darf ich Ihnen dann vielleicht ein Exemplar vermachen? Signiert? Dafür, dass Ihr Mann meinen Aufenthalt hier an Bord so viel leichter macht!"

Er eilte zu einem Tisch an der Seite, auf dem verschiedene Merchandising-Artikel aufgebaut waren, und nötigte der dort abgestellten Servicedame eine CD ab. Schon war er wieder am Tischchen der Veitls und überreichte Margarete die CD, nicht ohne zuvor mit einem dicken schwarzen Marker sein Autogramm darauf hinterlassen zu haben. Mit einem letzten breiten Lächeln an Margarete, wandte er sich dann seiner übrigen Zuhörerschaft zu, von der bereits einige für Autogramme anstanden.

„Mei, is des ein aufblasener Kerl, ha?", sagte Veitl zu Margarete, kaum dass Jung außer Hörweite war.

„Was?", fragte Margarete geistesabwesend. Sie blätterte gerade durch das Begleitheft der CD, die sie eben geschenkt bekommen hatte.

„I find, dass der ganz schön überkandidelt tut", präzisierte Veitl.

„Der is doch sehr sympathisch, der Jung. Des hätt i jetzt gar ned dacht, dass der so is. So ... menschlich irgendwie."

Veitl verdrehte nur die Augen und versuchte einen der Kellner auf sich aufmerksam zu machen, um einer weiteren Diskussion zu entgehen.

Oktober 1984

„Du bist als Letzter dran heute, du bist unser Highlight!" Gmeiner wuselte ganz aufgeregt in der kleinen Garderobe herum, was bei seiner Leibesfülle nicht so einfach war. Außer Gmeiner und Jung, der auf einem Drehstuhl saß und ganz unter seinem Plastikumhang verschwunden war, standen überall Kleiderstangen voller Kostüme herum. Eine Stylistin kümmerte sich gerade noch um Jungs Frisur.
Als sie zur Puderquaste greifen wollte, protestierte Jung: „Kein Make-up! Ich bin ein Mann. Keine von den Schlagerdamen, die sie sonst aufhübschen."

Die junge Frau lachte herzlich. „Das ist eine Fernsehaufnahme, da müssen alle abgepudert sein, sonst glänzen Sie auf den Aufnahmen wie eine Christbaumkugel."

„Übers Pudern können wir schon reden, meine Süße, aber bitte nicht *damit!*", versuchte Jung mit der Stylistin zu schäkern. Blitzschnell holte er seine Hand unter dem Friseurumhang hervor und verpasste ihr einen Klaps auf ihren in getigerte Leggins verpackten Hintern. Die Stylistin quiekte erschrocken und drohte Jung spielerisch mit dem Stil ihres Kamms.

Gmeiner ließ sein sonores Lachen ertönen. „Dass du mir hier jetzt nicht noch was anfängst, *boy!* Ich brauch dich gleich draußen *on stage!*"

An diesem Abend sollte Roman Jung die Auszeichnung *Die Goldene Stimmgabel* verliehen bekommen. Diese Preisverleihung fand bereits zum vierten Mal statt, ermittelt wurden die Verkaufszahlen der Tonträger durch Media Control. Im Rahmen einer Fernsehgala wurden die zwölf besten Künstler geehrt. Durch die Sendung führte der Erfinder dieser Auszeichnung, Dieter Thomas Heck.

Die Stylistin verließ nach getaner Arbeit die Garderobe, um sich noch weiteren Preisträgern zu widmen, ohne auf Jungs Annäherungsversuche eingegangen zu sein. Auch Gmeiner ließ seinen Schützling allein, um seinen Platz im Zuschauerraum einzunehmen. Kaum war er gegangen, klopfte es an der Garderobentür.

Jung rief: „Herein!" Er hörte hinter sich die Tür aufgehen, doch niemand sagte etwas. Also rollte Jung auf seinem Drehstuhl herum, um zu sehen, wer gekommen war.

In einem Hauch von Nichts lehnte Chrissy Berger am Türrahmen. Sie trug hautfarbene Satinunterwäsche, die sie nur notdürftig mit einem übergroßen Zebra-Blouson verdeckte. Ihre blondierte Mähne hielt ein Haarband zurück; sie sah aus, als wäre sie eben erst aufgestanden. Und möglicherweise war das auch tatsächlich der Fall.

Jung musterte die laszive Erscheinung in seiner Garderobentür.

„Was willst du?", fragte er betont desinteressiert.

Mit aufreizend langsamen Bewegungen kam Chrissy kommentarlos auf Jung zu. Bei jedem Schritt wiegte sie dabei die Hüften hin und her, ihr Blick fixierte Jung. Als Jung keine Reaktion zeigte, ließ sie sich rittlings auf seinem Schoß nieder.

Mit ihren pinken Lippen nur Zentimeter von seinem Gesicht entfernt, hauchte sie: *„Dich ..."*

Jungs Blick streifte instinktiv die Uhr an seinem Handgelenk.

„Ich muss in zehn Minuten auf die Bühne", erklärte er.

„Das reicht mir", wisperte die Schlagersängerin und nestelte am Kragen seines Hemds herum.

Jung schob Christina von seinem Schoß wie ein lästiges Haustier. Sie verlor das Gleichgewicht und plumpste unsanft neben dem Stuhl auf den Boden. Um einem weiteren Angriff vorzubeugen, stand Jung auf und ging hinüber zur Kleiderstange.

Christina rappelte sich auf, strich sich eine platinblonde Strähne aus dem Gesicht und überspielte mehr schlecht als recht ihre Enttäuschung. Sie zerrte an dem Zebra-Blouson, um ihre Blöße zu bedecken.

Jung erwartete, dass sie sich nun verärgert zurückziehen würde, doch er irrte sich. Sie schob zwar die Unterlippe in einer beleidigten Schnute nach vorn, doch sie näherte sich ihm erneut und flüsterte mit treuem Augenaufschlag: „Steh doch dazu, du willst es doch auch."

Schon lag ihre Hand wieder auf der Knopfleiste seines Hemds. Jung griff danach, um sie an weiterem Vorstoßen zu hindern. Doch Christina erhob sich auf die Zehenspitzen, und ehe Jung sich versah, verschloss sie ihm den Mund mit ihren Lippen.

Er schmeckte die klebrige Süße ihres Lippenstifts und wusste, dass er pinke Abdrücke davon im Gesicht zurückbehalten würde.

Seltsamerweise rückte der bevorstehende Auftritt aber gerade weit in den Hintergrund. Er hatte sie abwehren, sie zurückweisen wollen, stattdessen überließ er ihr die Führung.

26. Dezember 2017

Um acht Uhr morgens machte die *Vasco da Gama* im irischen Hafen von Cobh fest. Nach dem Frühstück suchte Veitl seinen Sohn auf. Er fand ihn am Empfangstresen in der Nähe des Ein- und Ausstiegs, wo gerade noch die Ruhe vor dem Sturm herrschte, bevor die Menschenmenge sich wieder für den anstehenden Landgang sammeln würde.

Hier traf Veitl zufällig wieder auf den ungehobelten Mann vom Vorabend, während dieser sich gerade mit Benedikt am Empfangstresen unterhielt. Veitl näherte sich den beiden von hinten. Der Mann trug einen der schiffseigenen Bademäntel, dazu die weißen Plüschschlappen aus der Kajüte und sagte gerade: „Sie sind ja immerhin ein Fünf-Sterne-Schiff hier, oder nicht?! Also, das kann ja wohl nicht angehen, dass der da direkt von der Saunalandschaft rauf in den Speisesaal fährt und dann nur in der Badehose und mit Handtuch um die Hüfte am Buffet steht!"

Aber dei Aufzug, meinst, is besser oder was?, schoss es Veitl durch den Kopf. Sein Blick glitt unwillkürlich über die ebenfalls mehr als unpassende Erscheinung des Sich-Beschwerenden.

Sein Sohn blieb ungerührt freundlich und erwiderte: „Da haben Sie natürlich vollkommen recht, mein Herr. Das geht selbstverständlich nicht. Wir haben hier ja auch eine Kleiderordnung, die besagt, dass man sich in den öffentlichen Bereichen angemessen kleiden muss. Der Zutritt zu den Speiseräumen ist beispielsweise nur in Abendgarderobe gestattet, für Männer heißt das: lange Hose, Socken, Schuhe, ein Hemd und abends Krawatte und Sakko. Tagsüber reicht auch zum Beispiel ein Poloshirt. Unsere Bord-Boutique führt übrigens sehr adrette Polos verschiedener Marken im Sortiment, möchten Sie vielleicht einen Beratungstermin bei einer unserer Stylistinnen vereinbaren?"

„Erlauben Sie mal, Herr ..." Empört beugte der Mann im Schlafrock sich über den Tresen, um Benedikts Namensschild besser lesen zu können, und knurrte dann: „... Veitl. *Veitl*, was soll das denn für ein Name sein?"

Vater Veitl räusperte sich energisch hinter der Nervensäge. Die drehte sich herum und nahm nun Veitl selbst ins Visier.

„Sie schon wieder? Und was bitteschön wollen Sie dieses Mal? Mischen Sie sich jetzt auch wieder in meine Unterhaltung ein? Haben Sie schon mal was von Diskretion gehört?", bellte er.

Veitl baute sich in seiner vollen Größe vor ihm auf und stemmte zur Untermauerung seiner (Ge-)Wichtigkeit die Hände in die Hüften. „I bin quasi der Vater dieses Namens! Also ... dieses Sohnes. *I bin der Vater dieses Veitls!*" Vor Wut begann Veitl zu stottern.

Jetzt wandelte sich der Gesichtsausdruck des Beschwerers in gespieltes Mitleid, als er zu Benedikt gewandt sagte: „Der da ist Ihr Vater? Mein Beileid."

Damit ließ er die beiden Veitls stehen und stolzierte von dannen. Der Bademantel flatterte unheilverheißend hinter ihm her.

„A so a Volldepp!", kommentierte Vater Veitl immer noch wütend.

Sohn Benedikt zuckte nur die Achseln. „Ganz normal. Solche hat man auf jeder Fahrt. Einfach freundlich lächeln und *Arschloch* denken."

„Na, des denk i bei dem ned nur. Des sag i ihm dann scho. Du hättst mal hören solln, wie der gestern mit seiner Frau umgsprungen is. Des is einfach a Saubär. Aso geht ma ned mit a Frau um. A ned mit der eigenen."

Benedikt grinste, dann fand er aber wieder zu seiner geschäftsmäßigen Miene zurück.

„Apropos: Wie war's denn gestern? Hat's der Mama gefallen?"

„Mhm. Und wie! De is ganz hin und weg. Weil der ja so toll is, der Schlagerfuzzi. Richtig verliebt is's, die Mama." Veitl verdrehte die Augen.

„Du wirst doch nicht etwa eifersüchtig sein?", mutmaßte Benedikt.

„Eifersüchtig? I? Auf den? Naa, gwiss ned. Es mag ja sein, dass der zu seiner Zeit a ganz a toller Hecht war, aber heutzutag is nimmer viel los mit dem."

„Das sehen die weiblichen Fans an Bord aber offenbar anders."

„Kann scho sei. Aber da gestern, da hat ma mal ghört, dass der seine besten Zeiten, a stimmlich, scho lang hinter sich hat. Des muss ja da am Heiligabend alles Playback gwesen sein. Der klingt ja überhaupt nimmer wie auf dene alten Aufnahmen!", ätzte Veitl.

„Klar war das Playback. Schlager ist doch meistens Playback. Den Unterschied hört man dann nur bei solchen Gelegenheiten wie dem Privatkonzert gestern", bestätigte Benedikt.

„I hab's ja glei gsagt!", triumphierte Veitl.

„Aber die Mama, glaubt ma des ja ned. I hab glei gsagt, dass des ned live war. Gestern, ja, da hat er ja ned auskönnen. Aber des hat ma a ghört!"

„Und sonst? Ist dir irgendetwas aufgefallen?", fragte Benedikt ernst.

„Naa, was soll ma aufgefallen sein?"

„Na ja, du weißt schon, wegen der Sache mit der Bedrohung …"

„Ach so, ja. Also wenn's d' mi fragst, dann hat der an drum Schlag, sonst nix. I kann nix Bedrohliches feststelln."

Benedikt kicherte. „Das kann gut sein, dass der spinnt. Halte bitte trotzdem die Augen und Ohren offen, okay?"

Veitl tippte sich spielerisch vor seinem Sohn an die nicht vorhandene Mütze. „Jawoll, geht klar. Kennst mi doch."

Am Abend des zweiten Weihnachtstags kehrte Jung erschöpft in seine Kabine zurück. Er bewohnte eine der Suiten am Heck des riesigen Ozeankreuzers mit privatem Sonnendeck und Jacuzzi. Den Landgang hatte er mit einer geführten Tour durch die winterlich irische Hafenstadt verbracht. Die nasskalte Luft steckte ihm noch immer in den Knochen, doch er hatte ausharren müssen, weil sein Vertrag vorsah, dass er an diversen Veranstaltungen und Bord-Amüsements teilnahm.

Endlich war sein Auftritt vorbei und er konnte sich die aufgesetzte Fröhlichkeit aus dem Gesicht putzen. Während er die feuchte Kleidung ablegte, betrachtete er sein Spiegelbild im Ankleidespiegel seines Schlafzimmers. Was er sah, war nicht gerade dazu angetan, seine Laune zu heben. Nackt, wie Gott ihn schuf, trat er dichter an den Spiegel heran und schob mit beiden Händen an den Schläfen seine Stirnfalten glatt. Dann zog er mit den Fingerspitzen die Ringe unter seinen Augen nach. Die Falten um seine Augen ließen sich nicht mehr als Lachfältchen schönreden und die tief eingegrabenen Furchen um seine Mundwinkel, die gnadenlos nach unten wiesen, ließen für ihn keinen Zweifel daran, dass seine Tage bereits gezählt waren.

Das unbarmherzige Licht der LEDs über dem Spiegel brachte die Wahrheit an die Oberfläche. Bei Fotos und Fernsehaufnahmen konnte man immer noch ein bisschen künstlich nachhelfen, bei seinen Live-Konzerten war in der Regel genug Abstand zwischen der Bühne und den Reihen der Fans. Da feierten sie ihn wie ehedem, auch wenn es inzwischen merklich weniger Feierwillige waren, die zu seinen Auftritten kamen. Doch hier, in der Intimität seiner Kabine, gab es kein Entkommen.

Frierend, frustriert und voller Selbstmitleid stieg Jung über seine abgelegten Klamotten hinweg und ging ins großzügige Badezimmer hinüber, wo er die Dusche aufdrehte. Während er wartete, bis das Wasser heiß war, drückte er lustlos auf den Knöpfen für das Stimmungslicht herum, die das Badezimmer abwechselnd in angeblich warmes Gelb, anregendes Rot, entspannendes Grün und beruhigendes Blau tauchten. Dann startete er das integrierte Soundsystem und zappte sich durch die angebotenen Kanäle. Es gab auch ein Schlagerprogramm, das man passend zum Staraufgebot der Reise bestückt hatte. Während Jung sein jüngeres Selbst seinen großen Hit *Adios* schmettern hörte, drückte er resigniert auf den Off-Knopf.

Das heiße Wasser brachte auch nicht die erhoffte Entspannung, dennoch stellte Jung sich direkt unter den Strahl und ließ ihn dampfend auf sein Haupt prasseln. Er schloss die Augen und versuchte sich mit tiefen, kontrollierten Atemzügen selbst zu erden, wie es ihm sein Chi-Energy-Chakra-Trainer beigebracht hatte.

Er war mit seiner inneren Reinigung gerade beim Herz-Chakra angelangt, als ihn ein kratzendes Geräusch aus seiner Meditation riss. Augenblicklich kroch die Angst in Jung hoch.

Was war das?

Er drehte das Wasser ab und horchte.

War da jemand in der Suite?

Doch abgesehen von seinem eigenen Herzschlag hörte Jung nun nichts mehr. Die Lust nach einer ausgiebigen Dusche war ihm jedenfalls vergangen. Er angelte sich ein Handtuch und wickelte sich in das weiche Frottee.

Ein Rascheln drang vom Schlafzimmer herein. Jetzt war Jung sich sicher, dass er sich nicht verhört hatte. Panik befiel ihn. War das ein Einbrecher, der sich in seinem Schlafzimmer zu schaffen machte? Oder hatte es da jemand auf ihn selbst abgesehen?

Er kauerte sich in einer Ecke des großzügigen Badezimmers zusammen, schlang die Arme um die angezogenen Knie und wiegte sich schaukelnd vor und zurück.

Draußen fiel etwas krachend zu Boden.

Ein Wimmern entfuhr Jung und er presste seine Hand fest auf den Mund, um sich nicht zu verraten. Er war unfähig, einen klaren Gedanken zu fassen.

Frühjahr 1985
Noch immer war die ZDF-Hitparade musikalisch tonangebend. Die seit 1969 bestehende Fernsehshow erfreute sich unter anderem deshalb immer noch so großer Beliebtheit, weil sie einige bahnbrechende Neuerungen in die Musik-Sendungslandschaft des deutschen Fernsehens gebracht hatte. In der Hitparade traten die Interpreten zu einem Halbplayback auf, außerdem wurde die Sendung live und vor echtem Publikum aufgenommen. Zum Beweis lief im Hintergrund auch immer eine Anzeige mit dem aktuellen Datum und der Uhrzeit. Zehn Titel standen jedes Mal zur Wahl, ausgewählt von einer unabhängigen Jury anhand der Verkaufszahlen und Medienpräsenz. Aus dieser Liste wählten die Zuschauer ihren Favoriten. Nachdem Roy Black sich gleich zu Beginn auf Platz eins festgesetzt hatte, wurde die zusätzliche Regel eingeführt, dass jeder Titel nur einmal gespielt wurde.

Im Vorjahr hatte Roman Jung mit seinem *Adios* haushoch gewonnen. Danach ging der Titel deutschlandweit so richtig durch die Decke, hielt sich über ein halbes Jahr in den deutschen Singlecharts und machte Jung zum gefragtesten Schlagersänger des Jahres.

Dieter Thomas Heck, dessen Person untrennbar mit der Hitparade verbunden schien, hatte Ende des Jahres 1984 seine Fangemeinde mit der Ankündigung erschüttert, dass er die Sendung verlassen werde. Für ihn übernahm Viktor Worms.

Bei dessen dritter Sendung 1985 stand nun Jung wieder mit auf der Bühne. Der neue Titel hieß *Am weißen Strand von Barbados* und Jung rechnete sich erneut beste Chancen aus.

Siegessicher brachte er sich im Publikum in Position. Es war von Anfang an Teil des Konzepts der Hitparade gewesen, dass die Sänger und Sängerinnen möglichst nah am Publikum auftraten.

Der weiße Anzug war inzwischen zu so etwas wie seinem Markenzeichen geworden. Statt Hemd und Krawatte trug er dazu aber lässige Shirts, heute in einem angesagten Neongrünton. Um den sommerlichen Urlaubscharakter des Liedes zu unterstreichen, stand Jung barfuß auf der Bühne, die Ärmel seines Sakkos hochgekrempelt.

Das Halbplayback begann und Jung erhob sich.
Am weißen Strand von Barbados
ist der Himmel wolkenlos
mit dir lag ich im warmen Sand
und träumte mich ins Märchenland.

Am weißen Strand von Barbados
war die Liebe grenzenlos.
Ich fühle die Sehnsucht wieder
doch von dir blieben nur meine Lieder
und der weiße Strand von Barbados.
...

Der Weg, den er während seiner Darbietung durch das Studio nehmen sollte, war genau vorgegeben, damit das Mikrofonkabel auch reichte und er nicht versehentlich darüber stolperte. Die Kameras fingen ihn ein und er lächelte siegessicher für die Zuschauer zu Hause an den Fernsehgeräten.

Beim Live-Publikum kam seine Darbietung gut an, Jung spürte die Begeisterung seiner Fans und ließ sich von dieser Welle tragen. Immer wieder drückten ihm die vornehmlich weiblichen Fans Blumen und Stofftiere in die Hand. Mehrmals musste er die in Zellophan verpackten Rosen und Nelken ablegen, weil er sonst keine Hand für sein Mikrofon mehr freigehabt hätte. Als die letzten Töne seines Liedes verklungen waren, setzte minutenlanger frenetischer Applaus ein.

Nachdem er zu seinem Platz zurückkehrte, erhaschte Jung einen Blick auf seinen Produzenten. Gmeiner hielt beide Daumen nach oben und grinste breit über das ganze Gesicht.

Christina Berger fiel Jung verzückt um den Hals und küsste ihn vor laufender Kamera auf den Mund. „Super Vorstellung, du wirst sie alle abhängen!", flüsterte sie ihm zu.

Jung lächelte verkniffen. Es war ihm nicht entgangen, dass der Kameramann bei Chrissys Kuss extra draufgehalten hatte. Ihr Begeisterungssturm war also gerade für jedermann sichtbar über den Äther gegangen.

„Lass das!", zischte er ihr zu.

Chrissy tat beleidigt. „Was denn? Ich freu mich für dich!"

Jung erwiderte nichts, doch er wurde den Verdacht nicht los, dass es ihr vor allen Dingen um sie selbst ging, wenn sie sich gekonnt ins Bild drängte, wann immer er sie irgendwohin mitnahm.

Seit ihrer spontanen Verführungsaktion am Abend der *Goldenen Stimmgabel*-Verleihung hatten sie sich unregelmäßig gesehen und, ja, Jung hatte ihr auch immer wieder nachgegeben. Sie war eine attraktive Frau und es schmeichelte ihm, dass sie ihn so offensichtlich begehrte. Er genoss es, von einer hübschen Frau umgarnt zu werden; es gab seinem Selbstbewusstsein einen Schub.

Jung hatte früh geheiratet, seine Ehe war gescheitert und jetzt hatte er das Gefühl, endlich wieder zu leben. Solange er mit seiner Musik mehr schlecht als recht um die Runden gekommen war, hatte es auch keine interessierten weiblichen Fans gegeben. Jetzt stellte Jung fest, dass der Erfolg viele positive Nebeneffekte zeitigte. Chrissy war nur einer davon. Und Jung dachte nicht daran, sich so bald wieder festzulegen.

Was ihn jedoch zunehmend nervte, war Chrissys Besitzanspruch an ihn. Sie tat gerade so, als wären sie in einer festen Beziehung. Unzählige Male hatte er sich schon vorgenommen, ihr den Laufpass zu geben. Doch sie verstand es hervorragend, immer dann besonders aufreizend aufzutreten, wenn er die Schnauze voll von ihr hatte und gerade Schwung holte, um ihr das auch zu sagen.

Der nächste Interpret war an der Reihe. Jung konzentrierte sich wieder auf das Wesentliche. Howard Carpendale – *der schöne Blonde*, wie die Presse ihn bejubelte – präsentierte einen Titel aus seinem aktuellen Album, *Hello again*.

„Der kann dir nicht das Wasser reichen", flüsterte Chrissy und griff nach Jungs Hand.

Er zog sie weg und brummte: „Dieser südafrikanische Schmierenkomödiant wickelt die Weiber scharenweise um den Finger, sieh dir nur an, wie sie ihn anschmachten. Affig ist das!"

„Wenn sie dich anschmachten, findest du es nicht affig", bemerkte Chrissy spitz und Jung presste verärgert die Lippen aufeinander.

Jung war mit der Startnummer neun ins Rennen gegangen, Carpendale hatte die Nummer zehn. Zumindest würde diese Posse bald zu Ende sein. Jung schwante schon Übles, als das Publikum geradezu ekstatisch auf Carpendales Auftritt reagierte. Sie klatschten, johlten und stampften mit den Füßen, sodass die metallenen Stellagen, auf denen die Zuschauer saßen, klapperten und bebten.

Viktor Worms platzte ebenfalls fast vor Euphorie: „Wenn das kein atemberaubender Auftritt war! Howard Carpendale, an diesem Mann kommt man einfach nicht vorbei. Erinnern Sie sich noch an seine Auftritte hier in der Hitparade? *Das schöne Mädchen von Seite eins*, *Tür an Tür mit Alice*, *Ti amo*, das alles ist Schnee von gestern, denn jetzt heißt es für ihn und uns alle: *Hello again*! Und ich denke, ich verrate nicht zu viel, wenn ich sage: Ich glaube, wir werden ihn noch oft hier wiedersehen!"

Jung bewegte den Mund in einer zynischen Parodie der Begeisterung des Moderators. „Blablabla ... Wer war denn seit fast einem Jahr beinahe durchgängig in den Top Ten? Der blonde Fuzzi oder ich?"

Chrissy tätschelte Jung den Arm. „Wart doch erst einmal ab."

Worms, der ein geblümtes Hawaiihemd trug, dessen Design stark an ein Geschirrtuch erinnerte, und einen Haarschnitt hatte, als hätte seine Mutter ihm die Frisur zu Hause in der Badewanne verpasst, tänzelte um die Anzeigetafel herum, auf der die zehn Interpreten aufgelistet standen. Hinter jedem Namen wuchs ein farbiger Balken an, der die Auswertung des Tele-Votings symbolisierte.

Schnell setzten Jung und Carpendale sich von allen anderen ab. Worms winkte sie beide nach vorne und auf dem Weg drückten ihre Fans ihnen beiden wieder Blumen und andere Aufmerksamkeiten in die Hände. Jung schenkte seinen Fans gar keine Beachtung, er sah nur den großen Blonden, wie er lächelnd Hände schüttelte und Küsschen gab.

Jungs Hand krallte sich in ein Fangeschenk, das Zellophan raschelte und die darin befindliche rote Nelke und das sie umgebende Schleierkraut zerknautschten. Ein empörter Blick von einer älteren Dame in der ersten Reihe traf Jung, doch er hatte nur Augen für den Balken, der sich Millimeter für Millimeter vorwärts schob, immer gleich auf mit dem von Carpendale. Bis er ...

Ja, bis er schließlich zum Stillstand kam.

Der von Jung. Carpendales lief weiter und lief und lief ...

Dann blieb auch er stehen. Hinter Carpendales Balken erschien die Zahl 33,4%. Daneben sah Jungs Balken plötzlich mickrig kurz aus.

Der strahlende Sieger übernahm erneut das Mikrofon von Worms und gab dabei eine wirklich glaubhafte Darbietung des überraschten, geschmeichelten Gewinners. Viktor Worms schüttelte ihm so heftig die Hand, dass Jung schon befürchtete, er würde Carpendale den Arm auskugeln. Jung hatte keine Lust mehr auf den Typ, doch sie waren immer noch auf Sendung. Sein nicht allzu erfreuter Abgang würde live in alle Wohnzimmer Deutschlands übertragen werden, also hielt ihn diese Vorstellung zurück. So blieb ihm nichts anderes übrig, als ein möglichst glaubwürdiges *Ich gönn' ihm den Sieg*-Lächeln aufzusetzen und Carpendale als fairer Zweiter sogar noch die Hand zu geben.

Endlich waren die Scheinwerfer und Kameras aus, das Publikum verließ das Studio und Jung suchte das Weite.

26. Dezember 2017

„Jetzt bitte da Reih nach. Was is passiert?" Veitl sah den Kapitän an, dessen Blick ruhte auf dem aufgelösten Schlagersänger.

Jung saß in einen Bademantel gehüllt mit nassen Haaren und reichlich derangiert vor ihnen. Der Kapitän hatte den panischen Mann in einen der Mannschaftsräume gebracht und nach Veitl schicken lassen. Jung stammelte nur unzusammenhängende Sätze und zitterte unkontrolliert. Nachdem er keine Antwort gab, sagte der Kapitän an seiner Stelle: „Er irrte unbekleidet und nass durch das Schiff. Es grenzt an ein Wunder, dass niemand ihn so zu Gesicht bekommen hat. Einer meiner Matrosen hat ihn zufällig gefunden. Er behauptet, in seine Kabine sei eingebrochen worden."

„Und? Ham'S de Kabine überprüft? War da wer drin?", fragte Veitl.

Der Kapitän verneinte. „Es ist keine Spur von einem Einbruch erkennbar."

Veitl ging in die Hocke, um Jung direkt in die Augen sehen zu können. Der gefeierte Star starrte blicklos den Boden an.

„Der is ja überhaupt ned bei sich", stellte Veitl fest.

Er griff nach dem schlaff herunterhängenden Arm des Mannes und fühlte den Puls. Dann versetzte er ihm mit der flachen Hand einige Klapse auf beide Wangen, um ihn wieder in die Gegenwart zurückzuholen.

„Hallo? Herr Jung, hörn Sie mi?" Und zum Kapitän und den umstehenden Matrosen gewandt fügte er hinzu: „Ja, sagt's amal, hat der gsoffen?"

Wie in Zeitlupe hob der Sänger den Blick und schüttelte schleppend den Kopf. „Ich trinke nicht", presste er hervor.

Veitl erhob sich und erklärte in Richtung des Kapitäns: „Der braucht an Arzt. Vorher hat da a Befragung überhaupt kan Sinn."

„Bringen Sie Herrn Jung bitte auf seine Kabine, damit er sich etwas anziehen kann, und dann …"

Weiter kam der Kapitän mit seiner Anweisung nicht. Wie von der Tarantel gestochen, schoss Jung in die Höhe und kreischte schrill: *„Ich gehe nicht zurück in die Kabine! Auf keinen Fall!"*

Veitl, der am nächsten stand, packte Jung an den Schultern und drückte ihn zurück auf seinen Sitz. Sicherheitshalber hielt er ihn dort fest, als er sagte: „Beruhigen'S Ihnen. I geh mit. Da passiert nix, Sie ham ja quasi polizeilichen Geleitschutz."

Gemeinsam mit zwei Matrosen bugsierte Veitl den panischen Schlagersänger zurück zu seiner Suite. Einen Matrosen schickte

Veitl voraus, damit der Weg frei war – er wollte Jung die Blamage ersparen, in diesem Zustand von seinen Fans gesehen zu werden –, der andere Seemann musste ihn von der einen Seite stützen. Veitl selbst griff von der anderen Seite unter seinen Arm und führte ihn. So erreichten sie die Kabinentür.

Vor der Tür begann Jung wieder zu wimmern. „Ich geh da nicht hinein. Ich kann nicht."

Doch Veitl öffnete entschlossen die Tür und schob den Schlagersänger hindurch. Fast erwartete er schon, die Luxuskabine verwüstet vorzufinden, doch auf den ersten Blick war tatsächlich nichts auffällig. Die breite Schiebetür, die auf einen privaten Achternbalkon hinausführte, stand weit offen und ließ die eiskalte Abendluft herein. Mit geschultem Blick überprüfte Veitl das Schloss, doch die Tür war eindeutig nicht mit Gewalt geöffnet worden. Fröstelnd ging der Kommissar hinaus auf den Balkon und sah sich dort um. Er war viel größer als der, der zu Veitls eigener Kabine gehörte, und mit zwei eleganten Liegen bestuhlt. Von der verglasten Reling aus sah man das gekräuselte Wasser am Heck des riesigen Schiffes. Weit unter ihnen wehte die Deutschlandflagge.

Veitl kehrte in die Kabine zurück und zog die Schiebetür zu.

„Also von da draußen kann niemand in die Kabine kommen sei. Außer er kann fliegen. Oder senkrecht über de Bordwänd laufen."

Die beiden Matrosen hatten Jung inzwischen beim Anziehen assistiert. Der Sänger saß zusammengesunken auf dem breiten Bett.

Da klopfte es an der Kabinentür.

Sofort schnellte Jung in die Höhe, schiere Panik in den Augen, und stieß ein Kreischen wie eine hysterische Operndiva aus. Veitl tätschelte ihm beruhigend den Arm. „Na, na, kenn di wieder. Des is sicher da Schiffsarzt."

Tatsächlich trat der bordeigene Mediziner, offenbar vom Kapitän verständigt, in das Schlafzimmer der Suite ein. Die beiden Matrosen nutzten die Gelegenheit und verabschiedeten sich rasch, nur Veitl blieb noch zurück.

„Wie geht es dem Patienten?", fragte der Arzt den Kommissar.

„Immer no panisch. Vielleicht können'S ihm als Erstes was zur Beruhigung geben?"

Der Arzt stellte seine Tasche ab und nötigte Jung erst einmal dazu, sich aufs Bett zu legen. Er kontrollierte Puls, Blutdruck und Pupillenreaktion.

„Wie fühlen Sie sich?", fragte er Jung direkt.

Seine Stimme war nur ein Flüstern, als er antwortete: „Schlecht."

„Sie brauchen jetzt unbedingt Ruhe", ordnete der Arzt an. „Ich lasse Ihnen einen Tee bringen und wenn Sie möchten, kann ich Ihnen eine Spritze geben."

Jung nickte ergeben.

Der Arzt ging zu seinem Koffer und holte ein Fläschchen heraus, prüfte den Inhalt und zog dann eine Spritze damit auf. Er kehrte zum Bett zurück. „Das ist ein Tranquilizer, ein stark wirksames Benzodiazepin. Sie werden danach einfach schlafen und hoffentlich fühlen Sie sich morgen früh schon wieder etwas besser. Ich komme auf jeden Fall morgen noch einmal vorbei und sehe nach Ihnen."

Er verabreichte dem Patienten die Injektion, dann verstaute er seine Utensilien wieder in seinem Koffer, ließ die Schnallen zuschnappen und schickte sich an zu gehen. Veitl bewegte sich ebenfalls zur Tür. Da saß Jung sofort wieder aufrecht in seinem Bett und sein Blick bekam wieder etwas Angsterfülltes. „Wo gehen Sie hin? Lassen Sie mich hier nicht allein! Ich bin hier nicht sicher!"

Veitl und der Arzt wechselten einen Blick.

„Ich bleibe hier unter keinen Umständen allein!", insistierte Jung erneut.

Veitl seufzte. „Mei, also weißt. I kann doch ned hier übernachten! Wie stelln'S Ihnen denn des vor?"

Jungs Miene hellte sich augenblicklich auf. „Sehr gute Idee. Ja, mein Freund, Sie bleiben heute hier bei mir. Sie können draußen auf dem Sofa schlafen, das ist sehr bequem. Wenn Sie vor meiner Schlafzimmertür wachen, dann kann ich beruhigt schlafen."

Veitl warf dem Arzt einen hilfesuchenden Blick zu. Der verkniff sich nur mit Mühe ein Grinsen und beeilte sich zu beteuern: „Ich kann leider auf keinen Fall hier bleiben. Ich habe ja noch andere Patienten an Bord. Also, meine Herren, ich empfehle mich!"

Er klopfte Veitl noch aufmunternd auf die Schulter, bevor er das Weite suchte.

„Ja, ganz toll", knurrte Veitl mehr zu sich selbst. „Manchmal frag i mi vei, was i verbrochen hab ..."

„Also bleiben Sie?", bettelte Jung hoffnungsvoll, und beinahe glaubte Veitl unter der Panik schon wieder einen Anflug seines aufgesetzten Charmes zu erspähen.

„Was soll i denn da meiner Frau erzählen? Mir san hier auf Urlaub und dann lass i sie erst allein beim Abendessen sitzen und jetzt bleib i glei de ganze Nacht weg. Sowas geht doch ned!"

„Bringen Sie sie doch mit her!", schlug Jung vor. „Sie können doch gemeinsam hier in meiner Suite übernachten. Das Sofa kann man ausziehen. Sie lassen sich etwas Hübsches aufs Zimmer bringen, als Ersatz für das ausgefallene Abendessen. Die Minibar ist auch sehr gut bestückt. Außerdem hat das Badezimmer einen Jacuzzi und eine Dampfdusche. Da haben Sie beide einen schönen Abend und ich bin beruhigt!"

Veitl wusste nicht, ob ihm zum Lachen oder zum Weinen zumute war. Er nickte gottergeben, weil er ahnte, dass Jung andernfalls sowieso keine Ruhe geben würde. „Also schön, i frag's."

Und im Hinausgehen setzte er noch halblaut hinzu: „Also wenn i des daheim erzähl, des glaubt mir kein Mensch!"

Vom Wohnzimmer der Suite aus rief er auf seiner eigenen Kabine an. Kaum war er außer Sichtweite, hörte er Jung hinter sich jammern: „Wo gehen Sie hin?"

„I bin scho no da. I telefonier bloß kurz", rief er über die Schulter.

Margarete nahm ab.

„Gretel, hör zu … naa, setz di besser hin. Also pass auf, i bin in der Suite vom Roman Jung, gell? Der hat an Nervenzusammenbruch, weil er glaubt, dass jemand bei ihm einbrechen wollt. Deswegen will er jetzt auf keinen Fall allein bleiben."

Margarete fragte irritiert: „Ja und? Was machst etz du da dabei?"

„I soll jetz hier auf der Kabine bleiben. Genauer gsagt hat er uns alle beide eingladen, mir solln hier übernachten. Also im Wohnzimmer halt, ned bei ihm im Schlafzimmer – um Himmels willn!"

„Übernachten? Wir beide? Beim Roman Jung?" Veitl konnte Margaretes ungläubige Miene förmlich *hören*.

„Der hat jetzt was gspritzt kriegt vom Doktor, der schlaft vermutlich eh glei tief und fest, vielleicht könn 'ma uns dann wieder verziehen. Aber komm bitte schnell her, ja?", bat Veitl.

Als er aufgelegt hatte, klopfte es erneut. Veitl hörte, wie Jung im Schlafzimmer wieder ein entsetztes Quieken von sich gab. Veitl verdrehte die Augen zur Decke und ging die Tür öffnen. *Hoffentlich schlaft der jetz bald*, ging es ihm durch den Kopf.

Draußen stand ein Steward mit einem Rollwagen.

„Johanniskrauttee für Herrn Jung", erklärte er und schob das Wägelchen in die Suite.

Jungs jammernde Stimme drang wieder durch die halb geöffnete Tür: „Wer ist denn da? Lassen Sie auf keinen Fall jemanden in die Suite! Es könnte der Einbrecher sein!"

„Ach Herrschaft!", entfuhr es Veitl. „Jetzt spinn de aus!" Er nahm dem Steward Teekanne und Teetasse ab und bugsierte ihn mitsamt Wagen schnellstmöglich wieder hinaus.

Der Steward stand noch in Erwartung eines Trinkgeldes vor der Tür, als Veitl ihm diese unsanft vor der Nase zumachte.

Frühjahr 1985

Kaum waren die Scheinwerfer erloschen, erstarb das aufgesetzte Lächeln auf Jungs Gesicht. Er pfefferte die Zellophansträuße auf seinen Sitzplatz in der ersten Reihe und stapfte hinaus. Chrissy Berger beeilte sich, ihm zu folgen, doch er würdigte sie keines Blickes. Vor seiner Garderobe angekommen, ließ er sie einfach stehen und knallte ihr die Tür vor der Nase zu.

Drinnen ließ er sich auf einen Stuhl sinken. Es war gar nicht so sehr die Enttäuschung über die Niederlage. Die hätte er verschmerzen können. In letzter Zeit war er vom Erfolg verwöhnt worden, es war klar, dass es nicht ewig nur nach oben gehen konnte. Der zweite Platz war ja nicht schlecht. Eigentlich.

Missmutig erinnerte sich Jung an den Triumph bei seinem letzten Auftritt in der Sendung, als er mit *Adios* haushoch gewonnen hatte. Uneinholbar.

Es wurmte ihn, dass er ausgerechnet gegen *den großen Blonden* verloren hatte. Dieser aufgeblasene Fatzke, dem die Frauen nachliefen wie … ja, wie eigentlich?

Wie sonst nur ihm?

War es das?

Jung sah seinem Spiegelbild forschend in die Augen.

Eifersucht? War er eifersüchtig?

Dabei konnte er sich über fehlende weibliche Aufmerksamkeit wahrlich nicht beklagen. Gerade war es ihm nur mit Mühe gelungen, Chrissy abzuschütteln. Ein Grinsen glitt unwillkürlich über sein Gesicht. Er konnte es gut im Spiegel sehen.

Eine Bewegung hinter ihm erregte plötzlich seine Aufmerksamkeit. Er hob den Blick und halb erwartete er, Chrissys platinblonde Mähne im Spiegel zu sehen. Doch sie war es nicht.

Es war eine Hostess des Fernsehsenders. Offenbar hatte sie sich in der Tür geirrt. Erschrocken stammelte sie: „Ach herrje, es tut mir leid. Bitte verzeihen Sie die Störung."

Schon schob sie sich rückwärts wieder zur Tür hinaus, da hielt sie noch einmal inne. „Sind Sie nicht Roman Jung? Der Schlagersänger?"

Jung drehte sich zu ihr um und sah sie direkt an. „Ja, der bin ich. Das hier ist meine Garderobe. Steht an der Tür." Er hatte nicht beabsichtigt, so barsch zu klingen. Freundlicher fügte er hinzu: „Wen suchen Sie denn?"

Die junge Frau stand einfach nur da und starrte Jung an.

„Hören Sie mich? Was wollten Sie denn?"

Sie ignorierte seine Frage und stieß ganz aufgeregt hervor: „Wissen Sie, dass ich ein riesengroßer Fan von Ihnen bin? Ich habe all Ihre Platten zu Hause. Ihre aktuelle mag ich besonders."

Jung lächelte. Seine Wut war verflogen. „Kommen Sie doch herein. Möchten Sie ein Autogramm?"

Er suchte nach einem Stift in dem Chaos auf der Ablage unter dem Spiegel. Die junge Frau, die inzwischen gar nicht mehr schüchtern wirkte, hatte die Tür hinter sich geschlossen und stand nun fast ehrfurchtsvoll vor der Kleiderstange, an der seine Anzüge für die Bühne hingen. Gedankenverloren strich sie über den Ärmel eines weißen Sakkos.

„In diesen weißen Anzügen sehen Sie wirklich großartig aus. Ich bin sowieso der Ansicht, dass Sie viel besser aussehen als zum Beispiel dieser Carpendale. Haben Sie heute Abend bemerkt, dass seine Schuhe unmöglich aussahen? Ich weiß nicht, wer sein Berater ist, aber er sollte ihn feuern." Sie strahlte Jung entwaffnend an.

Schon als sie ratlos im Türrahmen gestanden hatte, war er von ihr überzeugt gewesen. Diesen Seitenhieb auf Carpendale hätte es gar nicht mehr gebraucht, doch er ging ihm runter wie Öl.

Nichts reparierte ein angeschlagenes Ego so sehr wie die aufrichtige Bewunderung einer schönen Frau. Jung ließ seinen Blick über seine Besucherin gleiten. Na, wenn da nicht noch mehr drin war ...

Von Jung unmissverständlich an der Garderobentür abgestreift, war Chrissy unschlüssig im Foyer herumgestanden, bis die Crew von Carpendale den Gang herunterkam, den gefeierten Gewinner des Abends mitten unter ihnen. Sie alle lachten und waren verständlicherweise bester Stimmung. Chrissy kannte einige Leute aus seiner Gefolgschaft flüchtig. Eine dunkelhäutige Backgroundsängerin mit blond gefärbten Afrolocken rief Chrissy zu: „Hey, wir gehen noch feiern. Kommst du mit? Geht alles auf ihn heute!"

Einen Augenblick zögerte Chrissy, dann winkte sie ab. „Ich denke nicht, danke."

Stattdessen machte Chrissy sich auf den Weg zurück zu Jungs Kabine. Er würde sich inzwischen wohl beruhigt haben und vermutlich bedurfte er der Ablenkung mehr als Carpendale. Dass er verloren hatte, musste ein harter Schlag für ihn gewesen sein. Chrissy verzichtete darauf anzuklopfen, sondern öffnete leise die Tür. Sie steckte ihren Kopf in die Garderobe, in der Annahme, Jung frustriert vor dem Spiegel vorzufinden. Auf den Anblick, der sich ihr dort bot, war sie jedoch nicht vorbereitet gewesen.

Jung stand mit dem Rücken zur Tür, er hatte die Hosen heruntergelassen und war mit einem vor Entzücken quiekenden, eindeutig weiblichen Wesen zugange. Um wen es sich handelte, konnte Chrissy nicht erkennen.

Schnell schloss sie die Tür wieder. Mit dem Rücken an diese gelehnt, blieb Chrissy stehen und versuchte das eben Gesehene zu verarbeiten. Sie hatte ihn trösten wollen, doch ganz offensichtlich hatte er sich bereits anderweitig getröstet. Dabei scherte es ihn auch nicht, dass er sie zu dieser Veranstaltung mitgeschleift hatte. Noch nicht einmal abgeschlossen hatte er!

Er musste doch damit rechnen, dass sie kam, um nach ihm zu sehen. Hatte er es darauf angelegt? Hatte sie ihn so vorfinden sollen? Was für ein geschmackloser Scherz sollte das sein?

Dass er frustriert war, das war ja das eine. Aber sie so zu demütigen, dafür konnte es keine Entschuldigung geben. Nun, zugegeben, sie waren nicht offiziell zusammen. Die Klatschblätter schrieben über sie beide und gerade eben war ganz Deutschland Zeuge ihrer Vertrautheit geworden. Für Chrissy war es eigentlich nur noch eine Frage der Zeit gewesen. Aber jetzt ...

Heiße Tränen liefen ihr über die Wangen. Trotzig wischte sie sie weg.

„Schön", murmelte sie. „Wenn du meinst, du musst dich ohne mich amüsieren, das kann ich auch!"

Entschlossen lief sie, so schnell es ihre High Heels zuließen, zurück zum Eingangsbereich. Hoffentlich waren Carpendale und sein Tross noch nicht gegangen. Und selbst wenn, der Portier würde sicherlich wissen, wo sie sie finden würde.

26. Dezember 2017

Veitl und Margarete verbrachten also gezwungenermaßen den Abend in Jungs Kabine. Margarete hatte sich schnell in die Rolle der Krankenschwester eingefunden.

Nachdem sie nach Jung gesehen, ihm den Tee eingeflößt und das Bett noch einmal aufgeschüttelt hatte, schlief der Schlagerstar endlich ein. Anschließend kehrte sie zu Veitl zurück, der auf der Terrasse in einem der Liegestühle saß und den Sonnenuntergang beobachtete.

„Schlaft er?", fragte er, ohne sich umzudrehen.

Seine Frau ließ sich neben ihn in den anderen Deckchair sinken.

„Ja. Gott sei Dank."

„Also des entzaubert so an Star dann scho ziemlich, oder?", fragte Veitl mit unverhohlener Genugtuung.

Margarete erwiderte ernst: „Du bist gschert, Flori. Der arme Mann is krank."

„Ja", bestätigte Veitl. „Im Hirn!"

„Des is unfair. Es is sicher ned leicht, so a Leben als Schlagerstar. Ständig unterwegs, dauernd de Auftritte ..."

„Genau. Und de Weiber, de teuren Hotels, jetzt de Kreuzfahrt aufm Fünf-Sterne-Schiff ... Kann einem direkt leidtun, der Arme."

Margarete bedachte ihren Mann mit einem tadelnden Blick.

„Des is doch alles ned echt bei dem. Dem tun die Leute vornrum schön hin, dabei wollen's alle bloß a bissl was abham von seim Ruhm und von seim Geld. I glaub, dass der im tiefsten Innern seines Herzens furchtbar einsam is."

„Jetzad schaug doch mal, wie schön des do is", wechselte Veitl das Thema. Margarete wandte ihren Blick zum Heck der *Vasco da Gama*. Über der weiten See tauchte die untergehende Sonne im Westen den gesamten Ozean in ein flammendes Farbenspiel.

„Wunderschön", pflichtete sie ihm bei.

Veitl griff neben sich und zauberte eine Flasche Champagner und zwei langstielige Gläser hervor. „Und schaug, was i im Kühlschrank gfunden hab. Schampus. Geht aufs Haus." Er zwinkerte ihr spitzbübisch zu und schenkte die beiden Gläser voll.

Margarete nahm einen Schluck von dem prickelnden Schaumwein und hielt ihr Glas dann hoch, als wollte sie einen Toast ausbringen. „Genieß ma den Abend, dat i sagn. Auf uns! Und darauf, dass ma in unserm Alter noch amal Eltern wordn san."

Veitl sah sie verständnislos an.

„Ja, is doch a bissl so, oder? Wie früher. D'Kinder san im Bett, endlich is a Ruh und wir zwei ham Zeit für uns." Margarete zwinkerte ihrem Flori keck zu.

Am anderen Morgen lagen Veitl und Margarete noch tief und fest schlafend auf der zum Bett umfunktionierten Couch der Luxussuite, als plötzlich Jung mitten im Wohnbereich auftauchte.

Veitl brummte ein wenig der Schädel vom Champagner am Abend zuvor. Er blinzelte verschlafen, dann riss er erschrocken beide Augen auf.

„Jessas, Maria und Josef!", entfuhr es ihm.

Jung trug nichts außer einem Leoparden-Stringtanga am Leib. Immerhin sah er erheblich besser aus als am Vortag.

„Guten Morgen! Ein ganz wunderbarer Morgen ist das!", begrüßte Jung den Kommissar.

Ungeniert schob er sich um das Nachtlager seiner Gäste herum und öffnete die Terrassentür. Margarete gab ein Grunzen von sich, dann wühlte sie sich aus ihrer Decke und blinzelte ins helle Morgenlicht. „Wasn?", fragte sie gähnend. „Warum machstn so a Gaudi in aller Herrgottsfrüh?"

„Des bin doch ned i", zischte Veitl. „Des is *er*!"

Margarete stützte sich auf einen Ellbogen und blickte in Richtung Terrasse, wo Jung und der Stringtanga gerade in eine Yogastellung vertieft waren.

Peinlich berührt hielt Veitl Margarete seine Hand vor die Augen. „Ned hinschaun, um Himmels willen, ned hinschaun!"

„Geh!" Margarete schob Veitls Hand fort. „Meinst, i hab no nie an nackerten Mann gsehng? Aber mir wär's lieber, wenn der jetzt *mi* ned unbedingt im Schlafanzug siehgt. I bin mal schnell im Bad, bis der fertig is da draußen." Sie schlüpfte von ihrer Couch, raffte ihre Kleider zusammen und verschwand nebenan.

Veitl angelte sich ebenfalls seine Hose und beeilte sich, sie anzuziehen. Als er gerade dabei war, das Bett wieder zurück in eine Couch zu verwandeln, kam Jung von seinem Morgenyoga zurück.

„Aaahhh …", machte er. „Ich fühle mich wie neu geboren. Vielen Dank für Ihre Hilfe."

„Nix zu danken", sagte Veitl gönnerhaft. „War ja wirklich recht nett hier in Ihrer Suite, Herr Jung."

„Sagen Sie doch bitte Roman zu mir", bot Jung an.

„Von mir aus, i bin da Flori. Und i hab jetz an Hunger."

Erschrocken warf Jung einen Blick auf die Digitalanzeige des Fernsehers. „Oh Gott, ja. Ich muss auch zum Frühstück. Ich habe so ein intimes Frühstück mit den Buchern des Platin-Premium-Package im Sao Gabriel-Restaurant. Ich bin spät dran."

Veitl wollte die Gelegenheit nutzen und sich verabschieden. Nur Margarete fehlte noch. Jung verschwand wieder im Schlafzimmer. Veitls Blick blieb unwillkürlich an seinen Hinterbacken kleben, als er hinausging.

In diesem Augenblick kehrte Margarete zurück. Sie sah wieder aus wie aus dem Ei gepellt. Veitl registrierte, dass sie offenbar sogar Schminkzeug mit in die Suite gebracht hatte, und das, obwohl sie sich doch sonst eigentlich kaum schminkte.

„Is er no beim Yoga?", wollte sie wissen und schielte über Veitls Schulter hinaus auf die Terrasse.

„Naa, er is scho fertig. Des hast jetz verpasst, er ziehgt se scho wieder o", erklärte Veitl spitz. „Vielleicht kannst ihm helfen ..."

„Aber für sei Alter, ha? Sag selber!", stocherte Margarete ungerührt in der Wunde.

„Geh, mit so am halberten Unterhoserl, wo hint und vorn alles außahängt. Also schee is was andres! Des is wie a schlimmer Verkehrsunfall. Es is grauenhaft, aber ma konn ned wegschaugn."

Margarete kicherte.

Veitl schob sie Richtung Ausgangstür. „So, also wir gehn dann. Viel Spaß beim Frühstück", rief er in Richtung Schlafzimmer.

Jung steckte den Kopf zur Tür heraus. „Ach, jetzt hab ich mich von der Frau Gemahlin gar nicht verabschieden können. Vielen, vielen Dank noch einmal für alles! Ich weiß das wirklich sehr zu schätzen. Darf ich euch beide vielleicht heute Nachmittag einladen? Wir haben eine Generalprobe für die große Silvestergala, in Cobh sind ja gestern noch ein paar weitere Showstars zugestiegen."

Margaretes Augen leuchteten. „Oh, des wär schön! Gell, Flori? Des würd ma gern sehen."

„Ja, i krieg mi glei nimmer vor lauter Freud", erwiderte Veitl sarkastisch.

Margarete ignorierte seinen Einwurf. „Also dann! Wann geht's denn los? Und wer kommt da jetz no aller?"

Jung, der nur ein Handtuch um die Hüfte gewickelt hatte, schüttelte Margarete begeistert die Hand. „Heute Nachmittag um siebzehn Uhr auf der großen Showbühne. Ich weiß es, um ehrlich zu sein, selber nicht genau. Irgendeine Amerikanerin, die neuerdings den deutschen Schlager für sich entdeckt hat, weil ihr Urgroßvater im Krieg in Deutschland war, oder was weiß ich ... Und dieser unsägliche hyperaktive Brite, der mal in einer Boygroup gesungen hat, bevor er Schlagersänger wurde. Mehr weiß ich nicht."

Margarete schien es nicht eilig zu haben, die Hand loszulassen, und Veitl befürchtete, dass Jung vor lauter Begeisterung und Händeschütteln das Handtuch abrutschen könnte. Er bugsierte Margarete weiter Richtung Ausgang.

„So, dann sehn'ma uns ja alle später, gell? I hab an Hunger und i brauch jetz an Kaffee."

Jung wandte sich ihm zu. Veitl glaubte, eine Spur Bedauern in seinem Blick zu erkennen. „Hast recht, Flori. Guten Appetit wünsche ich und bis heute Nachmittag dann!"

Dann waren sie endlich draußen.

Nach dem Frühstück wollte sich Margarete im Wellness-Bereich ein wenig entspannen und Veitl entschied, dass er eigentlich mitgehen und schwimmen gehen könnte. Also zog er träge seine Bahnen im überdachten, sechseckigen Pool. Die Aufregung der vergangenen Nacht steckte ihm noch in den Knochen. Irgendwie hatte er sich seinen Urlaub auf dem Kreuzfahrtschiff anders vorgestellt. Immerhin – hier im Pool schien der mal hysterische, mal aufgeblasene Showstar weit weg.

Gerade dachte er noch: *Was für eine himmlische Ruhe …*, als eben jene jäh durchbrochen wurde. Spanische Flamenco-Rhythmen zerstörten die meditative Stille.

Von allen Seiten kamen Damen mittleren Alters im Bade-Ein- und Zweiteiler zu Veitl ins Becken. Und eh Veitl sich versah, fand er sich inmitten von ungefähr vierzig Frauen wieder, die in freudiger Erwartung des Kommenden im wohltemperierten Wasser auf und ab federten.

Und dann erschien Enrico – dieses Mal in einem kanariengelben Einteiler. Sein schulterlanges, glattes Haar hielt ein ebenfalls gelbes Haarband aus dem Gesicht. Veitl erkannte ihn ohne Vorstellung, er passte genau auf Margaretes Beschreibung. Der Spanier begann wie wild die Arme im Takt der Musik in der Luft herumzuschwenken. Die Matronen um Veitl taten es ihm nach, und Enrico feuerte sie lautstark dabei an: „… und jetzt zur Seite! Achtung … Auf drei … *UN – DOS – y TRES* nach links … Und schön die Arme mit nach oben nehmen … *Un – dos – tres* … nach rechts …"

Dann wurde der spanische Einpeitscher Veitls ansichtig, der völlig überfahren und bewegungsunfähig unter all den tanzwütigen Damen im hüfthohen Wasser stand. „Und der *chico* da in der Mitte macht auch mit! Hoch die Arme!", kommandierte Enrico.

Peinlich berührt hob Veitl schnell die Arme über den Kopf, um nicht weiter unangenehm aufzufallen. Der Fluchtweg war ihm ohnehin nach beiden Seiten durch hüpfende, wippende und Arme schwingende Damen abgeschnitten. Es blieb ihm nichts anderes übrig, als gute Miene zum bösen Spiel und das Trainingsprogramm mitzumachen.

Enrico schien völlig in seinem Element. „Locker in der Hüfte ... wippen ... wippen ... und wieder nach rechts! Un – dos – tres ... nach links ..." Wie ein Kaninchen hoppelte er am Beckenrand auf und ab, schwenkte dazu Arme und Beine in so rascher Abfolge, dass Veitl schon vom Zuschauen fast schwindlig wurde. Er hatte Mühe, den Bewegungsabläufen zu folgen, ohne dabei in eine seiner Nachbarinnen zu krachen. Die ihn umgebende Damenwelt erweckte den Anschein, den Instruktionen mühelos folgen zu können, oder sie kannten die Choreographie bereits, jedenfalls schienen sie keine Schwierigkeiten zu haben, mitzuhalten.

Veitl war sich sicher, dass er eine ganz grauenhafte Figur machte. Er keuchte und japste und bekam Wasser in die Nase, was einen Hustenanfall zur Folge hatte. Aber obwohl er unübersehbar überfordert war, kam Veitl nicht umhin festzustellen, dass ihm das völlig artfremde Gehüpfe irgendwie sogar Spaß machte. Die fetzige Salsamusik tat ein Übriges. Vielleicht sollte er öfter etwas für seine Fitness tun. Margarete hielt ihm seine Bewegungslegasthenie sowieso ständig vor. So ein schnöseliger Alt-Popstar wie dieser Jung, der hatte dann neben dem größten Dachschaden, den Veitl jemals gesehen hatte, auch noch einen scheinbar alterslosen Körperbau unter seiner schmierigen Schlagerkostümierung. Und irgendwie schien diese Tatsache für Frauen mehr zu wiegen als alles andere. Bei der Erinnerung an Margaretes Kuhaugen, die Jung an den Lippen hingen, erwachte Veitls Ehrgeiz. Und als sie die Abfolge noch einmal wiederholten, gelang es Veitl sogar fast, Schritt zu halten.

Nach dreißig Minuten war Veitl völlig außer Atem, aber seltsam leichtfüßig, als er das Wasser verließ.

Draußen vor dem Poolbereich traf Veitl mit dem Handtuch um die Hüften auf Margarete und Benedikt, die ihn bereits gesucht hatten. Margarete war vollkommen konsterniert, als sie erfuhr, wo Veitl gerade herkam, und Benedikt, der seine Mutter auf der Suche nach Veitl begleitet hatte, wollte sich schier ausschütten vor Lachen.

„Sag noch mal, *wo* warst du grad?", wiederholte Margarete kopfschüttelnd.

„Beim Aquazumba. Sag i doch. Bei deim Enrico!", erklärte Veitl fröhlich.

„Du verarschst mi doch!", entfuhr es seiner Frau.

„Naa, keinesfalls. Frag an Enrico, der war dabei!", beteuerte Veitl.

Und tatsächlich kreuzte der Animateur gerade ihren Weg, unterwegs zu seinem nächsten Kurs. „*Hola chico!*", grüßte der Spanier augenzwinkernd. „*Olé, muy bien, mi amigo*! Hast du gemacht gut, für die erstes Mal!"

Veitls Brust schwoll vor Stolz über das Lob, Margarete und Benedikt wechselten einen perplexen Blick.

Als Enrico außer Hörweite war, setzte Margarete einen ihr, als Frau eines Kriminaler ganz eigenen, investigativen Gesichtsausdruck auf und befragte ihren Mann streng: „Du machst uns aber etz ned weis, dass du freiwillig am Aquazumba-Kurs teilnimmst! Raus mit der Sprach: Was soll des? Da is doch was im Busch!"

Doch Veitl setzte eine Unschuldsmiene auf und schob von dannen.

Frühjahr 1985

Jung stieß die Zeitschrift von sich weg, die Gmeiner ihm gereicht hatte.

„Es ist doch alles *perfect*", beruhigte Gmeiner ihn. „Ich meine, hey! Du bist Zweiter geworden und die Presse ist insgesamt *over the top*. Ein paar Ausnahmen gibt es immer, das muss dich nicht weiter bekümmern ..."

Er nahm die Zeitschrift und schlug sie noch einmal auf. „Und da hinten sind noch ein paar *shoots*, ich finde, da kommt dieser Carpendale auch nicht so *handsome* rüber, *look*!"

Lustlos nahm Jung die Zeitschrift wieder in die Hand. Als er die Bilder sah, auf die Gmeiner ihn hingewiesen hatte, blieb ihm der gleichgültige Satz, der ihm eben auf den Lippen gelegen hatte, buchstäblich im Halse stecken. Er überflog die Bildunterschriften, blätterte hin und zurück.

„Was ist das zum Teufel?", presste er schließlich hervor.

Gmeiner sah ihn verständnislos an. „Was meinst du? Das ist die Aftershow-Party. Auf der du ganz offensichtlich nicht warst. Aber ..."

„Aber *was*?", fauchte Jung. „Aber Carpendale, der aufgeblasene Lackaffe? Oder: Aber Chrissy, die hinterfotzige Schlampe?"

Gmeiner runzelte die Stirn.

„Ich dachte, das mit dir und ihr, das ist nicht *serious*?"

„Ist es auch nicht", räumte Jung ein. „Also, *war* es nicht. Ich ... Ach scheiße, ich weiß es auch nicht! Aber was zum Henker soll *das*?"

Er knallte Gmeiner die Zeitschrift wieder vor die Nase und deutete mit dem ausgestreckten Finger auf eines der Fotos. Es zeigte Chrissy in ihrem verboten kurzen Minirock in unmissverständlicher Pose mit dem Star des Abends. Mit Howard Carpendale.

„Hätte ich sie nicht zu dieser bescheuerten Aufzeichnung mitgeschleift, wäre sie nicht einmal dabei gewesen! Und dann habe ich dort die Abfuhr meines Lebens kassiert, und was macht *sie*? Sie hätte zumindest so viel Anstand besitzen können und ..." Jung rang nach Worten. Er hatte „... und sich um mich kümmern" sagen wollen, doch er merkte selber, wie jämmerlich das klang. Obendrein war es geheuchelt, denn sie hatte ja mit in seine Garderobe kommen wollen, er hatte sie aber abblitzen lassen. Schlimmer noch, kaum war sie fort gewesen, hatte er sich mit dieser Hostess vergnügt, deren Namen er schon wieder vergessen hatte.

Gmeiner rollte auf seinem Schreibtischstuhl ein Stück zurück, verschränkte die Arme vor der Brust, was ihm bei seinem Bauchumfang sichtlich schwerfiel, und musterte Jung eingehend, bevor er erwiderte: „Ich verrate dir jetzt, wie ich das sehe. Und ich sage dir das als Freund."

Jung versuchte abzuwinken, doch Gmeiner ließ sich nicht bremsen. „Doch mein Lieber, ich sage es dir, weil ich denke, dass es dir einer sagen muss. Du machst dir etwas vor. Ich verstehe das, du hast eine Scheidung hinter dir und die war weiß Gott scheußlich. Es ist nur natürlich, wenn du jetzt vorsichtig bist. Das sollst du ja auch sein." Nachdem er den ernsthaften Teil seiner Ansprache geschafft hatte, wechselte er wieder zu seinem gewohnten deutsch-englischen Kauderwelsch zurück. „... *my God* ... du bist doch ein *sexy guy*. Du hast einen *crush* bei den chicks. Und Chrissy, sie ist nicht wie Ilona. Und auf einen Typen wie Carpendale fällt sie ganz sicher nicht herein. *No way*. Chrissy wartet doch nur darauf, dass du ihr *a little bit* entgegenkommst. Wie lange hältst du sie jetzt hin? *Honestly!*"

Jung schüttelte den Kopf. „Das mag ja alles sein. Aber wie du hier siehst, ich bin nicht mehr *number one*. In den Charts übrigens auch nicht, aber das dürfte dir ja nicht entgangen sein."

„*My goodness*! Jetzt zerfließ nicht gleich in Selbstmitleid. Das ist ausgesprochen unsexy. Wenn dir Chrissy egal ist, wieso ist dir dann die Bildstrecke und das, was diese Schmierfinken dazugeschrieben haben nicht egal? *Forget her. Forget 'em all.* Du bist nicht *number one*, jetzt gerade im Moment. *My God*, es kommen auch wieder andere Zeiten. So ist das Musikbusiness, und das weißt du! Heute bist du unten, morgen bist du wieder *on top*. Dann geh und amüsier dich! Hol dir irgendein anderes *bunny* in dein Bett, wenn du Chrissy nicht haben willst. Aber hör auf mit dieser Leidenstour!"

Jung verließ Gmeiners Büro mit Wut im Bauch.

Er schwor sich, dass er Chrissy nicht anrufen würde. Überhaupt nie wieder.

Am Ende tat er es doch.

27. Dezember 2017

„Naa, bitte, i möcht einen Abend ohne den Hanswurscht verbringen. Des muss doch möglich sein. I mein, wir sind doch ned dem seine Leibgarde, oder?", bettelte Veitl.

Doch Margarete blieb hart. „Ich will aber zu der Probe. Bitte, es is ja gar ned wegen dem Jung. Aber da sind doch no so viele andre heut! Und da kann ma mal so richtig hinter die Kulissen schaun. Des interessiert mi scho. Morgen, morgen mach'ma an absolut schlagerfreien Tag, versprochen!"

Veitl seufzte. „Also schön. Dann geh'ma eben hin. Aber morgen will i dann wirklich mei Ruh!"

Margarete grinste, hakte sich bei ihm unter und stichelte: „Morgen kannst in aller Ruhe ins Aquazumba geh, versprochen."

Im Theatro war schon geschäftiges Gewusel. Techniker installierten die letzten Scheinwerfer und zogen Kabel, Maskenbildner und Kostümdesigner testeten noch ihre Kreationen im Bühnenlicht. Gleich würden die Stars des Abends erscheinen.

Margarete und Veitl nahmen an einem der Tischchen direkt vor der Bühne Platz. Es waren nur einige handverlesene Gäste im Publikum, die der Probe beiwohnen durften.

Dann kam Jung. Er wirkte wieder ganz souverän, von seinem hysterischen Anfall war nichts mehr zu erkennen. Als er Veitl und Margarete sitzen sah, kam er zu ihnen an den Tisch und plauderte ein wenig mit ihnen. Dann musste er auf die Bühne.

„Scheint, als würd's ihm wieder besser geh", stellte Margarete erleichtert fest.

„Hoff'ma's", bestätigte Veitl.

Der Unterhaltungschef des Schiffes hatte sich ein Mikrofon geschnappt und rief: „Achtung bitte, wir beginnen gleich mit dem Durchlauf. Alles so wie geplant. In Kostümen, bitte. Machen Sie bitte die Bühne frei. Die auftretenden Künstler bitte noch einen Moment alle zu mir vor die Bühne, danke!"

Roman Jung fühlte sich besser, seit er das Theatro betreten hatte. Auf der Bühne war er zu Hause, hier hielt er die Strippen in der Hand. Was er sich gestern Abend eingebildet hatte zu hören, war ein Streich seiner überreizten Nerven gewesen, weiter nichts. Auch dieser Kommissar hatte das bestätigt. Kein Grund zur Sorge.

Er atmete zweimal tief aus und ein, dann ging er zu den anderen hinüber.

Ross Anthony hatte er bereits hinter den Kulissen kurz getroffen. Er mochte den jüngeren Kollegen nicht besonders, aber nachdem er schwul war und daraus auch keinen Hehl machte, fiel er für Jung nicht in die Kategorie Konkurrenz. Diese kleine Schlagerprinzessin aus Ohio war auch da. Sie trug einen Cowboyhut und Chaps.

Zwanzig Jahre jünger müsste man sein, schoss es Jung durch den Kopf.

Und dann sah er sie.

Das hieß, zuerst sah Jung eine üppige blonde Lockenmähne. Sein Herz setzte einen Schlag aus. Wie in Zeitlupe drehte die Blondine sich herum. Sie lachte laut. Dann trafen sich ihre Blicke.

Jung spürte, wie ihm etwas die Luft abdrückte. Er taumelte rückwärts, bekam eine Stuhllehne zu fassen und stützte sich gerade noch rechtzeitig daran ab.

Er fühlte einen Stich in der Brust, so als ob ihm jemand ein Messer zwischen die Rippen gerammt hätte. Seine Hand tastete nach der Stelle, doch da war nichts. Kein Blut.

Bunte Lichter tanzten vor seinen Augen, dann wurde alles um ihn herum schwarz.

Veitl und Margarete beobachteten von ihren Plätzen direkt vor der Bühne, wie Jung sich an die Brust griff, taumelte und schließlich zusammensackte. Veitl reagierte als Erster. Er eilte dem Gestürzten zu Hilfe.

„He! Jung, hörst du mi? Hallo?" Er schüttelte den Schlagersänger und tätschelte ihm die Wangen.

Blinzelnd schlug er die Augen wieder auf.

„Wo bin ich?", murmelte er. Dann fokussierte sich sein Blick auf etwas hinter Veitl und sein Gesichtsausdruck wurde sofort wieder panisch. „Oh mein Gott, oh mein Gott! Bring mich hier weg! Schnell!"

Veitl legte Jung die Hand auf den Arm. „Jetzt beruhig di. Is doch gar nix passiert."

Inzwischen beugte sich auch der Unterhaltungschef des Schiffes über seinen Star. „Herr Jung, hören Sie mich? Brauchen Sie Hilfe?"

Unsicher sah er zwischen Veitl und Jung hin und her.

Veitl wollte gerade wieder aufstehen, da krallte sich Jungs Hand um sein Handgelenk. „Bring mich hier weg!", formten seine Lippen tonlos.

Jungs Gesicht war aschfahl, er zitterte am ganzen Körper und auf seiner Stirn bildeten sich Schweißperlen. Veitl sagte zum Unterhaltungschef: „I glaub, der Herr Jung sollt vielleicht besser auf sei Kabine. Der war gestern scho ned ganz auf der Höh. Ned dass ihm noch was Ernstes fehlt."

Resigniert nickte der Unterhaltungschef. „Tut mir leid, unsere Probe verschiebt sich noch einen Moment", rief er in die Runde. Zu Veitl gewandt fügte er hinzu: „Wer sind Sie eigentlich? Gehören Sie zu Herrn Jungs Tross? Könnten Sie alles Weitere veranlassen? Ich kann hier ja nicht weg … Sie sehen ja selbst …"

Verdattert erwiderte Veitl: „Was i? Also i bin ja eigentlich nur …"

Wie aus der Pistole geschossen reagierte Jung, dem so ein energisches Einschreiten in seinem Zustand wohl niemand zugetraut hätte: „Das kann Herr Veitl machen. Kein Problem. Bei ihm fühle ich mich in besten Händen!"

Notgedrungen half Veitl Jung auf die Beine, signalisierte Margarete ihnen zu folgen und führte den Schlagerstar dann rasch aus dem Theatro. Bis zu den Aufzügen stützte Jung sich schwer auf Veitls Arm, kaum schloss sich jedoch die Fahrstuhltür hinter ihnen, stand er wieder recht aufrecht und selbstständig da.

Veitl erklärte daraufhin: „Wir bringen di jetz auf dei Kabine und dann hol ma den Schiffsdoktor da her. Gell, weil mir wird des jetzt langsam a bissl unheimlich da mit deine Aussetzer. Ned dass du uns auf an Herzinfarkt zusteuerst. Da will i dann nämlich ned schuld sein, des sag i dir!"

„Nein, nein", versuchte Jung zu beschwichtigen. „Das ist doch gar nicht so schlimm. Es geht schon wieder. Mir war nur kurz übel, aber jetzt ist wieder alles in Ordnung. Wenn ihr zwei bei mir seid, dann geht's mir sowieso gleich wieder besser." Er bedachte Margarete mit einem Augenzwinkern, das wohl spitzbübisch aussehen sollte, jedoch eher wie ein Hilfeschrei wirkte.

Sofort beeilte die sich zu bekräftigen: „Nix da. Der Arzt soll kommen und der entscheidet. Das Risiko gehn wir ned ein, da hat mein Flori völlig recht."

„Aber nein ..."

„Gut, wenn's'd meinst, dass dir wieder gut geht, dann dreh ma um und fahr ma wieder nunter. Du hast a Probe, de Leut warten alle auf di da unten. Dann geh'ma, geh'ma ..." Veitls Finger schwebte bedrohlich über dem Knopf zurück aufs Theatro-Deck.

Das wollte Jung dann aber augenscheinlich auch nicht. Ergeben ließ er sich aus dem Aufzug und den Gang hinunter zum Achterdeck bugsieren, wo die Luxuskabinen lagen.

„So, jetz legst di a bissl nieder, der Arzt schaugt glei nach dir und dann seh'ma weiter", fasste Veitl das weitere Vorgehen zusammen.

Margarete telefonierte inzwischen vom Wohnbereich aus und bestellte den Schiffsarzt her.

„Host du ebs zum Trinken da? Vielleicht bist a einfach a bissl unterzuckert." Veitl öffnete die Minibar im Schlafzimmer und förderte eine kleine Flasche Cola zu Tage.

Jung trank in gierigen Schlucken. Veitl setzte sich inzwischen in den breiten Lehnsessel neben dem Seitenbalkon. „Was war na jetzt überhaupt los?", wollte er wissen.

Jung sah ihn verständnislos an.

„Ja, was hast'n ghabt auf einmal. War doch wieder ganz okay eigentlich nach gestern, oder? War ebs? Hast wieder a Geschenk kriegt oder sowas?"

Jungs Augen quollen ihm fast aus dem Gesicht, als er japste: „Sie! *Sie* ist *da*!" Und als ob damit alles erklärt wäre, fügte er noch an: „Ich habe sie *gesehen*!"

„Was? Wen hast gsehng? Und wo? Und worum geht's denn überhaupt!" Veitl konnte nicht verbergen, dass die ganze Sache ihn tierisch nervte.

„Na *sie*!", wiederholte Jung mit fiepender Stimme.

„Sie. Ja, des hab i jetzt scho ghört. Aber wer is denn *sie*? D'Jungfrau Maria, oder wer is da denn erschienen?"

Jung rückte, so nah er auf dem Bett konnte, an Veitl heran und warf sicherheitshalber noch einen Blick über die Schulter, so als erwartete er, dass seine ominöse Beobachtung ihm gleich hier erscheine, wenn er es wagte, ihren Namen laut auszusprechen. Veitl rollte genervt mit den Augen.

„Chrissy. Chrissy Berger", flüsterte Jung.

„Wer? Christie Berger?", wiederholte Veitl in normaler Lautstärke und fing sich damit sofort ein panisches „Schschscht!" von Jung ein.

„Mir san doch hier unter uns, Herrschaft. Wer is denn de Christl?", fragte Veitl ahnungslos.

„Christina Berger, kennst du Christina Berger nicht?" Jetzt, wo Jung es einmal über sich gebracht hatte, den Namen auszusprechen, schien er gar nicht mehr damit aufhören zu wollen.

„Naa, kenn i ned. Sollt i?" Veitl wurde das Getue entschieden zu viel.

„Chrissy Berger ist eine Schlagersängerin, oder vielleicht sollte ich besser sagen, sie *war* eine, in den Achtzigern. Heute tingelt sie von Schützenverein zu Schützenverein, macht Möbelhauseröffnungen und solche Sachen, um sich halbwegs über Wasser zu halten. In den Charts hat man sie jedenfalls schon bald dreißig Jahre nicht mehr gesehen", erklärte Jung mit Todesverachtung in der Stimme.

Aha, dachte Veitl, *also so a ähnliches Kaliber wie du!*

Laut sagte er: „Und de is jetzt a do, oder wie?"

„Jaaaaa", machte Jung.

Veitl begriff noch immer nichts. „Ja und? Warum bleibt dir da glei's Herz steh, wenn de a do is?" Plötzlich dämmerte ihm etwas. „Ah ... wart, hast ned du deine besseren Tage a in der Zeit ghabt? So in de Achtziger irgendwann? Kennt's ihr euch von damals?"

„Ja, könnte man so sagen ...", druckste Jung herum.

„Jetzt wart, jetz kemma der Sach aufn Grund. War da ebs? Habt's ihr zwei was ghabt mitnand?" Veitl war wie ein Bluthund, wenn er eine Fährt witterte, ließ er nicht mehr locker.

Weil Jung nicht widersprach, wertete Veitl das als Zustimmung. „Hamma's ja scho. Des is a alte Liebe von dir! Und jetz geht da da Arsch auf Grundeis, weil de plötzlich wieder auftaucht is. Hab i recht?"

Jung nickte. Dann schüttelte er vehement den Kopf. In diesem Moment klopfte es an der Schlafzimmertür. Der Schiffsarzt trat ein und stellte sein Köfferchen auf dem Bett ab. Er schüttelte zuerst Veitl und dann Jung die Hand. „Was fehlt uns denn dieses Mal?", fragte er.

Veitl beeilte sich, die beiden allein zu lassen und trollte sich hinaus zu Margarete ins Wohnzimmer. Die überfiel ihn sofort mit

Fragen. „Was warn jetzt los da drinnen? Was hat er denn? Is's was Ernstes?"

„Ja, auf jeden Fall", pflichtete Veitl ihr bei. „I hob a weiteres Indiz dafür, dass der ned ganz bacha is. Der ominöse Verfolger, den er do hod, des is a abgehalfterte Schlagerschabracken, auf de er amal scharf war. Und weil de jetz a do is, meint er, dass de immer no hinter ihm her is."

„Sag bloß. Die Berger, oder wer?" Margarete war wieder ganz in ihrem Element.

„Kennst du de?"

„Ja freilich kenn i de. Des war doch damals scho so a auftakelte Blonde mit so am wahnsinns Vorbau. Aber ganz ehrlich, i find der ihrn Aufzug heut echt unmöglich. Des is so der Typ: von hinten Lyzeum, von vorne Museum!"

Veitl bekam große Augen. „Was? Woher weißtn du des? Is de wirklich da? Hast du de a gsehng, oder was?"

Jetzt war es an Margarete, ihren Mann mit großen Augen anzuschauen. „Ja, freilich hab i de gsehng. I bin doch ned blind. Wie kann ma denn den Tigerfummel und de auftoupierten Haar *ned* gsehng ham?"

„Tigerfummel? I hab dacht, der einzige im Tigeroutfit wär der Enrico. Wo hastn du de gsehng?"

„Ja, jetz grad. Unten. Bei dera Probe."

Veitl sprang von der weichen Ledercouch auf.

„Ja, dann auf geht's! Nix wie runter!"

Sommer 1985

Die Klatschblätter bekamen in den kommenden Wochen häufig Futter. Zuerst versuchte Jung es noch mit Diskretion, doch immer öfter gelang es den Paparazzi, das Paar vor die Linse zu bekommen. Und schließlich ließ er auch die Dementi über *Endless-Records* fallen.

Es war, wie es eben war.

Der gefeierte Schlagerstar, der gefragte Junggeselle Roman Jung war wieder unter der Haube. Chrissy gab sich anschmiegsam wie ein Kätzchen und Ilona spie aus der Ferne Gift und Galle.

„'Sie tut mir heute schon leid', erklärte Ilona Majewski am Rand der großen Ein-Herz-für-Kinder-Gala am vergangenen Wochenende", zitierte Gmeiner aus der BILD. Geradezu genüsslich las er weiter: *„Er sei ein durch und durch egoistischer Mensch und daran werde sich auch nichts ändern. Er sehe in seiner neuen Freundin*

eine Trophäe, mit der er sich auf dem roten Teppich schmücke, zu echten, tiefen Gefühlen fehle ihm das Herz, präzisierte Majewski, deren Rosenkrieg mit dem Schlagerstar erst vor Kurzem für Furore sorgte (BILD berichtete)."

Jung stieß ein verächtliches Grunzen aus.

Gmeiner kicherte so über den Artikel, dass er sich den Bauch halten musste. Den Rest las er aber wenigstens lautlos. Am Ende sah er von seiner Lektüre hoch und sagte: „Zwei Spalten widmet dir die BILD, *not bad!* Marketingtechnisch war die Affäre mit Chrissy auf jeden Fall schon einmal ein gelungener *coup*. Falls das dein eigentliches *target* war."

Herablassend erwiderte Jung: „Ich bin nicht ein ganz so großes Arschloch, wie alle Welt derzeit glaubt."

„Arschloch hat sie nicht gesagt", tadelte Gmeiner, immer noch kichernd. „Egoistisch und gefühllos. Und sie muss es ja wissen, *right*?"

„Gefühllos? Mag schon sein, dass einem die Gefühle ein wenig abhanden kommen, wenn sich herausstellt, dass die liebende Ehefrau es mit dem Nachbarn treibt, während man selbst versucht, das Geld heranzuschaffen, das sie all die Jahre über gefordert hat", knurrte Jung wütend.

Gmeiner hob beschwichtigend die Hand. „Hey, ich bin auf deiner Seite. Okay? Ilona hat einfach Pech gehabt. Die ganzen Jahre, in denen du *nobody* warst, hat sie dir die Stange gehalten, und als du plötzlich jemand warst, bekam sie nichts ab vom *success*."

„Sie hat nicht nur mir die Stange gehalten, um in deinem Bild zu bleiben. Hätte sie mal die Finger von anderer Leute Stange gelassen, wäre sie heute vielleicht immer noch die, die mit mir über die roten Teppiche dieser Welt läuft. Das hat sie sich schon selbst zuzuschreiben, genauso wie den Ehevertrag ihres Herrn Vaters. Kann ich ja nix für. Sie wollten mich mit nichts abspeisen und am Ende sind sie selber leer ausgegangen. Das gönn ich ihr!"

Gmeiner hob die Hand zum Zeichen, dass er keine weitere Diskussion wollte.

„*Leave it*, mein Freund. *I know*. Und deine Fans wissen es auch. Genieß dein Happyend mit Chrissy, ich gönn es dir von Herzen, und lass Ilona mit den Ketten rasseln. Am Ende spricht aus ihr nur der Neid. Ich habe seitdem nämlich nichts mehr gelesen, dass sie irgendwo *in company* gesehen worden wäre."

Danach war das Thema für sie beendet.Die beiden Männer wandten sich wieder dringenderen, geschäftlichen Dingen zu, die mehr Aufmerksamkeit bedurften.

Jung sollte noch an seine Unterhaltung mit Gmeiner denken, als er kurze Zeit später mit Ilonas aufgestautem Hass auf ihn konfrontiert wurde. Es war das große Sommerfest von *Endless-Records* und Jung und Chrissy hielten den ganzen Nachmittag über Hof. Jung promotete gerade seine neue Single und das Sommerfest bot die Gelegenheit für ein wenig ungezwungenes Shakehands mit Medienvertretern, der Presse und anderen einflussreichen Leuten.

Chrissy genoss das mediale Interesse, das ihr plötzlich wieder zuteilwurde. Sogar ihrer neuen Single tat die Beziehung mit Jung gut. Beide schienen gerade auf dem Erfolgskurs zu sein. Sie ließen die Gläser klingen, stießen mit diesem und jenem an und sonnten sich in der Aufmerksamkeit, die scheinbar nur ihnen galt.

Dann erschien plötzlich Jungs Ex-Frau auf der Bildfläche. Sie sah erstaunlich gut aus, auf eine klassisch-elegante Art, ohne aufgetakelt zu wirken. Sie schwebte mit der Aura einer Grace Kelly in den Innenhof des *Endless-Records*-Gebäudes und zog ohne großes Zutun die Blicke aller auf sich.

„Was macht die denn hier?", zischte Chrissy sofort.

Jung zuckte die Achseln. Er wusste es wirklich nicht und irgendetwas in seinem Magen verkrampfte sich bei ihrem Anblick.

Gmeiner, in einem großblumig gemusterten Hawaiihemd und mit zurückgegelten Haaren, in denen eine Sonnenbrille steckte, schob sich durch die Umstehenden zu Jung und Chrissy durch.

„Ich hatte keine Ahnung, dass die hier aufkreuzt, ehrlich nicht!", beteuerte er, ohne überhaupt gefragt worden zu sein.

Die Frage, wer Ilona eingeladen hatte, erübrigte sich dann auch schnell, denn Nino de Angelo schoss wie ein Pfeil auf die Neuangekommene zu und begrüßte sie mit viel Bussi-Bussi.

„Wie kommt der dazu, dass er die hier anschleppt?", grollte Jung.

Gmeiner zuckte entschuldigend die Achseln. „Ich habe wirklich keinen Schimmer. Vielleicht dachte er, dass es irgendwie *funny* wäre ..."

Jung unterbrach ihn unwirsch: „Ja, total. Ich kann kaum an mich halten."

Zum grenzenlosen Entsetzen der beiden Männer löste Chrissy, die bereits mehr Champagner getrunken hatte, als gut für sie war, sich aus ihrer anfänglichen Starre und schritt geradewegs auf den ungebetenen Gast zu, so rasch es ihre hohen Absätze und der Alkoholpegel zuließen. Die bauschigen Puffärmel ihres pinken Cocktailkleides flatterten aufgeregt und verliehen ihr etwas Flamingohaftes.

„Oh Gott, bitte lass sie jetzt keine peinliche Szene machen", betete Jung laut, jedoch vergebens. Er hatte auch schon einiges intus, aber so klar sah er doch noch.

Er und Gmeiner standen zu weit entfernt, um zu hören, worüber die beiden Frauen sprachen. Doch sie konnten beobachteten, wie Ilona erst irritiert dreinblickte und dann in schallendes Gelächter ausbrach. Chrissy stemmte die Hände in die Seiten und warf den Kopf in den Nacken. Als Ilona nicht aufhören wollte, sie auszulachen, schnellte sie nach vorne, packte den weitkrempigen Hut der Kontrahentin und zerrte ihn ihr vom Kopf. Das ließ nun auch Ilonas Fassade bröckeln. Sie grapschte sich die Pluderärmel von Chrissys Kleid und riss daran. Ein Teil des Stoffes blieb in ihrer Hand zurück.

Spätestens da verstummten alle Gespräche um sie herum. Gmeiner und Jung schoben sich vorsichtig näher ans Geschehen heran.

„*Blöde Schlampe!*", kreischte Chrissy lauthals. Sie revanchierte sich mit einem beherzten Ruck am Revers von Ilonas schwarzweißem Blazer.

„Ahhrgh ... Du Miststück, na warte!" Ilona stapfte energisch auf sie zu.

Die Umstehenden – einschließlich Nino – wichen entsetzt zurück und überließen den beiden raufenden Frauenzimmern das Feld. Niemand wollte dazwischen gehen und sich den Hass der beiden wehrhaften Damen zuziehen.

Offenbar in der Absicht, der jeweils anderen buchstäblich die Augen auszukratzen, rangelten Jungs Frauen über den gepflasterten Innenhof, bis sie gegen das übervolle Buffet stießen. An den Stehtischen rafften die geladenen Gäste eilig ihre Häppchen und Sektgläser zusammen und suchten das Weite.

Chrissy bekam eine Schüssel Mousse au Chocolat zu fassen und goss die luftige braune Masse genüsslich über dem Kopf ihrer Gegenspielerin aus.

„Bitteschön. Nimm ruhig die ganze Portion, bei deiner Figur eh schon egal", ätzte sie.

Die klebrige Schokolade lief Ilona über das Gesicht und ruinierte den teuren Blazer endgültig. Im Gegenzug griff sie sich den Behälter mit der Bowle und schüttete ihn Chrissy über das toupierte Haupt. Die blondierten Strähnen fielen augenblicklich in sich zusammen und klebten Chrissy mit Fruchtstückchen versetzt am Kopf. Auch ihr Make-up verschwamm und zog unschöne Schlieren unter ihren Augen.

„Du hast ja eh schon wieder ordentlich gebechert. Da hast du den Rest auch noch!", konterte Ilona.

Endlich bahnten sich zwei Mitarbeiter des Sicherheitsdienstes einen Weg durch die Schaulustigen und betraten die Kampffläche, gerade als Chrissy Ilona einen finalen Stoß versetzte und sie dadurch in das halbrunde, etwa knietiefe Bassin an der Hauswand beförderte, wo ein kleines Wasserspiel plätscherte. Der eine Wachmann packte Chrissy beherzt von hinten, drehte ihr den Arm auf den Rücken und setzte sie damit außer Gefecht. Ihr Mundwerk konnte dies allerdings nicht lahmlegen. Geifernd schrie sie: „Schlampe! Du elendes Miststück! Verrecken sollst du!"

Der andere Wachmann half Ilona aus dem Wasserbecken. Sie sah aus wie eine getaufte Maus. Algen hingen ihr an Armen und Beinen, ihr teures Kostüm war zerrissen und mit Schokoladenflecken übersät. Einen ihrer Pumps hatte sie bei der undamenhaften Rauferei verloren, so hinkte sie nun am Arm des Sicherheitsdienstes vom Schlachtfeld. Blitzlicht flammte auf. Die anwesenden Vertreter der Presse nutzten die Gelegenheit für ein paar spektakuläre Fotos.

Chrissy warf Jung hilfesuchende Blicke zu. Der wandte sich peinlich berührt ab.

„Das fehlte noch, dass ich auf den Bildern von dieser Schlammschlacht mit drauf bin. Was hat sie sich bloß dabei gedacht?" Die Frage war an Gmeiner adressiert, doch eigentlich war sie mehr rhetorisch.

Hilflos zuckte Gmeiner die Schultern. *„Unbelievable.* Du siehst mich fassungslos ..."

Nino de Angelo schlenderte heran. Belustigt sagte er zu Jung: „Gut, wenn man ein streitbares Weib daheim hat. Spart die Alarmanlage, oder?"

Jung sparte sich eine Erwiderung. Stattdessen leerte er das Champagnerglas, das er immer noch in der Hand hielt, in einem Zug und griff zur Flasche. Auf halbem Weg zum leeren Glas entschied er sich um und setzte lieber gleich die halbvolle Flasche an den Mund.

Nino zwinkerte ihm aufmunternd zu und wandte sich dann einem anderen Gesprächspartner zu.

Das Thema Nummer eins des Abends war allerdings ohnehin längst gefunden.

27. Dezember 2017

Die Probe für die Silvestergala war bereits in vollem Gange, als Margarete und Veitl wieder im Theatro Platz nahmen. Als er die beiden sah, kam der Unterhaltungschef sofort an ihren Tisch.

„Entschuldigen Sie bitte die Störung, aber wie geht es unserem Star denn?", fragte er mit Sorge umwölkter Miene. „Wenn Herr Jung für den Rest der Reise ausfällt, dann wäre das eine Katastrophe!"

„Der wird scho wieder", beschwichtigte Veitl.

„War der Arzt bei ihm?"

„Ja, der is no oben. Aber er hat scho wieder an besseren Eindruck gmacht, als wir gegangen san, gell Gretel?"

Margarete beeilte sich zu nicken.

„Oh mein Gott, was für eine Aufregung! Ich hoffe, dass sich alles klärt. Nicht auszudenken …" Der Unterhaltungschef wirkte noch nicht wirklich beruhigt.

Veitl wollte noch etwas zu seinem Trost erwidern, da krallte Margaretes Hand sich plötzlich in seinen Arm.

„Da!", stieß sie hervor. „Schau! Des is's!"

Beide Männer drehten ihre Köpfe zur Bühne.

Gerade probte Chrissy Berger ihren Teil der großen Silvestershow. Sie stand oben auf der geschwungenen Showtreppe, in ihrem getigerten Kleidchen, und bewegte die Lippen mehr oder weniger synchron zum Vollplayback.

„Des is de? Wegen der spinnt der Jung aso rum?", fragte Veitl konsterniert.

„Das ist Christina Berger. Wir sind sehr froh, dass wir sie gewinnen konnten. Eigentlich hatte uns Vicky Leandros bereits fest zugesagt, aber die Ärmste hatte einen Bandscheibenvorfall und kann derzeit überhaupt nicht auftreten. Zum Glück ist Christina dann eingesprungen. Erstaunlicherweise war sie sofort bereit. Sie müssen wissen, dass es oft recht schwierig ist, geeignete Showstars zu verpflichten. Viele wollen nicht so lange unterwegs sein, gerade jetzt über die Feiertage. Und die Nähe zu den Fans auf so einem Schiff, das scheuen auch viele. Man kann sich hier ja gar nicht aus dem Weg gehen", erörterte der Unterhaltungschef.

Veitl pflichtete ihm bei: „Des is allerdings wahr. Den Jung und seine hysterischen Anfälle krieg i a nimmer vom Hals."

„Herr Jung ist ein … wie soll ich sagen?" Der Unterhaltungschef verzog das Gesicht, als habe er in eine Zitrone gebissen.

„Spinnerter Uhu, sagen'S es ruhig", ergänzte Veitl. „Und da vorn in dem Tigerfummel, des is der Grund für seine hysterischen Anfälle bis zum Herzversagen."

Der Unterhaltungschef verbarg ein Kichern. „Da könnten Sie schon recht haben. Christina Berger und Roman Jung waren einmal das Traumpaar des deutschen Schlagers, wussten Sie das? Das war damals eine ganz große Romanze – mit einem fürchterlich dramatischen Ende."

Veitl horchte auf, er konnte den Kommissar in sich einfach nicht abstellen. „Dramatisch sagn Sie? Wie meinen'S jetz des?"

„Doch, jetz, wo Sie's sagn, kann i mi erinnern", warf Margarete ein. „Da war doch … irgendwas bei der Scheidung, oder?"

Der Unterhaltungschef nickte. „Genau genommen gab es in Herrn Jungs Leben sogar zwei Scheidungen und die waren alle beide sehr unschön. Aber die zweite, die von Christina, die hat den Jung damals seine Karriere gekostet."

Als Veitl und Margarete nach der Probe wieder in ihre Kabine kamen, klingelte das Bordtelefon.

„Wer ruftn uns da an?", fragte Veitl verwundert.

„I weiß ned, wennst rangehst, erfahrst es."

„Ja. Veitl. Kabine … äh … achthundertirgendwas", meldete Veitl sich.

„Endlich seid ihr da!" Der vorwurfsvolle Tonfall ließ Veitl unwillkürlich zusammenzucken.

„Jung, bist du des?", fragte er.

„Natürlich bin ich es! Ich liege hier im Sterben und niemand kümmert sich um mich. Aber ich will natürlich keine Umstände machen. Es wird sowieso bald vorbei sein mit mir. Dann habt ihr alle eure Ruhe. Ist vielleicht besser so …" Veitl hörte ein Schniefen.

„Sag amal, saufst du wieder?", fragte er argwöhnisch.

„Nein, ich habe nichts getrunken. Ich werde auch nichts trinken. Ich will mein Ende bei klarem Verstand erleben."

Veitl schloss für einen Moment die Augen und atmete tief aus.

„Jetz pass amal auf. Was hat denn der Arzt gsagt? Hat er dir was geben? Hast Schmerzen?"

„Ach, diese Ärzte!", empörte sich Jung. „Die sagen einem doch sowieso nie die Wahrheit! Aber ich, ich kenne doch meinen Körper, oder nicht? Ich weiß doch, was los ist. Dafür brauche ich doch keinen Arzt, der mir sagt, dass alles okay ist! *Okay!?*"

Veitl deckte die Sprechmuschel mit der Handfläche ab und flüsterte Richtung Margarete: „Der Jung is dran. Der spinnt scho wieder. Was soll i denn machen?"

Margarete kam um das gemeinsame Bett herum und nahm ihm den Hörer aus der Hand. „Hallo? Roman? Hörst du mi? Da is die Margarete. Was is'n los? Geht's dir no immer ned gut?"

Sie lauschte einen Moment, dann nickte sie zu Veitl hin. In den Hörer sagte sie: „Sollen wir noch amal nach dir schaun? Vorm Essen?"

Veitl entfuhr ein genervtes Stöhnen.

„Ja, is gut. Bis glei", beendete Margarete das Gespräch.

Als sie Veitls Miene sah, sagte sie: „Ah, jetz schau mi ned so an. Er tut mir leid, irgendwie. Der hat doch hier sonst keinen außer uns."

„Der große Schlagerstar, der braucht an kleinen Kripobeamten und a Hausfrau, weil er sonst mutterseelenallein auf der Welt is. Geh, Gretel, bitte. Des is doch alles gar ned unser Welt. Und unser Problem scho gar ned. Wir san doch hier zum Urlaub machen. Stattdessen lauf'ma jetzt de ganze Zeit hinter dem do her. Seltsame Leut hab i in der Arbeit jeden Tag, da brauch i ned wegfahrn dazu."

Margarete strich ihm beschwichtigend über den Arm. „I weiß scho. Wir machen's ganz kurz, okay? Nur schauen, ob alles passt und ob er was braucht und dann geh'ma schön zum Essen und denken gar nimmer an ihn. Ja? Bitte, mir zulieb."

So fanden die beiden sich also wieder bei der Kabine von Roman Jung ein. Auf ihr Klopfen hin öffnete niemand. Veitl versuchte durch den Türspion zu gucken, doch natürlich funktionierte der in diese Richtung nicht.

„Hallo? Jung? Bist du da? Wir san's!", rief er und hämmerte erneut gegen die Tür.

Keine Reaktion.

„Is der gar ned da?", murmelte Veitl verunsichert.

„Geh, des gibt's doch gar ned, wir ham doch grad mit ihm telefoniert", widersprach Margarete.

Sie versuchte ebenfalls ihr Glück, klopfte und rief: „Hallo? Wir san da. Die Veitls. Der Flori und die Margarete. Hörst du mi? Mach doch auf, bitte!"

„Der steht wahrscheinlich unter da Dusche oder so. Lass ma's, Gretel. Komm, geh ma zum Essen", sagte Veitl erleichtert.

„Was? Und wenn ihm was passiert is? Meinst, er hat noch amal an Anfall ghabt und liegt jetzt da drin irgendwo?", fragte Margarete entsetzt.

„Was weiß i! Oder er is gar ned da. Soll ma jetzt jemand holen, der de Tür aufmachen kann? Und am End is er dann quietschvergnügt im Restaurant beim Abendessen." Veitl sah zweifelnd zwischen der geschlossenen Tür und seiner Frau hin und her.

„Ja, oder er liegt da drin und braucht Hilfe und bis mir jetzt jemand holen, derweil is er schon mausetot!" Margaretes Augen weiteten sich vor Schreck. „Schnell! Des is a Notfall!"

Unschlüssig drückte Veitl gegen die Tür. „Da is sicher abgesperrt." Fachmännisch ließ er die Hand am Türblatt entlang gleiten.

„Jetzt mach doch was!" Margarete klang hysterisch.

„Also gut. Mir is a ned wohl bei der Sach", räumte Veitl ein. „Geh mal auf d'Seiten."

Margarete wich hinter Veitl zurück, während der sich mit der Schulter in Position brachte. Er nahm ein paar Schritte Anlauf, dann rammte er mit voller Wucht gegen die Tür.

Es knirschte.

Es knackte.

Dann öffnete sich die Tür wie von Zauberhand. Veitl verlor das Gleichgewicht und fiel kopfüber in die Kabine. Direkt vor Jungs Füße.

Roman Jung stand im Bademantel mit Puschen an den Füßen vor ihnen und sah ungläubig von Margarete zu Veitl, der auf dem Boden lag und sich die Schulter rieb.

„Was macht ihr denn da?", fragte er.

„Ja, du Depp, weil du ned aufgmacht hast. Jetz ham wir schon wunderwas gedacht! Wir klopfen und schreien hier und keiner macht auf", knurrte Veitl ungehalten zu Jung hinauf.

Margarete beeilte sich, in die Kabine zu kommen. Schnell inspizierte sie das Schloss der Tür, doch sie ließ sich unversehrt wieder schließen.

„Is alles in Ordnung bei dir?", fragte sie, nachdem sie ihrem Mann wieder auf die Beine geholfen hatte. Veitl rieb sich immer noch die schmerzende Schulter.

„Ach", jammerte Jung sofort. „Gar nichts ist okay. Aber der Arzt meint, es wird schon wieder. Ich wollte ja eigentlich lieber, dass er mich ins Krankenhaus bringen lässt, damit man mich dort richtig durchcheckt ..."

„Was? Ja geh, wir san doch mitten auf See. Wo solln denn die da jetzt a Krankenhaus hernehmen?", fragte Veitl.

Jung bedachte ihn mit einem leidvollen Blick. „Das macht natürlich Umstände und ich bereite meinen Mitmenschen wirklich nur ungern Umstände. Aber mein Gesundheitszustand ist besorgniserregend."

„Geh weida", versuchte Margarete ihn zu beruhigen. „Du machst doch gar niemandem Umstände. Wenn der Herr Doktor des für nötig ghalten hätt, dann hätt er di bestimmt in a Krankenhaus bringen lassen. Zur Not mit der Seenotrettung."

„Oder mit einem Helikopter. Auf hoher See geht auch das, wenn's ein schwerer Notfall ist. Das hab ich in einer Folge von *Alarm für Cobra 11* gesehen. Aber das bin ich ihnen hier ganz offensichtlich nicht wert. Lieber lassen sie mich hier an Ort und Stelle jämmerlich zugrunde gehen."

Veitl ließ sich entnervt in das weiche weiße Ledersofa fallen, auf dem er schon übernachtet hatte. „Was heißt denn hier *jämmerlich zugrund gehen*? Du schaust mir no recht lebendig aus. Was hat'n der Arzt gsagt, was dir fehlt? An was stirbst denn grad?"

Jung machte ein wichtiges Gesicht. „Der Arzt jedenfalls, wenn wir ihn so nennen wollen – was weiß denn ich, was dieser Kurpfuscher wirklich gelernt hat –, behauptet, ich hätte eine Angina pectoris. Aber wer weiß denn, ob der überhaupt einen Herzinfarkt erkennen würde, wenn er einen vor sich hat!"

„Angina? Is des ned bloß a Schnupfen?", fragte Veitl irritiert Richtung Margarete.

In diesem Augenblick klopfte es erneut an der Tür. Um vorzubeugen, dass noch jemand versuchte, die Tür gewaltsam zu öffnen, ging Margarete sofort öffnen, anstatt zu antworten. Sie kam mit dem Schiffsarzt zurück.

„Da schau, der Herr Doktor is eh noch amal kommen", sagte sie und zum Arzt gewandt fügte sie hinzu: „Der Herr Jung hat a bisserl Angst ghabt, dass er hier an Bord ned ordentlich versorgt werden kann."

„Wir sind bestens ausgestattet", erwiderte der Schiffsarzt bemüht freundlich. „Da besteht kein Grund zur Sorge."

Er stellte seine Tasche ab und kramte darin herum. Dann hielt er Jung einen kleinen Apparat unter die Nase. „Wir machen jetzt noch ein Langzeit-EKG, zur Sicherheit. Damit lässt sich ein Herzinfarkt auf jeden Fall ausschließen. Auf die Medikamente haben Sie bereits angesprochen, was ebenfalls ein Anzeichen dafür ist, dass ich recht habe." Er begann damit, Jungs Brust mit Elektroden zu bekleben und verkabelte das Langzeit-EKG-Gerät.

Veitl warf ein: „Und so a Anginadingens da, des is ned gefährlich?"

Der Arzt erwiderte: „Eine stabile Angina pectoris wird durch psychische oder physische Überbelastung ausgelöst. Wenn es Ihnen wieder besser geht, Herr Jung, dann sollten wir auf jeden Fall einen Termin machen und einmal gründlich durchchecken, was wir für Ihre Gesundheit tun können. Auch langfristig. Wenn sie zum Beispiel Ihre Ernährung umstellen, dann kann bei vielen Patienten bereits eine deutliche Verbesserung erzielt werden."

Margarete nickte vielsagend. „Gell, da hörst es wieder. Eine gesunde Ernährung is einfach das A und O. I sag's eh immer."

Veitl überhörte den Einwurf geflissentlich. Der ewige Kampf seiner Frau gegen seine Vorliebe für fettreiches Essen verfolgte Veitl schon jahrelang. Dass sie ihm auf der Kreuzfahrt noch kein einziges Mal die Auswahl auf seinem Teller madig geredet hatte, wollte er jetzt nicht durch den Arzt in Gefahr gebracht haben.

Der Arzt jedoch pflichtete Margarete bei: „Völlig richtig. Eine Änderung der Lebensgewohnheiten ist oft schon der Schlüssel."

„Ja, aber vielleicht *will* ma des ja gar ned ändern. Es heißt ja ned umsonst *Gewohnheit*, oder?", warf Veitl ungehalten ein.

„Aber wenn's ums Gsundbleiben geht, is des doch a kleines Opfer. Du hast doch selber gsagt, dass dir des Zumba richtig Spaß gmacht hat."

„Ja, vielleicht würd i a öfter freiwillig so Sachen machen, wenn du mir ned die ganze Zeit damit hintriefeln tätst", grantelte Veitl weiter.

Der Arzt war inzwischen mit der Verkabelung von Jungs Brust fertig. Er klappte seine Tasche wieder zu. „So. Sie bleiben jetzt erst einmal auf Ihrer Kabine, würde ich vorschlagen, und erholen sich. Ihre Termine hier an Bord werden wir für die nächsten Tage besser absagen. Ich bin sicher, dass ein anderer Showstar für Sie einspringen kann."

Jung setzte sich mit einem Ruck auf. „Aber das geht doch nicht! Meine Fans! Ich kann sie doch nicht so enttäuschen!"

Margarete erklärte bestimmt: „Wenn des richtige Fans san, na verstehen de des doch. Denk an de Silvestergala, bis dahin möchst du doch wieder einsatzfähig sei, oder?"

Der Arzt verabschiedete sich und Margarete und Veitl nutzten die Gelegenheit, sich ebenfalls zu verdrücken.

28. Dezember 2017

Am nächsten Morgen waren Veitl und Margarete schon zum Frühstück mit Benedikt und Vicky verabredet. Sie genossen das reichhaltige Buffet, das heute im Vorausgriff auf den weiteren Reiseverlauf schon ganz unter dem Motto „Die süßesten Früchte des Paradieses" stand. Dazu türmte sich wieder eine exotische Obstauswahl auf den Tischen, die ihresgleichen suchte.

Margarete kam aus dem Schwärmen gar nicht mehr heraus. „Mein Gott, da weiß i glei gar ned, wo i anfangen soll. Auf jeden Fall gibt des einen extra Eintrag in mein Blog!"

Benedikt grinste. „Meine Mama wird noch Youtube-Star oder sowas."

„Naa, Youtube mach i ned. Wer will den so a alte Schupfahex wie mi in am Video sehn. Naa, naa, des können de ganzen jungen Springginkerl machen. I schreib ein ganz seriöses Lifestyle-Blog, und dem Obstbuffet da, dem widme i a ganze Serie! Habt's ihr de Himbeern scho probiert? De san der Wahnsinn. De schmecken wie frisch vom Strauch und des mitten im Winter!"

„Was habt a heit noch so geplant?", wechselte Vicky das Thema.

„Also um elf will i noch mal zum Enrico seim Yoga gehen, der macht des ganz toll. Und dann hab i heut Nachmittag no Fango und Ayurveda-Beratung", berichtete Margarete enthusiastisch.

„Und du, Papa?", fragte Benedikt.

Veitl schob sich gerade eine Portion Rührei mit Speck in den Mund, sozusagen als stummer Protest gegen Margaretes Früchte-Euphorie. „Mal schaugn", nuschelte er mit vollem Mund.

„Koi Aquazumba heit?", stichelte Vicky augenzwinkernd.

In dem Moment klingelte bei Benedikt das Handy. „Verdammt", schimpfte er. „Ich hab's geahnt. Tut mir leid, ich hab zwar den Vormittag frei, aber wenn irgendwas ist, muss ich erreichbar sein. Ich muss also rangehen. Lasst euch aber bitte nicht stören."

Er erhob sich und nahm im Weggehen den Anruf entgegen.

„Des is aber scho hart, ha? Da hat ma ja überhaupt keine Ruh", kommentierte Margarete.

„Des isch ebe so in seina Position", erwiderte Vicky achselzuckend. „Uf em Schiff isch man ebe rund um d'Uhr im Dienscht. Man ko net weg."

„I stell mir des scho schwer vor, was ihr da machts", bekräftigte Margarete. „Doch. I hab ma des scho öfter dacht."

„Noi, so schlimm ischs net! Mir hen ja au frei un wenns sich günstig trifft, könne ma Landgänge macha, genau wied Passagiere. Aba grundsätzlich isch in da Zeit halt au viel zu tun an Bord, wennd Massen drauße sind. Wir entlade d'ganza Müll und belade des Schiff mit allm, was frisch sein muss. Manchmal geh i mit d'm Küchenchef uf de Markt vor Ort, das isch au sehr spannend. Andre Länder, andre Sitten, sag i da nur."

Veitl fragte: „Und stimmt des na ned, dass a Seemann in jedem Hafen a andre Braut hod? Oder halt an Bräutigam, na an eurer Stell."

Vicky lachte. „Noi, für uns stimmt des net. Mia hen ja des Glück, dass ma unsan Partner sowieso in jedem Hafen dabei hen. Bei andan kann des fei sein. Nicht umsonst sin d'Bordelle au oft in Hafennähe."

„Und wie is des auf See?", brachte Margarete das Gespräch lieber wieder in geordnete Bahnen zurück. „Wenn ihr do jetz frei habt's, was macht's ihr dann do? Ihr könnt's ja normal ned so einfach unter de Gäste rumrennen, oder?"

„Ha noi, des dirfa ma normalerweise net. Benedikt scho. In man-chen Positione geht des. Aber i zum Beispiel darf des nua mit Ausnahmegenehmigung. Wir hen aber au unsre eigene Aufenthaltsbereiche auf dem Schiff, a eigne Bar un so. Uf d'Kajüte kann ma sich d'Zeit jedenfalls net gut vertreibe, die sin winzig. Und man teilt se sich em eim oda sogar mehrere Kollege."

Während sie noch weiter über die Arbeitsbedingungen an Bord sprachen, kehrte Benedikt wieder zurück. Er trug eine sorgenvolle Miene, als er sich wieder an den Tisch setzte.

„Isch was passiert?", fragte Vicky sofort.

Benedikt nickte düster. „Papa, der Anruf galt eigentlich mehr dir. Es geht schon wieder um den Roman Jung ..."

Herbst 1992

Allen Unkenrufen zum Trotz hielten Roman Jung und Chrissy Berger doch einige Jahre miteinander aus. Im Jahr der Wende, als sie vier Jahre zusammen waren, sprang Jung noch einmal über seinen Schatten und machte Chrissy einen Antrag. Da schrieb die

Presse allerdings bereits von Krise. Die Hochzeit wischte das Gerede beiseite, sie war ein fulminantes Medienspektakel. Seit der Trauung von Prince Charles und Diana Spencer war keine Hochzeit mehr ähnlich großartig in der deutschen Presse gefeiert worden.

Chrissy unterschied sich von Lady Di nicht nur in Punkto Adeligkeit, sondern auch, was Bescheidenheit und Eleganz betraf. Zu ihrer pompösen Hochzeit hatten sie zweihundert Gäste und natürlich auch die Presse nach Marbella geladen. Am Strand unter Palmen gab Chrissy Jung ihr Ja-Wort in einem überbordenden Kleid aus champagnerfarbenem Taft mit Puffärmeln so weit wie die Schultern eines Eishockeyprofis und einer sechs Meter langen Schleppe. Die Vorderseite ihres Kleides war nur knielang und entblößte ihre nackten Beine. Jung trug einen cremefarbenen Anzug mit kurzer Hose und das fliederfarbene Hemd offen bis zum Bauchnabel. Die anschließenden Feierlichkeiten fanden auf einer gemieteten Jacht statt. Es entsprach dem Zeitgeist und noch mehr dem Lifestyle des Jetset-Paars.

Schon drei Jahre nach der Hochzeit kam dann das Ende. Aus dem einstigen Traumpaar wurde ein Albtraum. Die Klatschspalten waren über Monate hinweg voll mit der Schlammschlacht, zu der ihre Trennung geriet.

Jung hatte bereits eine sehr unschöne Scheidung erlebt, doch die Trennung von Chrissy stellte die von Ilona noch weit in den Schatten.

„Ich kann überhaupt nicht mehr aus dem Haus gehen", beklagte er sich bei seinem Freund und Manager. „Ich werde rund um die Uhr belagert."

„Daran solltest du doch inzwischen gewöhnt sein", hielt Gmeiner dagegen.

„Aber nicht an diese Niederträchtigkeit! Mir werden Dinge vorgeworfen, die so absurd und so hanebüchen sind, dass es selbst der schlechte Geschmack dieser Schmierfinken verbieten sollte, sie zu drucken. Und ich kann mich noch nicht einmal dagegen wehren!"

Gmeiner sah das Ganze gelassen. „Ich bitte dich, *keep cool*. Ich weiß, es ist nicht *amusing*. Aber das sind Scheidungen nun einmal nie. Und bedenke immer: Auch negative Publicity ist Publicity. Deinem *selling* tut das alles bislang keinen Abbruch und das ist doch die Hauptsache, oder nicht?"

Jung war nicht mehr so cool. Er lief wie ein Tiger im Käfig in Gmeiners Büro auf und ab. „Das mag ja sein, aber letztlich ist das doch eine Aktion, die auf die Zersetzung meiner Reputation abzielt. Und solange ich keinen Weg finde, wie ich mich dagegen zur Wehr setzen kann, wird dieses Miststück damit über kurz oder lang mein Image beschädigen. Das ist es doch überhaupt nur, was die Schlampe will!"

„Was Chrissy will, ist *money*", widersprach Gmeiner. „Sie ist unterm Strich eine, die für Geld so ziemlich alles tun würde. Und wenn sie mit ihrer Mitleidsnummer gerade die *attention* der Presse auf sich ziehen kann, dann klingelt es in ihrer Kasse. Irgendwann wird es der Presse wieder langweilig und dann hört der Spuk von ganz allein auf. Ich hoffe für dich, du hast auch dieses Mal einen wasserdichten Ehevertrag?"

Jung nickte mit verkniffenem Gesichtsausdruck.

„Na siehst du. *Half as bad*. Lass sie eine Weile ihren *fun* haben ..."

„Auf meine Kosten!", warf Jung ein.

„Von mir aus auch auf deine Kosten, solange sie es nicht übertreibt. Und du wirst sehen, in einem halben Jahr *no one cares for* Chrissy Berger, und Roman Jung ist immer noch *on top*!"

„Weißt du eigentlich, was sie mir alles vorwirft? Liest du gelegentlich auch die Artikel oder guckst du nur die bunten Bildchen an?", blaffte Jung.

„Hey, ich lese, ich lese. *Alright*? Ich weiß, was über dich geschrieben wird. Aber lass sie doch. Dass du gelegentlich einen über den Durst trinkst und dann ein bisschen randalierst ... das verzeihen dir deine Fans. Das ist Rock'n'Roll!" Gmeiner grinste anzüglich.

„Ich bin Schlagerstar. Ich verkaufe meine weiße Weste mit meinen Songs. Und außerdem ist es das ja nicht allein ...", belehrte Jung ihn.

„Ich weiß besser *who you are* als du selbst. Verlass dich drauf, Roman. *Keep smiling*! Es wird nichts so heiß gegessen, wie es gekocht wird."

„Vor einigen Jahren hast du noch ganz anders geredet. Erinnerst du dich? Damals bei der Scheidung von Ilona? Nur ja keinen Staub aufwirbeln? Ja keine Flecken auf das Saubermann-Image machen?"

Gmeiner machte eine wegwerfende Handbewegung. „Ach, was schert mich mein Geschwätz von gestern? Du sitzt doch solide im Sattel. *Solid like a rock*. Da gibt's doch gar nichts zu rütteln."

„Und dass ich sie verprügelt hätte, weißt du das auch schon? Soll ich das auch *weglächeln*?"

„Pff! Kann sie nicht beweisen."

„Ihr Anwalt kann *alles* beweisen. Angeblich gibt es ärztliche Befunde, die das belegen. Und ein psychologisches Gutachten. Sie will mich fertig machen! Begreif das doch endlich. Und es wird ihr gelingen."

Gmeiners Gesicht verfinsterte sich. „Das ist harter Tobak. Woher kommen diese Dokumente?"

„Was weiß ich? Gefälscht vermutlich."

„Chrissy ist hintertrieben, das steht außer Frage. Aber kriminell? Es würde ein Vermögen kosten, den Arzt, den Gutachter und den Anwalt zu schmieren. Das passt nicht zu ihr", überlegte Gmeiner.

„Das ist doch kein Akt, wenn man die richtigen Leute kennt. Und eins kannst du Chrissy bestimmt nicht vorwerfen, und das ist, dass sie schlecht vernetzt wäre. Sie kennt Gott und die Welt. Und irgendwie scheint jeder ihr noch einen Gefallen zu schulden."

Gmeiner kaute an seiner Unterlippe. „Wenn sie damit durchkommt, wäre das tatsächlich ziemlich rufschädigend für dich … Saufen mit allem was dazu gehört, das ist ja das eine. Alle großen Stars saufen. Das ist ja nichts Neues."

„Carpendale säuft nicht", warf Jung verbittert ein.

„Der tut auch nur nach außen so *clean*, glaub mir", widersprach Gmeiner. „Aber jetzt mal Butter bei die Fische, Roman: Hast du sie angefasst? Im Suff? Vielleicht erinnerst du dich nicht mehr genau …"

Jung fuhr wütend herum. „Das glaubst du, oder? Siehst du? Schon hat es funktioniert. Es reicht doch, wenn sie Zweifel streut. Der Jung, ist das nicht der, der die Weiber verdrischt? Und schon hab ich einen Knacks weg. *Was? Zu dem willst du aufs Konzert? Wie, den hörst du noch?* Das geht rum wie Strohfeuer!"

Nun hatte er Gmeiner doch endlich zum Zweifeln gebracht, er erkannte es anhand seines Gesichtsausdrucks. „Das wäre in der Tat ungünstig …"

„Wenn es zur Verhandlung kommt und sie mit ihren getürkten Beweisen durchkommt, dann kann ich einpacken!"

Am Ende ließ Jung Chrissy von seinem Anwalt einen Vergleich anbieten. Er warf einen beträchtlichen Teil seines Vermögens in die Waagschale – für Chrissy, deren Karriere von Anfang an zögerlicher und nur im Windschatten von Jungs gelaufen war, eine enorme Summe.

Doch sie schlug das Angebot aus.

Die Sache Jung gegen Berger ging vor Gericht.

Und dort packte Chrissy noch mehr Vorwürfe oben drauf. Sie legte Fotos vor, die ihr Gesicht zeigten, übersät mit Hämatomen und Schwellungen. Zeugen tauchten auf, die ihre Version der Dinge stärkten. Man habe Chrissy Berger und Roman Jung mehrfach in den Nobel-Diskotheken in München und andernorts gesehen, er stockbesoffen, sie verängstigt. Ein Diskothekenbesitzer behauptete gar, Jung habe bei ihm schon seit Monaten Hausverbot wegen Randalierens und Handgreiflichkeiten. Man habe die Vorfälle lediglich nicht zur Anzeige gebracht, weil man keine negative Presse wollte.

Jungs Anwalt hielt dagegen, so gut er konnte. Er versuchte Widersprüche in Chrissys Aussagen zu finden, rief Leumundszeugen für Jung auf, darunter auch Gmeiner, und stocherte tief in der Vergangenheit von Chrissys Zeugen, um etwas zu finden, das belegen würde, dass sie gekauft waren. Am Ende konnte er dem Arzt, der Chrissys angebliche Misshandlungen dokumentiert und bezeugt hatte, sogar nachweisen, dass er schon einmal Patientenakten verschwinden hatte lassen, doch es half alles nichts. Die Beweislast gegen Jung war erdrückend.

Am letzten Verhandlungstag holte Chrissy zum finalen Schlag gegen Jung aus. Ihr Anwalt verkündete: „Wir rufen Brigitte Degenhardt in den Zeugenstand."

In den Gerichtssaal am Amtsgericht München kam eine hübsche blonde Frau, die Jung vage bekannt vorkam. Der Name sagte ihm nichts, wie er seinem Anwalt sofort flüsternd bekräftigte.

Dann begann die Befragung der neuen Zeugin und plötzlich dämmerte Jung, woher er die Frau kannte. Während sie erzählte, wurde es Jung abwechselnd heiß und kalt auf seinem Platz neben seinem Anwalt. Er warf einen Blick hinüber zu Chrissy, die hochgeschlossen mit sittsam auf den Boden gerichteten Augen neben ihrem Anwalt saß und dabei verletzlich wirkte wie ein Vögelchen.

Die Zeugin beschrieb: „Ich war zum ersten Mal für so eine Veranstaltung eingesetzt. Hätte ich geahnt, was mich erwartete, hätte ich natürlich niemals zugesagt. Aber ich konnte ja nicht ahnen ..."

„Waren Sie in Herrn Jungs Garderobe?", fragte Chrissys Anwalt.

„Ja, ich hatte mich in der Tür geirrt und meinen Fehler auch sofort erkannt."

Der Anwalt fuhr fort: „War Herr Jung anwesend?"

Die Zeugin nickte. Sie vermied den Blickkontakt mit Jung, examinierte stattdessen die Tischplatte.

„Hat er Sie bemerkt?", fragte der Anwalt weiter.

„Ja", hauchte sie.

„Sie müssen uns jetzt keine Details erzählen, ich frage Sie nur so viel: Hat er sich Ihnen unsittlich genähert?"

Der Gerichtssaal einschließlich Jung hielt den Atem an. Die Spannung war so absolut, man hätte eine Stecknadel zu Boden fallen hören. Dann durchbrach Brigitte Degenhardt die Stille: „Ja ..."

Ein erschrockenes Zischen ging durch die Bankreihen im Publikum, gefolgt von einem Tuscheln. Der vorsitzende Richter mahnte zur Ruhe.

„Ich muss Sie leider so direkt fragen, Frau Degenhardt. Bitte beantworten Sie mir noch eine Frage: Hat er Sie vergewaltigt?"

Jung schloss die Augen. Er wusste, was sie sagen würde, noch bevor er es hörte. Jetzt war alles aus. Chrissy hatte gewonnen. Er hatte verloren. Fast tonlos antwortete die Zeugin: „Ja ..."

28. Dezember 2017, morgens

„Was is'n jetz scho wieder passiert?", fragte Veitl mit einem bedauernden Seitenblick auf seinen halbvollen Teller. „Dass ma jetz da ned *einmal* in Ruh frühstücken kann, ha?"

„Es tut mir leid, Papa, ich weiß, es ist furchtbar nervig. Aber Jung hatte einen erneuten Zusammenbruch, wie's aussieht ...", entschuldigte sich Benedikt.

„Was is'n diesmal? De Nerven, 's Herz? Für den Kerl hätten's ja am besten glei a ganze Truppe Personal extra mitgeben ...", grantelte Veitl.

„Na ja ... So wie ich das verstehe, kotzt er sich die Seele aus dem Leib."

Veitl legte die Gabel demonstrativ neben seinen Teller. „Ah geh, pfui Deife, des a no. Uns bleibt doch echt nix erspart ... Und was soll i da jetz machen? Zamwischen?"

Benedikt warf seiner Mutter hilfesuchende Blicke zu. „Nein, halt nach ihm sehen. Du weißt doch mittlerweile: er steigert sich da immer gleich in was rein ... Auf dich hört er irgendwie."

Veitl nahm die weiße Stoffserviette vom Schoß und faltete sie akribisch zusammen. Dann erhob er sich ergeben. „Is ja gut, i komm ja scho."

„Soll i mitkommen?", bot Margarete sofort an.

„Naa, bleib du wenigstens da und iss in Ruhe auf. Und danach gehst zum Enrico, sagst ihm an schönen Gruß. Einer von uns zwei muss sich ja erholen. Mir gönnen's ja ned amal im Urlaub a Verschnaufpause."

Veitl folgte Benedikt hinaus zu den Aufzügen.

„Papa, kommst du allein klar? Ich müsste noch einmal schnell zum Kapitän und Bericht erstatten. Der dreht auch schon völlig am Rad wegen dem Jung. Sowas haben wir noch nie gehabt. Und in ein paar Tagen ist die große Silvestergala. Ich sag's dir, das wird ein Desaster …"

Veitl winkte ergeben ab. „Is scho recht, geh no zu, Bub. Bericht deim Kapitän. Sagst ihm, da Bap is da. Der macht des scho."

Benedikt klopfte seinem Vater dankbar auf die Schulter und entfernte sich, vernehmlich die Melodie von *Der Papa wird's schon richten* pfeifend. Kopfschüttelnd fuhr Veitl hinauf zu Jungs Kabine. Den Weg kannte er inzwischen im Schlaf.

Wieder einmal traf er mit dem Schiffsarzt zusammen, der gerade von Jung kam.

„Sie ham's aber a ned leicht", stellte Veitl unumwunden fest.

„Da sagen Sie was, Herr Veitl. Mehr Passagiere von der Sorte bräuchte ich nicht …", seufzte der Arzt.

„Was is'n dieses Mal? Bloß damit i mi scho mal drauf einstellen kann."

„Ich darf Ihnen leider ohne die Zustimmung des Patienten keine Auskünfte erteilen. Schweigepflicht, Sie verstehen", wiegelte der Schiffsarzt bedauernd ab.

„Versteh i scho. Aber sagen'S mir mal ehrlich: Bildet er sich des jetzt alles ein, oder was is da los?"

„Das frage ich mich auch, Herr Veitl. Phasenweise wirkt Herr Jung sehr klar und ich kann keine Anzeichen für eine psychische Störung an ihm erkennen. Aber dann wieder verfällt er in fast manische Episoden, redet wirres Zeug und hängt Verschwörungstheorien gegen seine Person nach. Er leidet ja scheinbar beinahe unter einem Verfolgungswahn. Alles könnte ein Zeichen dafür sein, dass ihm jemand etwas antun will." Der Arzt war sichtlich ebenfalls mit seinem Latein am Ende.

„Wenn Sie medizinisch nimmer weiterkommen, dann probier's i noch mal kriminalistisch. Irgendwie werd ma na scho dahinterkommen, was da los is. Lassen'S Ihnen ned aufhalten, Herr Doktor, Sie ham ja bestimmt no andre Sachen zum tun, ned?", verabschiedete Veitl sich.

Er fand Jung vor, wie er ihn am Vortag verlassen hatte: in seinem Bett. Die Elektroden auf seiner Brust waren entfernt worden, nur ein paar kahle Stellen zeugten noch von dem Langzeit-EKG, das der Arzt ihm angelegt hatte.

Jung rührte in einer Tasse, als Veitl zu ihm ans Bett trat.

„Mei, sag amal, was machst'n wieder für Sachen? Jetz is da schlecht, hab i ghört?", eröffnete Veitl das Gespräch.

Jung nickte. Mit Grabesmiene rührte er weiter in seiner Tasse.

„Was hast'n da? An Tee?"

„Kamille."

„Is da immer no schlecht? Hast zwischendurch amal was gessen?"

„Ja. Das war ja mein Fehler. Man will mich hier ganz offensichtlich vergiften!", stieß Jung hervor.

„Vergiften? Naa, geh, jetz hör auf. Des glaub i ned. Wer würd denn sowas machen?"

Jung presste die Lippen aufeinander. Herablassend sagte er: „Das weiß ich schon, dass mir hier niemand glaubt. Der alte Schlagerfuzzi spinnt wieder, so denkt ihr doch, oder nicht? Meinst du, ich weiß das nicht? In dieser Tasse könnte schon wieder weiß Gott was drin sein. Die hat einen weiten Weg von der Küche bis hier herauf zu mir hinter sich. Viele Gelegenheiten für jemanden, der etwas Übles plant ..."

Am Fenster stand ein Servierwagen, darauf eine Teekanne, Zucker und ein kleiner Teller mit Gebäck. Veitl inspizierte die Gegenstände.

„I kann da nix Seltsames feststellen."

„Natürlich nicht, so dumm wird ja auch niemand sein. Ich habe gedacht, du bist Kripobeamter. Du solltest doch Erfahrung mit solchen Dingen haben."

„Wer sollert dir denn überhaupt sowas antun wollen? Gibt's da wen, sag?", fragte Veitl, ohne auf den Vorwurf einzugehen.

„Da gäb's wohl einige ...", erwiderte Jung ausweichend.

„Ja, aber konkret. Hast du an Verdacht? Diese Chrissy vielleicht, mit der du mal was ghabt hast?"

Jung nickte versonnen. „Ja, das stimmt. Mehr noch, wir waren verheiratet. Von 1985 bis 1992 waren wir ein Paar. Es hat mich sehr überrascht, sie hier zu sehen. Mit ihr habe ich nicht gerechnet."

„Das is jetzt aber a scho a ganz schöne Zeit her, oder? Da hätt's ja bestimmt in der Zwischenzeit scho amal a Gelegenheit geben, wenn de wirklich Interesse dran ghabt hätt, dass di umericht", hakte Veitl nach.

Jung zuckte die Achseln. Sein Blick irrte ruhelos durch das Zimmer. Die Tasse in seiner Hand zitterte bedrohlich. Veitl nahm sie ihm weg, bevor er sich den Tee noch ins Bett kippte, und stellte sie auf den Nachttisch.

„I mein allerweil, du schlafst jetz besser no a bissl. Am End sind des alles nur die Nerven. Is halt doch a rechte Strapaz, so a Kreuzfahrt mit so viele Termine. I schau derweil, was i in Erfahrung bringen kann."

Jungs Lider waren so schwer, dass er kaum die Augen offenhalten konnte. „Du glaubst mir auch nicht …", murmelte er noch schlaftrunken.

„Doch, doch, i glaub da scho, dass du des glaubst. Und i werd versuchen, dass i des für di widerleg. Wenn i des beweisen kann, dann kannst du vielleicht endlich zur Ruh kommen. Is des was?"

Doch Jung schlief bereits. Veitl zog noch die Rollos an den beiden schmalen Fenstern im Schlafraum der Suite herunter. Draußen peitschte wieder der Wind den Regen gegen die Scheiben. Die Wellen kräuselten sich entlang des Schiffes und eine vorwitzige Möwe flog in der Hoffnung auf Futter neben der *Vasco* her.

Als Veitl zurück zum Restaurant kam, waren seine Frau und die beiden jungen Männer schon aufgebrochen. Unschlüssig sah Veitl den Kellnern und Köchen dabei zu, wie sie das Buffet abräumten. Die Frühstückszeit im Hauptspeisesaal war vorüber.

Ein aufmerksamer Kellner sah Veitl stehen und kam zu ihm herüber, ein Tablett mit leeren Tellern und Tassen balancierend. „Haben Sie das Frühstück verpasst, mein Herr? Das tut mir leid. Unten in der Café-Lounge serviert man Ihnen sicherlich gern einen Kaffee nach Wunsch, und ein paar kleinere Gerichte finden Sie dort auch auf der Karte. Und ab elf hat die Poolbar im überdachten Schwimmbadbereich wieder geöffnet."

„Danke", antwortete Veitl automatisch und verließ den Speisesaal. Hinter ihm hörte er, wie der freundliche Kellner das schmiedeeiserne Gitter verschloss und den Schlüssel umdrehte. So hilfsbereit war man wohl doch wieder nicht, dass man noch nach der eigentlichen Fütterung lästige Gäste im Restaurant haben wollte.

Weil er nichts Besseres zu tun hatte, bis Margarete zurückkam, und durchaus noch ein wenig Kaffee vertragen konnte, entschied Veitl, der Empfehlung zu folgen. Er nahm die Treppe hinunter zur Café-Lounge, wo er vor Kurzem erst mit Margarete, Vicky und Benedikt gesessen hatte. An den hohen Fensterfronten fand er noch einen freien Tisch und ließ sich nieder.

Sofort steuerte eine Bedienung auf ihn zu. „Was darf's denn sein?"

Veitl sah in die aufmerksamen blauen Augen der jungen Frau und erinnerte sich an eine andere Begebenheit in einer Kaffeebar. Unwillkürlich brach ihm der Schweiß aus. Hilfesuchend blickte er sich um, ob es hier möglicherweise auch tausend verschiedene Kaffeesorten zur Wahl gab. Die Servicekraft deutete seine Unsicherheit richtig und empfahl: „Wollen Sie vielleicht erst noch einen Blick in unsere Karte werfen?"

Dankbar nahm Veitl die gefaltete Karte entgegen und vertiefte sich in die Lektüre.

„Um zehn tritt hier übrigens die Schlagersängerin Christina Berger auf", informierte die Servicekraft Veitl noch. „Falls Sie Interesse haben, sie bleibt anschließend auch noch zu einem kurzen Meet and Greet für ihre Fans."

Da erst stellte Veitl fest, dass ein Teil der Tische und Stühle im Halbrund um die Theke einer kleinen Bühne gewichen war, vor der sich bereits einige Zuhörer eingefunden hatten. „Christina Berger sagen Sie ...", wiederholte Veitl. *Das trifft sich ja gut.*

Zu seiner Erleichterung stellte er fest, dass die Kaffeeangebote hier wesentlich konservativer waren als in der Kaffeebar-Erinnerung, die ihn gerade befallen hatte. „Dann bringen'S mir doch bitte a Kännchen Kaffee dazu. Dann hör ich mir die Dame mal an. Kann ja ned schaden, gell?"

Die Kellnerin lächelte höflich und verschwand wieder, um seine Bestellung weiterzugeben.

Rasch füllte sich die Café-Lounge. Veitl rückte seinen Stuhl so, dass er von seinem Platz aus die Bühne gut im Blick hatte.

Er musste nicht lange warten, dann erschien die Schlagersängerin auf der kleinen Bühne. Für Veitls Geschmack war sie zu jugendlich gekleidet und machte zu viel Gewese. Mit großer Geste begrüßte sie ihre Fans, die sich insgesamt gar nicht so zahlreich in der Café-Lounge versammelt hatten. Vielleicht zwanzig Leute saßen wirklich zur Bühne gewandt und lauschten ihrer Begrüßung, ein paar andere bevölkerten die etwas von der Bühne abgewandten Plätze, unterhielten sich und tranken einen späten Frühstückskaffee, so wie Veitl.

Ihr Alter ließ sich schwer schätzen, aber nach allem, was Veitl über sie wusste, musste Christina Berger inzwischen auch schon deutlich jenseits der sechzig sein. Er nippte an seinem heißen Kaffee und ließ die Sängerin auf sich wirken.

Sie mochte wohl mal ganz attraktiv gewesen sein. Schlank und sportlich war sie heute noch, das Haar trug sie etwa kinnlang und lockig. Ihr Teint war etwas zu braun, um noch als natürlich sonnengebräunt durchzugehen; ihre Mimik so auffallend fältchenfrei, dass es ganz sicher nicht nur mit guten Genen erklärbar war. Überhaupt hatte sie wohl an verschiedenen Stellen vergeblich versucht, dem Zahn der Zeit ein Schnippchen zu schlagen.

Das Playback setzte ein und die Berger begann rhythmisch die Hüften zu kreisen und das Grüppchen vor der Bühne zum Mitklatschen zu animieren. Dann setzte der Gesangspart ein und es zeigte sich, dass die Vorführung im Halbplayback stattfinden sollte, denn die quietschende Stimme war ganz offensichtlich live. Wie auch schon zuvor bei Jung, stellte Veitl fest, dass alternde Schlagerstars bei ihren wohlbekannten Nummern von früher besser daran taten, wenn sie sich nicht mit sich selbst zu messen versuchten. Die Aufnahmen von damals, die heute noch in den Radiostationen und zu anderen Anlässen gespielt wurden, hatte man im Ohr und das, was man dann aktuell geboten bekam, hatte nicht mehr den geringsten Wiedererkennungswert.

Die Hardcore-Fans in der ersten Reihe störte das indes wenig. Sie grölten selbst aus voller Kehle mit und übertönten damit streckenweise sogar das dünne Gesinge der Sängerin.

Veitl rümpfte die Nase. „Also a Hochgenuss is des vei ned …", murmelte er.

„Schön, dass ihr alle da seid!", rief die Berger nach dem ersten Lied überschwänglich, als stehe sie in einem vollbesetzten Stadion. „Wir wollen heute richtig zusammen feiern! Seid ihr dabei?"

Das Echo aus der ersten Reihe war zwar leidenschaftlich, aber trotzdem eher dünn. Davon unbekümmert, hüpfte die Berger wie ein Flummi auf und ab und klatschte, die Hände hoch über dem Kopf, sodass das Mikrofon, das sie in der einen Hand hielt, jedes Mal ein dumpfes Geräusch übertrug.

Als sie wieder anhob zu singen, entschied Veitl, dass er genug gesehen hatte. Er leerte seine Kaffeetasse und erhob sich.

Unschlüssig, was er mit der freien Zeit anfangen sollte, bis Margarete vom Yoga kam, schlenderte er noch ein wenig herum und musterte lustlos die Auslagen der bordeigenen Boutiquen. Die

Preise waren recht hoch und Veitl rätselte, wer einfach so auf dem Schiff eine Sonnenbrille für mehrere hundert Euro kaufte.

Während er noch so herumstand, kreuzte Benedikt seinen Weg. Er blieb stehen, als er seinen Vater erblickte.

„Papa, was machst du denn hier? Willst du shoppen?"

Veitl fuhr erschrocken zusammen. „Jessas, jetz hab i di gar ned kommen hören. I kauf nix, naa. Aber die Mama is doch no beim Yoga und jetzt weiß i a ned …"

„Warst du schon beim Jung?", wollte Benedikt wissen.

„Ja, freilich. Der schlaft jetz."

Benedikt machte ein bekümmertes Gesicht. „Ich weiß wirklich nicht, was mit dem los ist. Du, Papa?"

Veitl zuckte die Schultern. „Keine Ahnung. Aber wahrscheinlich san so alternde Showstars einfach a bissl meschugge. I komm grad von der Berger da, die hat grad an Auftritt in dem Café hinten, wo wir letztens gsessen sind. Mei lieber Scholli … des is vielleicht eine alte Schabracke. Sowas hört sich doch keiner mehr freiwillig an, oder?"

Benedikt schmunzelte. „Du würdest dich wundern, Papa. Aber stimmt schon, ihre großen Zeiten sind auch lange vorbei. Da ist der Jung im Vergleich noch richtig gut im Geschäft, und bei dem läuft's ja schon nicht rosig."

„I mein allerweil, einer, da wo's richtig gut lauft, der kommt dann a ned auf so a Schiff mit, oder? Des machen scho mehr die, die's nötig ham."

„Da könntest du schon recht haben, Papa. Trotzdem ist der Jung halt jetzt unser großer Star und wenn der übermorgen nicht auftritt, weil ihm die Nerven schlackern oder warum auch immer, dann sind wir wirklich verratzt." Benedikt war die Last der Verantwortung anzumerken.

Sein Vater versuchte ihn zu trösten. „Ah, mach dir um den keine Sorgen. Der spinnt zwar, aber auf der Bühne is des a Profi. Der lasst euch scho ned hängen."

„Was hat er denn jetzt überhaupt gesagt? Was ist denn schon wieder los mit ihm?", wollte Benedikt wissen.

„Ja mei, 's Übliche. Er wird verfolgt, jemand bedroht ihn, et cetera. Jetz glaubt er tatsächlich, dass ihn jemand vergiften mecht. Den Kamillentee, den's ihm gschickt ham aufs Zimmer, den wollt er auch ned trinken, weil da könnt ihm ja einer was nei tan haben. Verstehst?"

Benedikt verdrehte die Augen. „Ja genau. Und wer?!"

„Was weiß i! Jemand halt. I bin mir ned amal sicher, ob er selber so konkret sagen kann, von wem er se bedroht fühlt. Oder ob des mehr so a allgemeiner Verfolgungswahn is bei dem. Ich wollt mir jetz grad mal diese Christina Berger näher anschauen, weil die wär ja die Einzige, die auf dem Schiff überhaupt a Verbindung zu ihm hat, oder?"

„Die hat eine Verbindung, auf jeden Fall. Aber das ist doch schon urlang her. Und sie hat doch damals die Scheidung eingereicht. Ich kann mir nicht vorstellen, dass die dem immer noch nachstellt. Das macht doch keinen Sinn!", gab Benedikt zu bedenken.

„Naa, an Sinn macht des freilich ned. Aber du wärst überrascht, was wir alles erleben bei der Kripo. Von am Sinn geh i da scho lang nimmer unbedingt aus. Normal tät i die jetz amal a bissl durchleuchten, aber des kann i ja aufm Schiff da ned."

„Das mach ich für dich, Papa", bot Benedikt an. „Ich guck einfach mal ein bisschen ins Internet, was ich da so über die gute Frau rausfinde."

„Ach, du und die Mama und euer Internet ... Ja, schaust halt amal. Solang i keinen Zugang zu irgendwelchen Datenbanken hab, müss ma halt nehmen, was ma kriegen können."

Benedikt versprach Veitl, dass er Informationen sammeln würde, und verabschiedete sich dann von ihm.

Veitl trollte sich dann doch auf die Kabine, um auf Margarete zu warten.

Nach dem üppigen Mittagessen gingen Veitl und Margarete ein bisschen auf dem Promenadendeck spazieren. Obwohl das Wetter immer noch nicht viel besser war, brauchten sie etwas frische Luft und ein wenig Bewegung. Immerhin hatte es aufgehört zu regnen.

„Also drei Tag auf See is vei scho lang", mäkelte Veitl. „Wenn ma da gar ned amal a bissl an Land gehen kann ..."

„Morgen simma ja scho auf de Azoren. Erstens is dann des Wetter wieder besser, sagt da Bene, und zweitens hast dann dein Landgang."

„Was gibt's na da zum sehen auf der Insel?", wollte Veitl wissen.

„Terceira gehört zu de Azoren, is im fünfzehnten Jahrhundert vo portugiesische Seefahrer entdeckt worden. Die Hauptstadt is Angra do Heroísmo. In Angra gibt's a schöne Altstadt und a Burg, de war zur Verteidigung gegen Seeräuber. Ansonsten viel Natur, weil de

Insel is nämlich nur ganz schwach besiedelt", referierte Margarete bereitwillig.

„Aussis. Woher weißt denn du des alles?", staunte Veitl.

Aber Margarete beschied ihn: „Ja mei, i bereit mi halt vor, ned?"

Sie erreichten die Tür zurück ins Innere des Schiffes.

„Jetzt geh ma noch a bissl schwimmen, was meinst?", schlug Margarete vor.

„Wenn i na ned wieder unter de ganzen Hüpfdohlen nei komm, ja."

Am frühen Abend brachte Benedikt Veitl seine bisherigen Funde über Christina Berger auf der Kabine seiner Eltern vorbei. Er hatte ein paar Artikel gefunden, hauptsächlich über die Hochzeit und zur Scheidung der beiden 1992. Diese hatte er anschließend seinem Vater ausgedruckt.

Veitl blätterte durch die Farbausdrucke.

„Toll is des, sag selber", stieß Margarete begeistert aus. „Da is ma mitten im Atlantik auf so am schwimmenden Pott und du kannst jederzeit alle Informationen ham, die du ham willst. Sowas hat's früher einfach ned geben. Was hätt ma da jetzt ohne Internet gmacht?"

„Stimmt schon, Mama", pflichtete Benedikt bei. „Das Internet ist zwar auf hoher See nicht so stabil wie an Land, manchmal braucht der Seitenaufbau ewig. Aber über Satellit haben wir inzwischen fast überall auf der Welt Internet."

Veitl hörte den beiden gar nicht zu. Er überflog die Artikel, die Benedikt ihm gegeben hatte. „Schau dir des an! Ja varreck, des muss a gscheite Schlammschlacht gwesen sein mit de beiden."

Margarete nahm ein Blatt aus dem Stapel und sah sich die Bilder an. „Da steht, dass er sie gschlagen hat", sagte sie erbost. „Da kann i mi gar nimmer dran erinnern."

„Da stehen noch a paar ganz andre grausliche Sachen, was er gmacht ham soll. Wenn da bloß die Hälfte stimmt, dann hätt die scho Grund, dass's ihn bis heute hasst", räumte Veitl ein.

„Traust du ihr des zu?", fragte Margarete.

„I trau prinzipiell am jeden alles zu. Des lehrt mich scho mei Job", erwiderte Veitl kategorisch.

„Na prima", seufzte Benedikt. „Und was heißt das jetzt für uns? Für die Silvestergala übermorgen?"

Veitl schob die Unterlippe vor.

„Erst amal heißt des gar nix. Des heißt jetz bloß, dass sie theoretisch a Motiv hätt. Aber ned a jeder, der a Motiv hat, wird dann glei kriminell. Solang wir nix andres in der Hand haben, gilt immer no: *in dubio pro reo!*"

Benedikt verabschiedete sich, er hatte noch am Empfang zu tun. Veitl begann sich umständlich auszuziehen. Er hüpfte auf einem Bein auf dem eng bemessenen Platz vor dem Bett herum und zerrte an seiner Hose.

Margarete beobachtete ihren Mann belustigt. „Und was genau machst jetz du da? Übst du scho für die Silvestergala? Oder is des a Paarungstanz von de kapverdischen Inseln?"

„I muss mi no duschen vorm Essen", erklärte er.

Endlich war es ihm gelungen, in der räumlichen Enge der Schiffskabine aus seiner Hose zu kommen. Er strich sie glatt und legte sie auf die Tagesdecke.

„I setz mi no a bissl auf den Balkon, bis du fertig bist", sagte Margarete, schnappte sich die Fernbedingung für das Soundsystem der Kabine und schaltete den Schlagerkanal an. Dann wickelte sie sich eine der Fleece-Decken mit dem Endeavour-Emblem um die Schultern und zog die Schiebetür auf.

„Ja, ja, mach ruhig", murmelte Veitl. Er streifte seine Socken ab und legte sie ordentlich zu Hose und Hemd. Während er die Tür zum Badezimmer aufdrückte, grübelte er noch über das Verhältnis von Chrissy und Jung nach. Es war schon ein merkwürdiger Zufall, dass sie auch auf dem Schiff war ...

Die Tür fiel hinter ihm ins Schloss. Gerade eine Sekunde zu spät erkannte Veitl den Fehler.

Das war nicht die Tür zum Bad.

Das war überhaupt nicht das Bad.

Er war durch die Eingangstür zur Kabine gegangen. Auf dem Flur stand er. In der Unterhose.

Und die Tür ... – Veitl rüttelte am Griff. Er stemmte sich dagegen. Die Tür war zu.

Die praktischen kleinen Zimmerkärtchen, die man benötigte, um die Tür zu öffnen, waren auch für die Stromversorgung. Deshalb steckte die scheckkartengroße Bordkarte jetzt innen neben der Tür in einer kleinen Vorrichtung und hielt die Stromversorgung aufrecht. Margarete konnte aus diesem Grund auf dem Balkon in voller Lautstärke den schiffseigenen Schlagerkanal hören, aber leider nicht Veitls verzweifeltes Klopfen.

Am Ende musste Veitl einsehen, dass er so nicht wieder zurück in die Kabine kommen würde. In Unterhosen und peinlich berührt erklomm er den Fahrstuhl. Glücklicherweise waren die meisten Passagiere bereits im Speisesaal. Er gelangte ungesehen bis zum D-Deck, auf dem sich der Rezeptionstresen und Benedikts Büro befanden. Der Aufzug hielt mit einem *Bling* und öffnete seine automatische Tür. Veitl sah Benedikt hinter dem Tresen direkt gegenüber den Aufzügen. Er beobachtete, wie Benedikts Augen sich weiteten. Dann erst sah er das Pärchen, das schräg vor Benedikt am Tresen stand und sich augenscheinlich gerade einen Ausflug empfehlen ließ. Das Pärchen drehte verwundert die Köpfe.

Veitl spürte, wie ihm die Röte bis unter die Haarwurzeln kroch. Panisch drückte er auf den Knopf, der die Türen wieder schließen sollte. Der Aufzug reagierte nicht – aber Benedikt.

Geistesgegenwärtig eilte er seinem Vater zu Hilfe. Während er die Lobby durchmaß, schälte er sich aus seinem Sakko und drapierte es um Veitl.

„Ist dir bewusst, dass du nur eine Unterhose anhast?", flüsterte er, lächelte dem Paar am Tresen gequält zu und drückte auch auf den rettenden Knopf.

Endlich zeigte der Aufzug Mitleid und schloss sich.

„Papa!", rief Benedikt, kaum dass sie allein waren. „Was um alles in der Welt machst du in dem Aufzug hier?!"

„De Tür ... also des Bad war weg und dann ... war de Tür zu und i wollt ... aber d'Mama hat mi ned ghört ...", stammelte Veitl, der immer noch die Blamage verarbeiten musste.

Benedikt unterdrückte ein Prusten. „Versteh ich dich richtig, du hast dich ausgesperrt, weil du dachtest, die Tür zum Flur wär die zum Bad? Und Mama?"

„Die hört Schlager übers Radio aufm Balkon. De is scho wieder so im Jung-Fieber, dass's gar nix mehr mitkriegt."

Benedikt brachte seinen Vater zurück zur elterlichen Kabine und öffnete ihm mit dem Generalschlüssel die Tür. Margarete hatte von der ganzen Aufregung gar nichts mitbekommen. Sie wunderte sich nur darüber, dass Benedikt schon wieder da war.

„Ich bin unten jetzt dann gleich fertig. Dann komm ich mit euch zum Essen", versprach Benedikt und zwinkerte seinem Vater verschwörerisch zu. „Papa wollte nur wissen, ob ich mitkommen kann."

„Genau", beeilte Veitl sich zu bestätigen. „Des wollt i nur wissen. Und äh ... da hast dein Janker wieder ..."

30. Dezember 2017, abends

Das Schiff hätte längst auslaufen sollen, stattdessen lagen sie immer noch im Hafen von Praia da Vitória mit Blick auf die grünen Hügel von Terceira und den Santa Bárbara. Es war ein milder Wintertag auf den Azoren, mäßiger Wind kam von Nordost und gelegentlich blitzte sogar die Sonne durch die Wolken. Ideale Voraussetzungen für einen Landgang. Veitl und Margarete hatten einen entspannten Tag auf der Atlantikinsel verbracht.

Warum legte das Schiff nicht ab? Hatten sich Passagiere verspätet, die sich nicht von der Insel losreißen konnten? Oder was verzögerte das planmäßige Auslaufen?

Zusammen mit einer Vielzahl an Passagieren standen Veitl und Margarete an Deck und genossen die Aussicht auf das Hafenstädtchen, das sich langsam zur Abendruhe begab. Die Lichter in den Häusern und die Straßenbeleuchtung gingen an, die Jachten im Hafenbecken schaukelten träge im Abendwind. Obwohl eine so friedliche Stimmung über Terceira hing, machte sich langsam Unruhe unter den Wartenden breit.

„Was is'n jetzt?", fragte Veitl sinnloserweise, weil Margarete es auch nicht wissen konnte.

„Mei, was weiß i", antwortete sie auch prompt. „Werd scho bald losgeh. Schau halt, is des ned schee? Kann ma gar ned glauben, dass ma Ende Dezember ham, oder? Alles so grün und so frisch ..." Margarete staunte immer noch über die üppige Vegetation auf Terceira, obwohl sie schon den ganzen Tag während des Landgangs kein anderes Thema gekannt hatte, als Veitl auf alle möglichen Pflanzen und Blüten hinzuweisen, die es jetzt gerade alle zu Hause nicht gab.

Veitls Interesse galt wie so oft eher profanen Dingen. „Ja, es is scho schee. Aber mi friert's und i hab an Hunger. Woll'ma ned lieber scho mal reingehn? Es muss doch jetzt dann a bald a Abendessen geben, oder?"

Margarete seufzte. „Ja mei, na geh ma halt. Des seh ma dann ja vom Restaurant aus a, wenn ma losfahren."

Sie bahnten sich einen Weg durch die Schaulustigen und kehrten ins warme Innere des Schiffes zurück. „Jetzt auf d'Nacht is's doch frisch. Aber tagsüber war des heut einmalig, sag selber?", versuchte Margarete, ihrem Mann doch noch ein Wort der Begeisterung abzuringen.

„Scho."

„Herrschaft, kannst de du jetz ned a amal für was begeistern? Bloß a bissl? Damit i ned des Gfühl hab, dass i mit am Eisberg in Urlaub gfahrn bin", grummelte Margarete.

Veitl musste grinsen und legte seiner Frau einen Arm um die Schultern. „Mei, weißt Gretel, der Bayer an sich freut sich halt staad. Der muss des ned so rausposaunen. Des is mehr so a innerliche Freude, verstehst? Aber Eisberg ... geh, deswegen bin i doch kein Eisberg. De gibt's ja so weit im Süden gar ned. Gott sei Dank, sonst täten wir am End no untergehen, wie die Titanic ..."

Margarete knuffte ihn spielerisch in die Seite.

Sie steuerten ihren gewohnten Tisch im Hauptspeisesaal der *Vasco* an. Ihr Kellner Antonio brachte ihnen gleich den Rest ihrer Weinflasche vom Vorabend an den Tisch. „Darf es sonst noch etwas zu trinken sein?", fragte er eifrig.

„Ein Wasser, bitte. Ein stilles", bestellte Margarete.

„Siehgst, und jetz bestellst a stilles Wasser. Aber mir wirfst vor, dass i da z'staad bin", warf Veitl immer noch grinsend ein. Er war doch auch guter Laune nach diesem entspannten Tag an Land.

Antonio sah fragend zwischen den Eheleuten hin und her. Veitl winkte ab: „Passt scho, Toni. Mir bringst bitte erst amal a Bier. I brauch jetz was gegen den Durscht."

„Geh, a Bier und dann der gute Wein, des passt doch gar ned zam", kritisierte Margarete.

„Doch. I trink ja's Bier zerst. *Wein auf Bier – das rat ich dir*, heißt's", widersprach Veitl und nickte Antonio aufmunternd zu. „Machst mir a schöne, kühle Halbe. Dann rutscht der Wein hernach leichter."

Margarete legte ihre zur Muschel geformte Serviette zur Seite und erhob sich, um ans Buffet zu gehen. Heute stand das Abendessen ganz unter dem Motto Fisch und Schalentiere. Eine Schaukochstation bereitete frischen Hummer, davor stauten sich schon die Hungrigen. Auch andere typisch azoreanische Gerichte boten die Köche der *Vasco* heute auf, so wie Lapas, die Napfschnecken, aber auch heimische Käsesorten wie den herzhaften Sao Jorge-Käse und den milderen Queijo do Pico. Margarete hatte wieder einmal die Qual der Wahl angesichts der vielen Leckereien.

Veitls Teller hingegen war rasch gefüllt. Exotisches Meeresgetier und Hochseefisch waren nicht seine Sache. Er blieb lieber bei den vertrauten Geschmacksnoten und schaufelte sich Kartoffeln und Gemüsesorten auf, die er kannte.

Als sie beide wieder beim Tisch saßen und sich mit Appetit über die Auswahl auf ihren Tellern hermachten, sagte Margarete irritiert: „Wir fahrn ja immer no ned. Komisch is des scho ..."

Veitl schielte derweil auf ihren Teller und rümpfte die Nase. „Was is jetz des da alles?"

„Des is a Käse von hier und dazu ham die ein hausgemachtes Chutney aus Azoren-Ananas angeboten. Weißt, weil die Ananas hier, de werden in Gewächshäuser züchtet, ned im Freiland wie in Lateinamerika. Dazu is's nämlich auf de Azoren im Winter doch zu kalt. Da hamma doch heute die ganzen Anbauflächen gesehen, weißt es nimmer? Aber weil dann doch so viel die Sonn scheint, brauchen's die Gewächshäuser ned zusätzlich beheizen, die speichern die Wärm. Und auf Chemikalien verzichten's a komplett, zur Schädlingsbekämpfung ham de hier nur den Rauch von Laubhaufen, die's anzünden. Deswegen is des viel gsünder!"

„Aha", machte Veitl. „Gsünder, aber halt geräuchert."

Da entdeckte Veitl Benedikt, der sich seinen Weg zu ihrem Tisch bahnte. „Schau, da kommt der Bene. Irgendwie krieg i scho immer a schlechtes Gefühl, wenn i na seh. Am End is wieder was mit dem Jung ..."

Margarete wandte sich um und tatsächlich erreichte Benedikt den Tisch seiner Eltern gerade in dem Moment. „Hallo Mama, hallo Papa, stör ich euch wieder beim Essen, gell? Es tut mir leid. Aber ich hab gerade etwas erfahren, das wollte ich euch sofort mitteilen. Wahrscheinlich wird der Kapitän eh noch auf dich zukommen, Papa. Dachte, damit du schon mal gewarnt bist ..."

Veitl seufzte tief. „I hab's geahnt. Was is'n diesmal? Wieder der Jung, oder was?"

Benedikt schüttelte den Kopf. „Nein, dieses Mal nicht. Und dieses Mal ist es auch kein Hirngespinst. Leider ..."

„Ja, hör auf, machst mir gleich Angst. Is was Ernstes passiert? Fahr ma deshalb immer no ned?", fragte seine Mutter sofort und legte den Löffel beiseite.

Benedikt warf einen Blick über die Schulter, um zu sehen, ob ihr Gespräch von irgendjemandem belauscht werden konnte. Aber noch war der Andrang im Speisesaal nicht so groß. Leise sagte Benedikt: „Leider, ja. Stellt euch vor, die Christina Berger, die ist von ihrem Landgang nicht zurückgekommen. Und jetzt haben wir gerade erfahren, dass sie in einem Straßencafé einfach vom Stuhl gekippt ist. Tot. Herzinfarkt, oder Schlaganfall oder sowas.

Genaueres wissen wir auch noch nicht. Wahnsinn, oder? Ihr macht euch keine Begriffe, was bei uns oben grad los ist …"

Veitl starrte seinen Sohn perplex an. „Wie jetzt? Tot? Des gibt's doch ned. De war doch no ganz fidel gestern. Da fallt ma doch ned einfach um und is tot. So alt is de doch a wieder ned …"

Sein mühsam ersonnenes Konstrukt fiel auf einen Schlag in sich zusammen.

„Na ja, ganz jung war sie auch nicht mehr. Die war auch schon Ende sechzig, aber trotzdem … Man weiß es halt nicht … Vielleicht war sie schon länger krank und hat nur nichts gesagt. Oder was weiß ich …" Benedikt machte ein unglückliches Gesicht. „Diese ganze Fahrt steht unter einem so schlechten Stern, das gibt's gar nicht! Ihr müsst auch denken, was wir für ein seltsamer Laden sind hier. Aber ich schwör's euch, so was hab ich noch nicht erlebt."

„Und was passiert jetz mit der armen Frau?", wollte Margarete wissen. „Nehmen wir jetz da de Leiche mit? Naa, des kann ja ned sein, oder? Wir fahrn ja nach New York weiter. Oder müssen wir jetz umdrehen deswegen, sag?"

„Nein, nein", beschwichtigte Benedikt. „Wir fahren schon planmäßig weiter. Das geht ja nicht. Da hängt ja so viel dran. Nein, soweit ich weiß, bleibt die Leiche gleich hier und wird obduziert, weil man ja nicht weiß, warum und wieso. Und dann wird sie nach Deutschland an ihre Angehörigen überstellt."

Margarete griff sich bestürzt an die Kehle. „Also naa, wenn ma sich des vorstellt … Da fährt einer in Urlaub und kommt nimmer heim. Schlimm. Also für die Angehörigen … ned auszudenken."

„Ich weiß, Mama. Und was das jetzt für ein Hickhack gibt mit den Behörden. Das ist ja hier Portugal, das müssen jetzt die portugiesischen Behörden übernehmen und dann geht das weiter nach Deutschland. Und wenn die Presse erst davon Wind bekommt … Ich sag dir, das ist die schlimmste Fahrt, die ich in meiner ganzen Laufbahn hatte!"

„Armer Bub", sagte Margarete mitfühlend. „Aber denk an de unglückliche Frau. Was hat de für a Leben ghabt und jetzt so a Ende. Tragisch. Wirklich tragisch …" Und weil keiner etwas darauf sagte, fuhr sie selber fort: „Schlimm … wirklich schlimm … Was sagst jetz du da dazu, Flori?"

Veitl starrte versunken auf seinen Teller.

Sie warf ihrem Mann einen Blick zu. „Flori?"

Veitl fuhr aus seinen Gedanken hoch. „Was? Ha?"

„Wo warst denn du jetz mit deine Gedanken?", fragte Margarete.

Veitl rang nach Worten. „I hab grad ... also ... weißt, irgendwie kommt mir des alles spanisch vor ... I hab halt dacht, dass vielleicht doch was dran sein könnt an den Hirngespinsten von dem Jung. Dass sie vielleicht wirklich immer no ned drüber weg is, was damals alles passiert is. Sowas gibt's! Aber jetzt ..."

Margaretes Miene hellte sich einen Moment auf. „Ja aber dann passiert ihm doch jetzt nichts mehr, dem Jung. Wenn sie des alles war? Dann braucht er doch jetzt keine Angst nimmer ham. Des is zwar tragisch, aber dann hat's ja vielleicht doch noch was Gutes."

Benedikt sagte: „Wie auch immer. Morgen ist Silvester und unsere große Gala steigt. Ihr versteht sicher, dass wir das jetzt alles nicht an die große Glocke hängen dürfen. Wenn hier etwas faul ist, dann wird das die Untersuchung hoffentlich ergeben und dann erfahren wir's ja. Bis dahin meine dringende Bitte: absolutes Stillschweigen über die ganze Sache!"

Veitl und Margarete nickten unisono. „Eh klar", meinte Veitl.

„Und was is dann jetzt mit der Show?", wollte Margarete noch wissen. „Da fehlt doch jetzt jemand."

Benedikt zuckte die Achseln. „Ich hab ehrlich gesagt noch keine Ahnung. Aber uns wird schon was einfallen. Hauptsache alles andere läuft. Wenn der Jung jetzt auch noch ausfällt, dann wäre das wirklich der Super-GAU."

31. Dezember 2017, morgens

Mit einiger Verspätung war die *Vasco da Gama* schließlich doch noch ausgelaufen und machte am Morgen des Silvestertages planmäßig im Hafen von Ponta Delgada auf der Nachbarinsel Sao Miguel fest. Hier sollte das Schiff bis zum großen Hafenfeuerwerk um Mitternacht bleiben. Zunächst einmal bestand für die Passagiere jedoch wieder die Gelegenheit zu einem Landgang.

Bislang hatte es keine offizielle Erklärung für das verspätete Ablegen am Vorabend gegeben. Doch spätestens am Abend, wenn die große Silvestergala stattfand, würden die Fans Christina Berger sicherlich vermissen.

Rund um das mittschiffs gelegene Theatro herrschte bereits emsiges Treiben. Techniker bauten die Bühne, Ton und Beleuchtung für den Abend um, die Akrobaten und Schauspieler übten noch einmal ihre Nummern. Zwischen alldem lief der Unterhaltungschef herum wie ein aufgescheuchtes Huhn. Benedikt war auch den ganzen Tag über unabkömmlich und so machten Margarete und Veitl sich wieder mit einem Großteil der übrigen Passagiere auf den Weg nach draußen.

Der Einfachheit halber hatten sie einen Ausflug gebucht. Anstatt auf eigene Faust die Insel zu erkunden, ließen sie sich zusammen mit einem ganzen Pulk Kreuzfahrttouristen zu einem bereitstehenden Reisebus scheuchen. Der Bus sollte sie erst zu den wichtigsten Sehenswürdigkeiten der kleinen Hafenstadt Ponta Delgada führen, der offiziellen Hauptstadt des Azoren-Archipels, und dann auf eine Rundfahrt über die Insel gehen.

Am Largo de Goncalo Velho Cabral, dem zentralen Platz von Ponta Delgada, stiegen sie alle wieder aus und lauschten den Ausführungen des Reiseleiters zu Architektur der Arkadengänge und Geschichte der Stadt. Nachdem alle ihre Erinnerungsfotos geknipst hatten, Margarete eingeschlossen, grummelte Veitl: „Eigentlich tät des doch reichen, wenn da einer Fotos macht und de dann hernach an alle andern per Mail rumschickt, oder? Da hat doch jetz eh jeder de selben Fotos."

„Geh, des is doch bloß zwecks da Erinnerung!", belehrte Margarete ihn. „Jetz komm. Es geht weiter."

Sie erklommen wieder ihren Bus und die Fahrt wurde fortgesetzt.

Margarete saß am Fenster und bestaunte die kulturellen und geologischen Schönheiten der Insel. Neben ihr sinnierte Veitl auf seinem Gangplatz vor sich hin.

„Schau mal!" Margarete stieß Veitl ihren Ellbogen in die Seite. „Is des ned schön?"

„Hmm", machte Veitl. Sie passierten gerade eine Orangenplantage, doch Veitl hatte keinen Blick dafür.

„Jetz schau halt amal." Wieder traf ihn Margaretes Ellbogen.

„Aua!", beschwerte Veitl sich. „Was soll denn des? De Anremplerei die ganze Zeit? I schau na scho."

„Ja geh, wieso stierst denn de ganze Zeit de Lehne von dem Sitz da vor dir o? Meinst du, dass wir noch öfters die Gelegenheit ham, dass ma auf de Azoren kommen?"

„Ja. Naa. Du hast ja recht. Aber i hab grad was anders im Sinn. Des geht ma einfach ned ausm Kopf …"

Margarete wandte sich ganz ihrem Mann zu und musterte ihn forschend. „Was na?"

„Ja, de Sach mir der Sängerin da halt. Und mit dem Jung. Irgendwie … I weiß a ned, irgendwas is doch da faul. Findst ned?"

„Faul meinst? Wieso des?", fragte Margarete zurück.

„I mein halt, dass des ned ganz mit rechte Dinge zugeht. Wieso fallt de einfach vom Stuhl und is tot? Und wieso spinnt er uns scho die ganze Reise über, dass's nimmer feierlich is?"

„Meinst du, sie war's doch? Sie hat ihn bedroht und am Ende hat's sich jetz selber umbracht? Mitten im Café? Also des is doch a ned glaubhaft, oder?", gab Margarete zu bedenken.

„Naa. Aber was i mir scho de ganze Zeit überleg ... Was is, wenn's andersrum is? Vielleicht is der Jung überhaupt ned des arme Opfer, für des er sich ausgibt. Des wär doch a möglich. Immerhin hätt er deutlich mehr Grund, immer no schlecht auf sie zum sprechen zum sein als umgekehrt. Sie hat ihm die Karriere versaut nach der Scheidung. Seitdem kriegt er praktisch keinen Fuß mehr aufn Boden. De ganze Fahrt da jetz, des is doch a bloß ein verzweifelter Versuch an alte Erfolge anzuknüpfen. Wär's da ned viel logischer, dass er sich die Person, der er des ganze Schlamassel verdankt, zur Brust nimmt?"

Margaretes Augen weiteten sich mit jedem Wort, das Veitl sprach. „Du meinst doch ned im Ernst ... der Jung? Ja geh, wie hätt er denn des machen sollen? War der dabei, bei dem Landgang?"

Veitl schüttelte den Kopf. „Naa, natürlich ned. Der hat a Alibi. Der war auf seiner Kabine und angeblich mal wieder indisponiert. Aber des is doch vielleicht genau der Trick! Der kränkelt scho die ganze Zeit umanand, damit wir denken, er is de arme Sau und, dass ma gar ned mitkriegen, was er in Wirklichkeit plant."

„Aber er hat doch gar ned gwusst, dass sie a dabei is. Der is doch glatt in Ohnmacht gfallen, wie er sie's erste Mal da bei der Generalprobe gsehen hat."

„Alles nur Show! Der weiß doch genau, wie ma an großen Auftritt inszeniert. Des wär doch 's Wenigste."

„Also i glaub des ned ...", murmelte Margarete ohne echte Überzeugung.

Eine Weile starrten sie beide schweigend aus dem Busfenster. Doch von der Schönheit der vorbeirauschenden Landschaft bekamen sie beide nichts mehr mit. Jeder hing seinen eigenen Überlegungen nach. Sie hielten an einer Anhöhe, von der aus man einen wirklich herrlichen Blick auf die grünen Hänge und Wiesen hatte. Weit unter ihnen kräuselten sich die Wellen des Atlantiks.

„Und wenn du recht hast ...", sagte Margarete unvermittelt. „Is des dann ned gfährlich? Dann is der Jung doch a Mörder!"

Veitl und sie schlenderten ein wenig abseits der übrigen Bustouristen herum.

„Keine Ahnung ...", gestand Veitl. „Wenn er's war, dann is er auf jeden Fall krank. Also ned nur a bissl plemplem, sondern richtig meschugge. Und so jemand is immer gfährlich."

Unterwegs wurde den Reisenden der *Vasco* noch eine ganz besondere Spezialität geboten. „Sie erleben gleich ein einmaliges Schauspiel!", kündigte der Reiseleiter fröhlich an. „Für uns kocht heute der Vulkan! Cozido ist ein Schmorgericht, das inmitten der heißen Quellen am Lago do Fogo zubereitet wird. Während Sie die blubbernden Schlammkrater beobachten, wie sie ihre heißen Schwefelgaswolken ausstoßen, kocht unter Ihren Füßen die Inselspezialität. Früh morgens wurden die randvollen Töpfe von den Einheimischen vergraben. Voll mit Blutwurst, Chorizo, Rind- oder Schweinefleisch, Kohl, Kartoffeln und Gemüse schmoren sie rund sechs Stunden im vulkanischen Boden."

Unter dem großen Hallo der Touristen wurden die Töpfe nun wieder ausgegraben. Veitl beobachtete das Treiben mit skeptischer Miene. „Und des solln ma jetzt essen? Was de da aus dem Matsch ausbuddeln? Also i weiß ned recht ..."

Unter einem alten knorrigen Baum waren Tische und Bänke aufgestellt worden, dort ließen die Kreuzfahrer sich jetzt nieder. Auch Veitl und Margarete suchten sich Plätze. Als alle ihre Teller hatten und sich erste anerkennende Laute hören ließen, wagte sich Veitl doch auch an seine Portion. „Ah ja", schmatzte er, „so verkehrt is des gar ned. Hätt i mir jetzt ned denkt ..."

Nach dem Essen fuhr der Bus die Touristen zurück zum Hafen von Ponta Delgada, wo die *Vasco da Gama* lag. Auf dem Weg zurück zu ihrer Kabine sagte Veitl zu Margarete: „Jetzt wart ma einfach mal ab. Im Moment wüsst i ned, was wir tun könnten."

„Heute is ja de große Silvestergala, da wird er ja hoffentlich jetzt keine Sperenzchen mehr machen. Des is ja a sein Geld, wenn der Auftritt ned hinhaut wie geplant", pflichtete Margarete ihm bei.

31. Dezember 2017, abends

Für die große Silvestergala hatten die Organisatoren keine Mühen gescheut. Der Weihnachtsdekowahnsinn war abgenommen und durch ein Mehr an Flitter und Bling-Bling ersetzt worden. Die Tischchen im großen Theatro zierten kleine Schornsteinfeger und vierblättriger Klee. Über den Köpfen der gespannt wartenden Kreuzfahrer hing von jeder Brüstung eine Kaskade aus gold-schillernden Girlanden, die abwechselnd die Ziffern 2017 und 2018 bildeten.

Veitl und Margarete saßen bei einem Gläschen Vorneujahrssekt in der ersten Reihe und warteten mit gemischten Gefühlen auf die mit vielen Superlativen angekündigte Show.

„Mei", seufzte Veitl. „Ziemlich turbulent war des ja scho, oder? I hoff, dass ma jetzt dann a ruhige Überfahrt bis nach New York ham."

„Und was, wenn doch der Jung ...", warf Margarete ein, doch Veitl wischte die Bedenken energisch beiseite. „Nein, Gretel, pscht. I mag jetz ned scho wieder über sowas nachdenken. Der macht heut sein großen Auftritt und alles geht gut."

Der Unterhaltungschef betrat die Bühne und begrüßte die versammelten Passagiere. „.... und dann freuen wir uns außerordentlich, dass wir Ihnen heute ein fulminantes Finale unserer großen Schlagerparade präsentieren können. Die Stars und Größen der Branche, die Sie natürlich alle schon in den letzten Tagen haben kennenlernen dürfen, werden heute für Sie gemeinsam eine Gala zaubern, die alles, was unser Schiff jemals gesehen hat, in den Schatten stellen dürfte. Freuen Sie sich mit mir auf: Ross Anthony, die Artisten des Flying Moscow Circus, Sarah Jane Scott und natürlich unseren Star des Abends, Roman Jung!"

Frenetischer Applaus unterbrach die salbungsvollen Worte.

„Kein Wort von der Berger", flüsterte Margarete Veitl zu. „Als ob die nie dabei gewesen wär."

„Des is jetz ja a kein Auftakt für so a Show ... De müssen des so machen. *Show must go on*, weißt scho."

„Irgendwie is des doch fast grob fahrlässig, dass ma den Jung da heut auftreten lasst, oder?", sagte Margarete ohne Übergang.

Auch Veitl war, im Innersten, noch längst nicht überzeugt davon, dass alles sich zum Guten wenden würde, war aber festen Willens, sich den Abend nicht schon im Voraus verderben zu lassen. „Ja mei, was willst denn machen? Des is halt amal sein Job. I wollt a Urlaub machen und stattdessen muss i hier rumspionieren. Es hilft amal ned."

Die Show begann und zog auch das Ehepaar Veitl schnell in ihren Bann. Spätestens als die Akrobaten sich in die Höhe schraubten und unter dem glitzernden Baldachin des Theatros ihre Kunststücke vollführten, waren die Probleme der vergangenen Tage vergessen.

„Mei liebe Zeit, mir wenns'd ned gangst. Mir is ja stellenweise schon beim Rumstehen und -gehen leicht übel, aber auf so einem Schiff dann a no da von der Decke hängen ... Respekt."

Margarete erklärte: „Du, des sind doch Profis. De ham alle Preise abgeräumt, Zirkusfestival von Monte Carlo und so weiter. Für de is des doch a Klacks ..."

„Woher weißt jetzt du des scho wieder?", wunderte Veitl sich.

„Ja, weil i halt de Informationen les, de ma jeden Tag in da Früh aufs Zimmer kriegen. Du kannst doch so a Kreuzfahrt ned einfach so passieren lassen, da muss ma sich doch a bisserl interessieren!", echauffierte sich Margarete.

Der Abend schritt fort und die Stimmung vor und auf der Bühne kochte. Auch Benedikt hatte Feierabend und gesellte sich zu seinen Eltern.

Margarete war bereits etwas beschwipst und lief schon zum dritten Mal hinaus auf die Toilette. „Tut mir leid, aber wenn i was trunken hab, dann muss i ständig rennen", entschuldigte sie sich erneut.

Anstelle von Christina Berger füllte der Unterhaltungschef selbst die Programmlücke. Er trug ein schreiend komisches Entchenkostüm und fungierte als Pausenclown. Das Publikum brüllte vor Lachen.
Nach dem ersten Glas Sekt war Veitl zum Bier übergewechselt, davon vertrug er mehr und irgendetwas sagte ihm, dass ein kühler Kopf vielleicht noch hilfreich sein würde. Nicht dass sie doch etwas übersehen hatten.

Es war bereits dreiundzwanzig Uhr. Das alte Jahr neigte sich seinem Ende zu und die Silvestergala näherte sich ihrem Höhepunkt.

„Geh, jetz muss i scho wieder naus", jammerte Margarete. „Jetz wo der Jung kommt."

„Beeilst di halt", riet Veitl ihr.

Jung eröffnete seinen Part gleich mit *Adios*. Im Scheinwerferlicht sah man dem Schlagerstar das Auf und Ab der letzten Tage gar nicht an. Die leicht bekleideten Tänzerinnen des *Vasco*-Showballetts umrahmten seinen Auftritt.

Mitten im zweiten Refrain des Liedes, das Publikum sang aus vollen Kehlen mit, passierte es. Ein Scheinwerfer über der Hauptbühne löste sich. Er schwang nur noch an seinem Kabel hängend nach hinten. Das Kabel riss mit einem Schnalzen, Funken regneten auf die Bühne herab. Dann schlug der Scheinwerfer haarscharf neben Jung auf dem Bühnenboden ein.

Jung schrie entsetzt auf und warf sich zu Boden, den Kopf mit den Armen abschirmend. Eine der Tänzerinnen konnte in ihrer

Bewegungsfolge nicht mehr stoppen und stolperte über den Scheinwerfer. Sie taumelte einen Moment, dann stürzte sie kopfüber von der Bühne, den Zuschauern in der ersten Reihe direkt vor die Füße.

Benedikt sprang auf und eilte der gestürzten Tänzerin zu Hilfe.

In diesem Augenblick lösten die Pyroeffekte am Bühnenrand aus. Jung ließ ein verängstigtes Quieken hören. Er lag immer noch auf dem Bauch auf dem Bühnenboden. In rascher Abfolge zündeten die Tischfeuerwerke und sprühten Sternchen. Von der Decke schneite es Flitter auf alle Tische und die vor Schreck erstarrten Passagiere. Für einen Moment war nicht klar, ob das Spektakel zur Show gehörte oder nicht. Dann ging ein Ruck durch das Publikum. Die ersten ergriffen die Flucht. Sie schoben Stühle zur Seite, Tische kippten um. Es kam zu einem Gedränge an den Flügeltüren. Panik machte sich breit.

Während die Masse aus dem Theatro hinausdrängte, stürmte Veitl nach vorne zur Bühne. Er schwang sich hinauf und hetzte um die Ecke hinter den Vorhang. Prüfend warf er einen Blick zur Decke, wo an langen Traversen die Bühnenbeleuchtung montiert war. Auf den ersten Blick sah alles ganz normal aus.

Da erregte eine Bewegung in seinem Augenwinkel seine Aufmerksamkeit. Veitl fuhr herum und sah gerade noch, wie jemand im Halbdunkel davonlief.

Ohne nachzudenken, heftete Veitl sich der fliehenden Person an die Fersen. Sie hastete einen langen Gang hinunter, Veitl keuchte hinterdrein. Es ließ sich wenig von der Person erahnen, da sie einen schwarzen Kapuzenpulli trug und die Kapuze über den Kopf gezogen hatte.

Weit und breit kein Mensch, den Veitl um Hilfe hätte bitten können. Der Flüchtige rannte um eine Biegung, Veitl wetzte hinter ihm her durch eine Tür und plötzlich standen sie auf dem Promenadendeck. Es war stockfinster, nur die schummrige Deckenbeleuchtung tauchte den langen Außengang der *Vasco* in ein künstliches Zwielicht. Einen Augenblick zögerte die Person, entschied sich dann für achtern und lief weiter Richtung Heck. Veitl musste stehen bleiben und hielt sich die stechende Seite. Joggen war einfach nicht seins.

Solange der Flüchtige die Promenade entlanglief, konnte Veitl ihn zumindest mit den Augen verfolgen. Doch dann riss er unvermittelt eine Tür zum Inneren des Schiffs auf. Veitl sah sich gezwungen, ihm nachzukommen. Also verfiel er wieder in einen keuchenden Trab. Er erreichte die Tür, drinnen war es taghell. Er stand in einem Treppenhaus.

Was nun? Hinauf oder hinunter?

Veitl wägte einen Augenblick ab, dann entschied er, dass nach unten weniger wahrscheinlich war, weil sich dort nur noch Kabinen und dann die Mannschaftsräume befanden. Nach oben bot für einen, der etwas zu verbergen hatte, mehr Optionen. Irgendwo mussten ja auch die Menschenmassen aus dem Theatro hin sein. Wahrscheinlich würde die Person versuchen, in der Menge unterzutauchen.

Veitl blieb also nichts anderes übrig, als den Aufstieg anzutreten. Laufen und dabei noch Treppen steigen, brachte ihn schnell an den äußersten Rand seiner Kondition. Vielleicht hatte Margarete doch recht damit, dass er sich mehr bewegen musste.

Apropos Margarete – wo mochte sie jetzt wohl sein? Sie war doch auf dem Weg zur Toilette gewesen, bevor der Tumult losgebrochen war. Hoffentlich ging es ihr gut!

Veitl erreichte den nächsten Treppenabsatz. Durch das Bullauge in der Tür sah er, dass auf dem Gang draußen andere Menschen vorbeiliefen. Er hastete durch die Tür und blickte nach links und rechts. Die Leute, die ihn passierten, schienen von dem Tumult noch nichts mitbekommen zu haben. Sie gingen gemächlichen Schritts und als Veitl sich ihnen wie ein Baseballspieler vor dem Touchdown in den Weg stellte , verschwitzt und außer Atem, runzelten sie nur die Stirn und wichen ihm kopfschüttelnd aus. Die Person mit dem Kapuzenpulli blieb verschwunden.

Was nun?

Veitl entschied, dass er zur Mitte des Schiffs zurückgehen und nach Margarete schauen sollte. Er machte sich japsend auf den Weg, bemüht, nicht noch mehr Aufmerksamkeit auf sich zu lenken.

Er erreichte die Brüstung im menschenleeren ersten Geschoss über der Bühne und warf einen Blick hinunter. Da, wo sie eben noch gesessen hatten, lagen umgeworfene Stühle und Tische herum. Gläser waren zerbrochen, die glitzernde Deko zertrampelt und über allem lag eine Schicht aus goldenem Flitter aus den Konfettikanonen. Auf der Bühne ruhte noch der heruntergefallene Scheinwerfer, daneben standen der Kapitän und zwei Techniker, die wild gestikulierend den Vorfall zu erklären versuchten. Der Unterhaltungschef saß zusammengesunken am Bühnenrand, den lustigen Federkopfschmuck seines Entchenkostüms in den Händen. Die Kolleginnen der verletzten Tänzerin standen ratlos in einer Ecke beisammen, Bademäntel über ihren Tanztrikots.

Veitl beobachtete ein paar Stewards, die sich mit großen Besen und Eimern daran machten, den Saustall zu beseitigen. Margarete oder Benedikt entdeckte er nicht. Die erschrockene Masse schien man irgendwie beruhigt und wieder in geordnete Bahnen gelenkt zu haben. Von den Passagieren war niemand mehr zu sehen.

Da ging schlagartig die Beleuchtung auf den Rängen aus. Veitl fand sich im Halbdunkel wieder, lediglich von unten drang noch etwas Licht zu ihm herauf. Unschlüssig lehnte er an der Brüstung und versuchte seine Gedanken zu sortieren. Da tippte ihm jemand von hinten auf die Schulter.

Veitl vollführte einen Luftsprung und ein Schrei entfuhr ihm.

„Ja hö, was is los? Hab i di erschreckt?" Es war Margarete, die ihn von hinten ansprach.

Erleichtert wandte Veitl sich zu ihr um. Er sah in ein völlig irritiertes Gesicht.

„Was is jetz los? Is's scho aus? Und was is mitm Feuerwerk? Hab i des jetz verpasst?", fragte sie.

Es dauerte einen Moment, ehe Veitl begriff, dass seine Frau das ganze Spektakel nicht mitbekommen hatte. „Wo warst na du jetz? Hast du gar nix ghört?"

„Ghört? Naa, i war aufm Klo. Da heroben is weniger Andrang gwesen auf der Damentoiletten. Was denn? War der Jung scho dran?" Margarete streckte sich und warf einen Blick hinunter zur Bühne. Ihre Augen weiteten sich. „Jessas. Was is denn da passiert? Soll des so ausschaugn?"

Bevor Veitl ihr etwas erklären konnte, griff eine behandschuhte Hand hinterrücks nach Margarete. Sie verschloss ihr den Mund und hielt ihr ein Messer an die Kehle.

Margarete stieß einen dumpfen Schrei aus, den der Handschuh jedoch weitgehend verschluckte.

Veitl wollte nach der Hand greifen und sie wegziehen, doch eine weibliche Stimme hielt ihn zurück: „Keine Bewegung. Zurück!"

Die Klinge des Messers blitzte auf.

Veitl wich einen Schritt zurück.

„Was soll denn der Scheiß?", stieß Veitl hervor.

Die Unbekannte mit dem Kapuzenpulli!

„Kein Mucks, ihr zwei. Und du kommst jetzt mit!", zischte sie.

Sie zog Margarete rückwärts ins Dunkel des anschließenden Ganges. Veitl wollte hinterher, doch die Entführerin hielt ihn zurück: „Kein Schritt weiter, Fettsack. Das hier ist kein Spiel!"

Die Vermummte zerrte Margarete mit sich fort. Veitl blieb vor Schreck wie festgepappt stehen.

Als Veitl sich wieder gefangen hatte, lief er die Treppe hinunter in das Theatro. Er griff sich den nächstbesten Herumstehenden. Es war der Unterhaltungschef.

„Mei Frau is grad gekidnappt worden!", schrie er ihm ins verdutzte Gesicht. „Mach was!"

Der Federputz des Entchenkostüms fiel zu Boden. „Wie bitte?"

„I sag: Mei Frau is entführt worden! Die Entführerin hab i hinter der Bühne aufgstöbert, wahrscheinlich is sie a an der Sach mit dem Scheinwerfer schuld gwesen. De is gemeingefährlich!" In Veitls Stimme schwang Hysterie mit.

Für den Unterhaltungschef war das wohl schon genug Ärger für einen Tag, er starrte Veitl aus müden Augen an. „Ich glaube, ich kann Ihnen nicht folgen ..."

Da wurde es Veitl zu bunt. Er packte den Unterhaltungschef am Kragen und schüttelte ihn. Dabei brachte er sein Gesicht ganz nah an seines und rief: „Hörst du mir überhaupt zu? Mei Frau is entführt worden!"

„Papa, nicht. Lass ihn los." Benedikts ruhige Stimme holte Veitl in die Realität zurück. Peinlich berührt ließ er den Kragen des Mannes los.

„Tut mir leid", murmelte er.

„Was ist denn los, Papa?", wollte Benedikt wissen.

„Die Mama ... mein Gott, Bene, irgendso a Irre hat die Mama entführt! Mit am Messer!"

Benedikt sog hörbar die Luft ein. „Was? Ja, aber ... Wieso das denn?"

Veitl schilderte ihm die Verfolgungsjagd mit der Entführerin und wie sie dann Margarete überfallen hatte.

„Heilige Scheiße ...", entfuhr es Benedikt. „Du hättest nicht den Helden spielen sollen. Mit solchen Leuten ist nicht zu spaßen. Wo sind sie hin? Hast du gesehen, wo sie sie hingebracht hat? Wir sollten die Polizei rufen ..."

Veitl schüttelte den Kopf. „I bin die Polizei, Bene, vergiss des ned. Und wir san auf am Schiff."

„Unsinn, Papa, wir liegen im Hafen. Wir gehen jetzt zum Kapitän und dann rufen wir die Polizei. Das hätten wir schon längst tun sollen." Benedikt ließ keine Widerrede mehr gelten, er schob seinen Vater vor sich her hinauf zur Brücke.

Auf dem Weg sahen sie von oben auf das Pooldeck hinunter, wo die Passagiere der *Vasco* versammelt standen und auf das große Feuerwerk warteten. Von Panik war nichts mehr zu bemerken.

„Wahnsinn ... wie habt's ihr des gmacht? De stehen jetzt da rum, als ob nix passiert wär ...", kam Veitl nicht umhin bewundernd festzustellen.

Benedikt erwiderte schulterzuckend: „Das ist mein Job. Wir haben die Leute beruhigt und gesagt, dass es sich nur um einen ganz bedauerlichen Unfall handelt. Jetzt bekommen sie alle Sekt und Champagner umsonst und alles ist wieder gut."

„Du weißt aber, dass des kein Unfall war, oder?", fragte Veitl.

„Ich befürchte es, ja", bestätigte sein Sohn. „Aber was wir trotzdem nicht gebrauchen können, ist ein Schiff voller hysterischer, panischer Menschen. Wir sprechen jetzt zu allererst mit dem Kapitän. Er muss wissen, was auf dem Schiff los ist. Komm."

Veitl und Benedikt schilderten dem Kapitän hastig die Ereignisse: Veitls Begegnung hinter der Bühne, die Verfolgungsjagd und die Entführung.

Der Kapitän schüttelte fassungslos den Kopf: „Was ist nur mit dieser Reise los? Das ist ja wie verhext!"

„Soll ich die Polizei verständigen?", fragte Benedikt.

„Ja, ich denke, das wird wohl das Beste sein. Aber versucht es unauffällig zu machen. Was meinen Sie, was los ist, wenn noch eine richtige Panik ausbricht. Wir haben fast zweitausend Menschen an Bord", warnte der Kapitän.

„Und was kann i tun?", fragte Veitl.

„Sie setzen sich jetzt erst einmal. Wir kümmern uns um alles", schlug der Kapitän vor.

Veitl plumpste auf den angebotenen Stuhl. „Und was is mit meiner Gretel? I muss's doch suchen! Wer weiß, was de Narrische ihr sonst antut!", jammerte er und wollte wieder aufstehen.

Mit sanftem Druck hielt der Kapitän Veitl davon ab. „Bitte, Herr Veitl, Sie bleiben jetzt hier. Alles Weitere übernehmen wir."

Margarete wurde rückwärts den Gang hinunter geschleift. Sie stolperte mit. Durch das Messer am Hals konnte sie sich kaum bewegen, geschweige denn umdrehen.

Glücklicherweise war der Alkoholpegel in Margaretes Blut noch so hoch, dass die gerechtfertigte Panik sie nicht übermannte.

Ihre Entführerin riss eine Tür auf und schob Margarete hindurch. Sie versetzte ihr einen groben Stoß. „Setz dich hin und halt die Klappe!", wies sie sie an.

Margarete taumelte im Dunklen, stolperte über etwas und fiel beinahe hin. Da flammte das Neonlicht auf. Sie stützte sich auf den Stuhl, über den sie beinahe gefallen wäre.

Die Entführerin schlug die Tür zu und drehte den Schlüssel im Schloss. Das Messer legte sie dabei nicht aus der Hand. Um sie nicht unnötig zu reizen, setzte Margarete sich schnell hin, wie geheißen.

Sie befanden sich offenbar in einem Abstellraum. Außer der Tür gab es nur noch ein Bullauge an der Wand gegenüber. Die beiden Seiten füllten Regale vom Boden bis zur Decke, vollgestellt mit allerlei Kisten und Schachteln. Es war wohl der Fundus für die Theatro-Künstler. Aus den Kisten quollen Stoff, bunte Tücher und Federn.

Die Entführerin streifte ihre Kapuze vom Kopf. Darunter kam ein halblanger, graumelierter Bob zum Vorschein. Margarete schätzte, dass die Frau älter war als sie selbst. Irgendwie überraschte sie das. Sie hätte jedoch nicht sagen können, was sie erwartet hatte.

Die Blicke ihrer Entführerin suchten den Raum ab. Sie wirkte gehetzt. Mitleidig sagte Margarete: „Des hat doch überhaupt kein Sinn, was Sie jetz da machen. Meinen Sie, de finden uns ned? Des macht's doch alles bloß no schlimmer."

Mit einem einzigen langen Schritt war sie bei Margarete. Die Spitze des Messers bohrte sich in den Stoff von Margaretes Bluse. „Halt's Maul!"

Margarete sog die Luft ein. Dann wagte sie sich trotzdem noch ein Stück weiter vor: „Geh, Frau, was soll denn des bringen? Wenn Sie mi jetz abstechen, dann is doch nix gewonnen. Wo wollen'S denn dann hin? Mit einer Leiche?"

Das brachte die Entführerin anscheinend doch einen Moment ins Wanken. Sie zog das Messer zurück, hielt es aber weiterhin auf Margarete gerichtet. Die ließ nicht locker. „Des is doch a Blödsinn! Was soll denn des überhaupt alles? Was hab i Ihnen denn getan?"

„Nichts!", schnauzte die Entführerin. „Aber dieser fette Trampel von einem Mann ..."

„He!" Jetzt war es an Margarete aufzubrausen. „So reden Sie ned von meim Flori, damit des klar is!"

„Dieser Idiot hat mich verfolgt. Er wollte mich ins Meer stoßen!", fuhr die Entführerin fort. Ihre Stimme überschlug sich fast.

„Ah Schmarrn! Des glauben'S ja wohl selber ned. Mei Mann is a Kriminaler, der schmeißt keine unbescholtenen Menschen über Bord. Des würd scho sei Dienstehre ned zulassen. Aber wenn der hinter jemand herrennt, dann hat des an Grund. Glauben'S ma, wie oft i den scho dazu bewegen wollt, dass er sich mehr bewegt. Keine Chance. Wenn der trotzdem rennt, dann muss da was passiert sein. Also: Warum san'S denn weggrennt?"

„Das geht Sie einen Scheiß an!" Die Entführerin wandte sich von Margarete ab und inspizierte das Bullauge. Es ließ sich nach außen aufkippen, jedoch war der Durchmesser viel zu klein für einen erwachsenen Menschen. Sie stellte sich trotzdem auf die Zehenspitzen und versuchte hinauszuschauen.

Auf einmal waren vor der Tür Stimmen zu hören. Margarete horchte auf. Die Entführerin jedoch war mit einem Satz wieder bei ihr und verschloss ihr vorsorglich den Mund mit der flachen Hand.

„Keinen Mucks, hörst du?", zischte sie ihr ins Ohr.

Jemand klopfte an die Tür, dann rüttelte er am Türgriff. Erneutes energischeres Klopfen. Dann drangen Rufe durch die Tür. „Hallo? Frau Veitl? Sind Sie da drin?"

Margarete rief etwas, doch die Hand ihrer Entführerin machte die Laute unkenntlich. Die Spitze des Messers bohrte sich ihr in die Seite.

„Wage es ja nicht", drohte die Entführerin ganz nah an Margaretes Ohr.

Beherzt biss Margarete sie in die Hand. Die Entführerin schrie erschrocken auf. Margarete nutzte den Moment und schrie aus voller Kehle: „Ich bin hier!"

In diesem Augenblick tickte die Entführerin aus.

Sie stürzte sich wie eine Katze auf Margarete. Die bekam vor Schreck keinen Ton mehr heraus. Die andere hockte plötzlich auf ihr, riss an ihren Haaren, zerrte an ihren Kleidern. Margarete versuchte sie abzuwehren und ihr Gesicht zu schützen. Durch das Gerangel rutschten die beiden Frauen vom Stuhl. Der Stuhl kippte zur Seite und fiel polternd in das Regal. Es regnete Straußenfedern.

Die Entführerin gewann die Oberhand. Sie saß rittlings auf Margarete und ließ das Messer vor ihr hin und her pendeln.

Margarete war es vergangen, vorlaut zu sein. Schreckensstarr lag sie auf dem Rücken und fixierte das Messer vor ihren Augen.

Draußen verstärkte sich das Klopfen. „Frau Veitl? Margarete? Hören Sie mich? Sind Sie verletzt?"

Langsam senkte sich das Messer auf Margaretes Kehle herab. Wortlos schüttelte die Entführerin den Kopf.

Margarete verstand und rief vernehmlich, jedoch mit zitternder Stimme: „Nein."

„Was machen Sie da drin? Alles in Ordnung? Sind Sie allein?"

Jetzt nickte die Entführerin mit einem diabolischen Grinsen.

Margarete kam zu dem Schluss, dass sie sie besser nicht noch weiter reizen sollte. Brav rief sie: „Ja."

„Ist wirklich alles in Ordnung? Machen Sie bitte die Tür auf."

Kaum hörbar sagte die Entführerin Margarete vor: „Ich will allein sein."

Margarete zögerte.

Was sollte sie tun?

Sie wusste nicht einmal, wer da vor der Tür stand. War ihr Mann dabei? Zu wissen, dass ihr Flori in der Nähe war, hätte Margarete sehr beruhigt.

Langsam ließ die Wirkung des Alkohols nach und die Angst kam zum Vorschein. Ihre Entführerin packte sie am Hals und schüttelte sie. Margarete würgte.

„Sag es!", fauchte die Entführerin.

Da krachte die Tür in ihrem Rücken. Holz splitterte. Es knallte erneut. Dann gab das Scharnier nach. Der Kapitän, ein Offizier und zwei weitere Matrosen platzten in den kleinen Raum. Der Offizier packte die Entführerin von hinten, entwaffnete sie und zerrte sie von Margarete weg. Der Kapitän half ihr auf die Beine.

Das alles ging so schnell, dass die beiden Frauen gar nicht reagieren konnten.

„Geht es Ihnen gut? Sind Sie verletzt?", fragte der Kapitän.

Margarete schüttelte benommen den Kopf.

„Kommen Sie. Ihr Mann wartet oben."

Sie führten Margarete und ihre Entführerin hinauf auf die Brücke.

„Gott sei Dank! Gretel, geht's dir gut?" Veitl fiel seiner Frau vor Erleichterung um den Hals.

Benedikt war auch da, er sagte: „Wir haben die Polizei schon verständigt. Sie müssen jeden Moment hier sein."

Margarete ließ sich auf einen bereitgestellten Stuhl sinken. „Gut, dass de mi so schnell gfunden ham. Wie habt's ihr überhaupt gwusst, dass wir da drin san?"

„War nicht schwierig", antwortete der Kapitän. „Ihr Mann hat uns gesagt, wo er sie zuletzt gesehen hat, und der Abstellraum war abgesperrt. Das ist er normalerweise nie."

Die Entführerin stand mit zusammengekniffenen Lippen zwischen den beiden Männern, die sie immer noch festhielten. Der Kapitän wandte sich an sie.

„Haben Sie uns etwas zu sagen? Oder wollen Sie lieber warten, bis die Polizei da ist?"

Die Entführerin drehte den Kopf zur Seite und schwieg.

Da schnellte Veitl wie ein Kampfhund nach vorne. „Sie hat mei Frau entführt! Und sie war hinter der Bühne, wie des mit dem Lampenschirm passiert is!"

„Scheinwerfer", verbesserte Benedikt.

Sein Vater reagierte nicht auf seinen Einwurf. Er schimpfte weiter: „I möcht jetz wissen, wieso sie des gmacht hat! Wer is sie? Und was soll des? Raus mit der Sprach!"

„Wir wissen, wer sie ist", unterbrach der Kapitän. Er hatte einen Stapel Papiere in der Hand. „Frau Markowski, Kabine 7453."

„Also a Passagier?", fragte Veitl irritiert. „Und wieso macht a Passagier des alles?"

Alle Augen waren auf die Entführerin gerichtet, doch die starrte stur an die Wand.

Während der quälenden Minuten, die Veitl allein oben im Offiziersbüro auf der Brücke gewartet hatte, war in ihm eine Theorie gereift.

Es fehlte nur noch eine Kleinigkeit.

Er suchte nach dem *Missing Link*, nach der Verbindung zwischen der Unbekannten im Kapuzenpulli, Christina Berger und Roman Jung. Und er war überzeugt davon, dass es eine geben musste.

Handelte sie in seinem Auftrag?

Oder in dem von Christina Berger?

Er würde es herausfinden.

Jetzt fuhr er die Entführerin an: „Spuck's aus! Was soll des alles? Und was hat des mit dem Jung zu tun?"

Er fixierte die Frau und beobachtete jede Regung. Sie zuckte. Doch, ganz eindeutig, da war ein Zucken, bevor sie gleichgültig sagte: „Wer ist Jung?"

Veitl folgte seinem Instinkt, als er verlangte: „Holt's ihn her. Er wird uns dann scho sagen, was sie mit ihm zum tun hat."

Benedikt und der Kapitän wechselten einen Blick. Der Kapitän nickte langsam und Benedikt sagte: „Ich geh ihn holen."

Während sie warteten, bot der Kapitän ihnen allen Kaffee an. Margarete nahm dankbar an, auch Veitl ließ sich eine Tasse reichen. Margaretes Entführerin stand scheinbar desinteressiert in der Ecke. Als alle ihren Kaffee hatten, nutzte sie die Gelegenheit, um sich loszureißen. Sie stieß ihren Bewacher zur Seite und stürmte durch die Tür. Sofort hefteten sich alle Anwesenden an ihre Fersen.

Weit kam sie nicht.

Der Offizier und der Kapitän holten sie auf der Treppe zur Brücke ein. Veitl und Margarete kamen gerade oben aus der Tür, als von unten Benedikt mit Roman Jung erschien.

Jung blickte nach oben. Er entdeckte die Entführerin, die damit rang, dass man sie gerade wieder festgesetzt hatte. Veitl beobachtete Jungs Gesicht, während er sie erkannte. Sie konnte unmöglich seine Komplizin sein. Seine Mimik spiegelte das blanke Entsetzen. „Ilona ...", flüsterte er.

Veitl und Margarete echoten ungläubig: „Ilona?!"

In diesem Augenblick brach das Feuerwerk los. Über der *Vasco* explodierten die Raketen und versetzten die Szene auf der Treppe in einen bunten Regenbogen aus Licht.

Mitternacht.

Gerade begann das neue Jahr.

Der Kapitän und sein Offizier brachten die Entführerin, die gerade als Ilona enttarnt worden war, wieder hinauf ins Büro. Veitl und Margarete folgten ihnen und Benedikt stützte Jung, der so aussah, als ob er jeden Moment den nächsten Anfall erleiden würde.

Oben übernahm Veitl erneut das Verhör.

„Sie san also die Ilona? Die Ex-Frau vom Jung, oder wie?", fragte er unumwunden.

Jung nickte heftig, weiß wie die Wand.

„Und wie kommen Sie dann bittschön auf des Schiff? Makowski? Is des a Deckname, oder was?"

Ilona schwieg.

„*Majewski*", rief Jung theatralisch. „Ihr wahrer Name ist Ilona Majewski. *Sie* verfolgt mich! Sie verfolgt mich schon seit unserer Trennung!"

Veitl nahm den Ball auf. „Stimmt des?", wollte er wissen.

Jung fuhr ungefragt fort: „Sie hat nie überwunden, dass sie bei der Scheidung leer ausgegangen ist. Und dass ich hinterher Chrissy geheiratet habe. Und den ganzen Erfolg ... Sie hat uns beide gehasst, Chrissy und mich."

Da endlich brach Ilona ihr Schweigen. Voller Verachtung spie sie die Worte aus: „Ich habe Christina nicht gehasst. Nicht damals. Sie war *nützlich*. Nach der Scheidung von ihr warst du am Boden. Das war es, was ich die ganze Zeit gewollt hatte!"

Veitl unterbrach die beiden: „Moment mal. Heißt des, dass Sie de Berger dazu angestiftet ham, dass sie vor Gericht solche Sachen behauptet? Dass er sie gschlagen hätt und des alles?"

Ilonas Augen funkelten. „Nein. Das war sie schon selber. Ich sage ja, sie war sehr nützlich. Ich hab ihr nur ein bisschen geholfen. Erinnerst du dich, Roman? Plötzlich waren überall Zeugen ... und Ärzte tauchten mit Gutachten auf. Wie aus dem Nichts. Schon irgendwie seltsam, nicht?"

„Du warst das!", fauchte Jung. „Du hast dafür gesorgt, dass ich danach keine Platte mehr in die Charts gebracht habe!"

„Ja", antwortete Ilona nicht ohne Stolz. „Das war ich."

Jung brachte nur noch ein gehauchtes „Warum?" zustande.

Aber Veitl brauste auf: „Des is ja da größte Schmarrn, den i je ghört hab! Langsam weiß i nimmer, wer hier eigentlich den größten Dachschaden hat. De Scheidung, von der ihr da redets, de is mehr als dreißig Jahr her! Ihr stellt's des ganze Schiff auf den Kopf, bedroht's Leute, macht's alle verrückt – *deswegen*? Wegen nix?"

„Was heißt hier *wegen nichts*? Ich war seine Frau, schon lange bevor er berühmt wurde. Ich habe seine Launen ertragen, ich habe ihn unterstützt, ich habe alles für ihn getan! Und als er dann endlich Erfolg hatte, da hat er mich fallen gelassen wie eine heiße Kartoffel. Dieses billige Flittchen hat dann die Lorbeeren *meiner* Arbeit geerntet. Ich sollte leer ausgehen. Aber nicht mit mir, so springt man mit einer Ilona Majewski nicht um!" Langsam redete Ilona sich in Rage.

Die Anwesenden hörten nur kopfschüttelnd zu. Jung ereiferte sich: „Lorbeeren von deiner Arbeit? *Deine Arbeit?* Was genau hast denn du zu meinem Erfolg beigetragen? Du und dein schlauer Vater, ihr habt mich doch die ganze Zeit demoralisiert. Ich würde es sowieso nie schaffen, hat er mir noch bei unserer Hochzeit gesagt. Das werde ich nie vergessen! *Ich habe für meine Tochter vor-*

gesorgt, hat er gesagt. *Denn du wirst sowieso nie in der Lage sein, für eure Familie zu sorgen.* Dass er am Ende *mein* Vermögen schützen würde – *vor dir!* –, das hat er sich nicht vorgestellt. Aber das ist der gerechte Lohn gewesen für dich. Du hast erhalten, was dir zusteht. Nämlich nichts!"

„Was mir zustand, das hab ich mir geholt. Zwar nicht finanziell, aber dich am Boden zu sehen, das war mir jeden Cent wert. Ich hätte alles dafür gegeben. Und wenn ich unter der Brücke hätte schlafen müssen!", geiferte Ilona.

„Musstest du nicht. Papilein hat dir ja zum Glück genug hinterlassen", erwiderte Jung sarkastisch. „Ich möchte nicht wissen, was du verprasst hast, um mich zu ruinieren. Es muss teuer gewesen sein, die ganzen Leute zu bestechen. Was muss man einem Arzt zahlen, damit er einen Meineid leistet?"

„Ich hatte Verbindungen", beschied Ilona ihn von oben herab.

„Die habe ich auch", konterte Jung.

Ilona grinste. „Und wenn schon? Was haben dir deine Kontakte gebracht? Gar nichts. Du wusstest bis heute nicht einmal, dass *ich* es war, die dir all die Jahre in die Suppe gespuckt hat."

Jung stieß zwischen zusammengebissenen Zähnen hervor: „Nein, das wusste ich nicht. Ich wusste, dass du ein ganz verlogenes, intrigantes Miststück bist, aber dass du so skrupellos bist, das ist selbst mir neu."

Veitl schaltete sich wieder ein: „Jetz würd mi aber doch interessieren, was die Berger in dem ganzen Drama für a Rolle ghabt hat. War de jetz eher de dumme Naive, oder war de selber intrigant?"

„Die kleine Chrissy war vor allen Dingen eines: *strohdumm*", erklärte Ilona mit süffisantem Grinsen. „Nur deshalb konnte sie sich so in einen Typen wie dich verknallen. Du warst nicht abgeneigt, weil sie jung war und hübsch – damals. Und dann hast du sie genauso abserviert wie mich. Fast hätte sie mir leidgetan, die dumme naive Schlampe. Aber nur fast. Denn dann hat sie angefangen, die herrlichsten Dinge über dich zu erzählen. Du würdest saufen, im Suff randalieren, geschlagen hättest du sie, überhaupt wärst du aggressiv und handgreiflich. Ich wusste nicht, ob auch nur irgendwas daran wahr war. Aber sie lieferte mir den idealen Nährboden für meine Rache. Sie war mir so dankbar – mir, der Ex-Frau, die das alles schon hinter sich hatte. Es war ziemlich einfach, ihre Geschichtchen mit hieb- und stichfesten Beweisen zu untermauern. Dem Alkohol warst du noch nie abgeneigt, dafür Zeugen zu finden – nichts einfacher als das. Zwei, drei Anrufe bei ein paar alten Bekannten, bei dem einen oder anderen hatte ich noch etwas gut, und schon saßt du in der Falle. Mein Glanzstück – möchte ich behaupten, ohne dabei überheblich zu werden – war, diese Kleine aufzutreiben, die du in der Garderobe geknallt hast. Chrissy hatte euch gesehen. Es war der kleinen Hostess sehr peinlich. Sie war neu beim Sender und dann leistet sie sich so eine Unprofessionalität. Ich brauchte ihr nur ein bisschen zu drohen, dass der Sender davon erführe, dass sie ihren Job los wäre und in der gesamten Medienbranche nie wieder einen Fuß in die Tür brächte und schon war sie Wachs in meinen Händen. Ich überzeugte sie, dass sie das alles anders darstellen müsste. Sie das Opfer, du der geile alte Bock. Und je länger ich ihr vorredete, wie du die arme Frau behandelt hast, umso mehr glaubte sie selbst, dass es gar nicht ihr freier Wille gewesen wäre. Das nennt man Psychologie! Man kann Leuten solange die buntesten Geschichten erzählen, bis sie glauben, es wäre die Wahrheit. Dann sind sie glaubhaft in ihren Aussagen, sogar vor Gericht. Wenn eine so dumm ist, wie Chrissy oder wie diese Hostess, dann ist es besonders einfach." Ilona unterbrach sich selbst mit einem hämischen Lachen.

Margarete flüsterte Veitl zu: „Also de spinnt aber wirklich, leck mi am Arsch …"

Ilona fuhr herum und fixierte Margarete aus zusammengekniffenen Augen. „Was hast du da eben gesagt, du vertrocknetes Hausmütterchen?"

Margarete holte Luft, um etwas zu erwidern, doch Veitl schob sich sofort schützend zwischen sie und Ilona. „Du, gell, reiß di zam, du meineidige Giftspritzen! Beleidigen kannst vielleicht deinesgleichen, aber anständige Leut werden hier auch anständig behandelt! Da hört sich ja eh alles auf. Was du da bisher aufzählt hast, des reicht ja für dreimal Knast!"

Ilona keifte: „Ich bin aber noch lange nicht am Ende. Ihr kleinkarierten Spießer werdet euch noch in die Hosen scheißen …"

„Naa, i glaub, da hat's keine Gefahr. So schnell mach i mir ned in die Hosen. Erzähl ruhig weiter, lass di ned aufhalten." Veitl machte eine einladende Geste mit der Rechten.

„Ich würde jetzt auch gern die ganze Wahrheit erfahren", knurrte Jung.

„Was denn zum Beispiel? Wie ich dich über die ganzen Jahre hinweg heimlich beobachtet habe? Ich war immer in deiner Nähe. Egal, was du versucht hast. Es hat einfach nie geklappt, nicht? Zum Beispiel das mit der Entzugsklinik, auch ein sehr gelungener Coup von mir. Ja, als du dann Ende der Neunziger an einem vorläufigen Tiefpunkt angekommen warst, riet dir irgendwann sogar dein alter Freund Gmeiner zu einem Entzug. In aller Stille, versteht sich. Es war denkbar einfach, der Presse einen kleinen Tipp zu geben, wo du warst. Und als dann die Fotos von dir in der Entzugsklinik durch die Gazetten geisterten, da hat auch noch der Letzte geglaubt, dass alle Geschichten über dich wahr wären. Dass du ein Alkoholiker bist, war damit zementiert, somit war das andere ja auch nur mehr als wahrscheinlich. Wenn du noch eine Chance auf ein Comeback gehabt hättest, spätestens damit war sie passé. Tja ... du hast mich eben immer unterschätzt. Schon während unserer Ehe, aber vor allem danach."

„Du bist doch krank." Jung wandte angewidert den Blick ab.

„Krank?", echote Ilona. „Nein, mein Lieber, der Kranke von uns beiden, der bist doch du. Herzflattern ... Panikattacken ... Schweißausbrüche ... unerklärliche Übelkeit, unerträgliche Kopfschmerzen ... kommt dir das alles bekannt vor?" Ihr Gesicht verzog sich zu einer hässlichen Fratze.

Jung blieb vor Schreck der Mund offenstehen. Veitl fragte an seiner Stelle nach: „Heißt des, da steckst a wieder du dahinter? Was kommt als nächstes? Giftmischerin, oder was bist'n du eigentlich?"

Margarete schüttelte nur fassungslos den Kopf.

„Allerdings stecke ich dahinter. Wie ich überhaupt hinter allem stecke, was dir jemals an Schlechtem widerfahren ist", grinste Ilona triumphierend.

Jung schnellte nach vorne. Bevor ihn jemand daran hindern konnte, packte er Ilona am Hals und würgte sie. „Was hast du getan? Du Hexe! Du Miststück! Du ekelhafte Kreatur!"

Veitl und der Kapitän separierten die beiden. Veitl mahnte Jung zur Besonnenheit: „Ruhig, bitte beruhig di, Roman. I weiß, es is schwer zu ertragen. Aber du hilfst dir und uns jetz ned, indem du a no straffällig wirst. De kriegt ihr gerechte Strafe scho, da brauchst keine Angst ham." An Ilona gewandt fragte er: „Also? Erhell uns. Was hast ihm denn geben?"

„Digitoxin", antwortete Ilona und ließ sich jede Silbe des Wortes genießerisch auf der Zunge zergehen.

„Was is des für a Zeug?", hakte Veitl nach.

„Das ist ein Herzmittel", antwortete dieses Mal der Kapitän. „Ich kenne das Präparat, mein Vater nahm es, bevor er starb. Es muss sehr vorsichtig verabreicht werden, weil es massive Nebenwirkungen hat. Schlimmstenfalls kann es überdosiert sogar zum Tod führen."

Jetzt lachte Ilona schallend. Sie war gar nicht mehr zu beruhigen. Die anderen fühlten sich eher peinlich berührt, trat doch der Irrsinn, von dem sie befallen zu sein schien, noch deutlicher zutage.

Glucksend gab sie von sich: „Zum Tod. Ja, genau. Hihi ... es führt zum Tod. Sogar ziemlich schnell."

„Möchte wissen, was daran so komisch ist", japste Jung. „War das dein Ziel? Wolltest du mich umbringen?" Spuren seiner Hysterie traten wieder zu Tage.

„Dich? Nein. Na ja, es wäre auch nicht so tragisch gewesen, wenn du hopsgegangen wärst. Aber eigentlich hast du das ja gar nicht verdient – einen schnellen Tod. Du hast es verdient, die nächsten hundert Jahre in der Hölle zu schmoren!"

Mit einem Mal ging Veitl ein Licht auf, er unterbrach: „Naa, ihn ned. Aber de arme Chrissy, de hat's umgricht, des Zeug, oder? Der hast a was abgeben von dem Digi-Dingens da, gib's zu! Von allein hätt de doch ned einfach a Herzattacke kriegt."

Ilona frohlockte: „Das war überhaupt das Allerbeste. Ich gebe zu, es war nicht geplant. Aber es traf sich am Ende hervorragend. Dass die dumme Schlampe mit an Bord sein würde, wusste ich nicht, du ja anscheinend auch nicht. Hast gedacht, sie ist es, oder? Sie verfolgt dich. War's nicht so? Kam mir sehr zupass, muss ich sagen. Dummerweise hat sie mich erkannt, als wir beide auf dem Landgang waren. Was hat sie sich über das Wiedersehen gefreut! Sie wollte mich gar nicht mehr aus den Augen lassen und wir sollten uns am besten mal alle drei zusammensetzen, anstoßen auf die guten alten Zeiten! Boah, wie naiv. Wie unglaublich blöde! Sie hat gedacht, ich freu mich über ihren Anblick. An der Stelle musste ich natürlich handeln. Es ging auf keinen Fall an, dass sie womöglich jemandem von dem Treffen erzählt, am Ende noch dir! Wie gut, dass ich zur Sicherheit meine Mittelchen immer in der Handtasche hatte, ich musste ja sowieso immer drauf gefasst sein, dass sich eine gute Gelegenheit ergibt, dir was unterzumischen. Da hat sie eben auch einen kleinen Cocktail bekommen. Sie wollte ja anstoßen! War doch ihre eigene Schuld. Blöd war dann nur, dass sie noch direkt an Ort und Stelle vom Stuhl gekippt ist. War halt auch nicht mehr die Jüngste, auch wenn sie das nicht wahrhaben wollte. Tja, und deshalb konnte ich sie leider nicht wie geplant verschwinden lassen. Von den Klippen ins Meer stürzen oder etwas Vergleichbares wäre eleganter gewesen. Aber so war sie eben. Sinn für einen geschmackvollen Abgang hatte sie noch nie. Darin seid ihr euch wirklich ähnlich."

Veitl fuhr Ilona an: „Bist du wirklich so hinterfotzig oder tust du bloß aso? Des is vei abscheulich, was du da so von dir gibst. Am meisten stinkt es mir, dass du mir und meiner Frau den einzigen Urlaub versaut hast, den wir zwei seit i weiß ned wie viele Jahr ghabt ham. Des hätt so schön werden können!"

„Geh, Flori, des lass ma uns doch von so einer ned verderben! Wir zwei doch ned", sagte Margarete voll Inbrunst.

Endlich klopfte es an die Bürotür und ein Steward begleitete zwei portugiesische Polizeibeamte herauf. Der Offizier sprach in seiner Erstsprache und erklärte den Beamten in knappen Worten, was sich zugetragen hatte. Veitl, Margarete, Benedikt, der Kapitän und der Offizier mussten jeder noch seine Version zu Protokoll geben, dann führten sie Ilona von Bord.

Inzwischen war es fast vier Uhr morgens. Der Kapitän ließ die Anker lichten. Mit etwas Verspätung, aber hoffentlich endlich in Frieden, verließ die *Vasco da Gama* die Azoren.

Veitl und Margarete fielen todmüde in ihr Bett. Veitl murmelte noch: „Des war vielleicht eine Gschicht. Des glaubt uns doch daheim kein Mensch ..." Dann schlief er rechtschaffen erschöpft ein.

Neujahrstag 2018, gegen Mittag

Veitl und Margarete verschliefen das Frühstück und den ganzen nächsten Vormittag. Sie erwachten erst, als die *Vasco* unter einem wolkenlosen Himmel über den blitzblanken Atlantik stampfte. Die Wintersonne wärmte die Luft und gab schon einen Vorgeschmack auf die baldige Ankunft in der Karibik. Margarete und Veitl zogen sich gerade an, als es an der Kabinentür klopfte. Ein Steward brachte ihnen einen Servierwagen voll Leckereien vorbei, darauf befand sich auch eine Karte. Veitl nahm sie und überflog die Zeilen.

„Da Kapitän schickt uns des Frühstück. Er wünscht uns ein frohes neues Jahr. Wir san für den Rest der Fahrt seine Gäste."

Margarete schnappte sich eine Erdbeere von der Etagere und schob sie sich in den Mund. Kauend nuschelte sie: „I glaub, der junge Mann wartet auf a Trinkgeld. Gib ihm ebs, da drüben is mei Tasche."

Veitl steckte dem Steward ein großzügiges Trinkgeld zu und der verabschiedete sich dienstbeflissen. Dann schob Veitl den Wagen zur Balkontür hinüber. „Setz ma uns a bissl raus, des Wetter schaut heut so schön aus. Und i brauch jetz a weng a Ruh. Des warn vielleicht aufregende Tage, mi leckst am Arsch ..."

„Des kannst laut sagn", pflichtete Margarete ihm bei. „Hoffentlich war's des jetz. No mehr so Aufregung brauch i ned."

„I a ned. I hätt de scho ned braucht. Mir tut's ja leid, dass ma den Roman verdächtigt ham. Der is doch kein so verkehrter Kerl. A wenn er a bissl spinnt."

„Ja, da hast recht. Aber i hab ma des eh ned vorstelln können, dass er da ... Naa, also so a Typ is er einfach ned. A weng spinnert vielleicht, aber doch ned kriminell. Oder so hintertrieben wie de Ilona. Also so ein verrecktes Weibsstück hab i ja überhaupt no nie erlebt. Dass der irgendwann am Radl dreht, is eigentlich a ned verwunderlich. Des muss ma sich mal vorstellen. Seit dreißig Jahr bald hat de nix andres zu tun, als dass sie dem Mann 's Leben schwermacht. Dabei war's doch amal mit ihm verheiratet ..."

„Mei, andre Frauen machen ihre Männer dreißig Jahr 's Leben schwer, grad *weil*'s verheiratet san mit ihnen ..." Veitl grinste.

Margarete warf einen Apfel nach ihm.

„He!", protestierte er. „I red doch ned von uns! Nur so als Beispiel. I würd doch gar keine andre ned wollen als wie di."

Margarete lachte. „Ah du Schmarrnkübel, du. A andre als wie i tät di eh ned nehmen!"

Nach dem entspannten Zimmerfrühstück besuchten Margarete und Veitl Roman Jung in seiner Suite. Er öffnete wieder einmal nur mit seinem Bademantel bekleidet, aber er wirkte aufgeräumter als noch vor Kurzem. „Ihr seid das. Wie schön. Kommt doch herein."

„Wir wollten bloß schaun, ob bei dir alles okay is. Jetz wo ... also jetz wo des alles geklärt is. Is's doch, oder?", fragte Veitl.

Jung atmete tief durch, bevor er antwortete: „Ja. Ich denke schon."

„Hast du jemals den Verdacht ghabt, dass dei Ex-Frau dahinter stecken könnt? Also hinter dem allem?", wollte Margarete wissen.

„Da kann ma doch gar ned drauf kommen, dass eine so narrisch is. Also i jedenfalls ned. So krank im Hirn is doch sonst keiner", ereiferte sich Veitl.

„Ich hätte es besser wissen müssen", sagte Jung. „Ich meine, wir kannten uns sehr lange und ich hätte ahnen können, wie sie tickt. So war sie schon immer. Sie wollte immer alles im Griff haben, alles kontrollieren. Solange ich nur der kleine Musiker war, der gerne Erfolg gehabt hätte, aber genaugenommen immer in ihrem Schatten stand, da war sie am Drücker. Aber als meine Karriere anfing Fahrt aufzunehmen, da stellte sie immer mehr Forderungen. Sie war eifersüchtig, witterte hinter jeder Backgroundtänzerin gleich eine Affäre ..."

„Na, so schlecht werdn dir de Tanzmäuserl ned gfallen ham, oder?", grinste Veitl anzüglich.

Jung blieb ernst. „Am Ende war sie es, die eine Affäre begann. Nicht ich. Aber das zählte nicht in ihren Augen. Im Grunde hatte ich sie verraten, als ich mich erdreistete, Erfolg zu haben, ohne sie vorher um Erlaubnis zu fragen."

Margarete legte Jung beschwichtigend die Hand auf den Arm. „Jetz is's ja vorbei. Wenn da bloß die Hälfte stimmt von dem, was sie uns gestern Nacht alles aufgetischt hat, dann sehn wir de lang nimmer."

„Und wenn sie wieder draußen ist, wird es von vorn losgehen", ergänzte Jung resigniert. „So ist sie. Aufgeben gibt es nicht in ihrem Wortschatz."

„Wann geht's jetzt eigentlich weiter? Was für Auftritte hast du no auf der Fahrt?", wechselte Veitl das Thema.

Jung setzte eine geheimnisvolle Miene auf. „Oh, ihr werdet staunen! Ich bin schon so gespannt, was ihr dazu sagt."

Veitl verzog das Gesicht. „Oh wei ... I hab's ned so mit Überraschungen."

„Also", ließ Jung die Katze aus dem Sack, „die nächsten fünf Tage sind wir auf See. Und an jedem Abend gibt es ein ganz spezielles Programm. Unterschiedliche Regionen, verschiedene Küchen ... und unsere Auftritte dazu. Das wird super! Und heute Abend geht's los mit ... naaaa?"

„Karibik?", vermutete Veitl.

„USA?", schob Margarete hinterher.

„Iiih ... Burger und Pommes und sowas. Da bin i jetz kein Fan davon", widersprach Veitl sofort. „Dann vielleicht no lieber Kanada? Was isst ma eigentlich in Kanada? Grizzlybären?"

Margarete lachte.

„Bestimmt, ja. Grizzlybären und Seelachs."

Jung unterbrach die beiden: „Nein, alles falsch. Viel besser! Es ist Bayern! Wir haben einen bayerischen Abend! Is das nicht toll?"

„Bayern", wiederholte Veitl gedehnt. „Oh ja, mal ganz was andres. Des is ja für uns was völlig Neues …"

„Ja, oder?" Jung war Feuer und Flamme. „Heute Abend ist alles Blau-Weiß. Es gibt Knödel und Schweinebraten und all sowas. Und danach performen wir passende Songs auf der Theatro-Bühne. Ich übe schon die ganze Zeit *Anton aus Tirol*!"

„Tirol is aber in Österreich, des is euch bewusst, oder?", murmelte Veitl schwach.

Jung machte eine wegwerfende Handbewegung: „Ach, papperlapapp, Österreich, Bayern, ist doch egal Hauptsache wir haben alle Spaß! Und ich finde, Spaß haben wir uns mehr als verdient. Und jetzt: Husch! Ihr zwei amüsiert euch jetzt irgendwo und wir sehen uns heute Abend. Ich hoffe, ihr habt Dirndl und Lederhose dabei." Damit komplimentierte Jung die beiden aus seiner Kabine.

Veitl und Margarete vertrieben sich den Tag im Wellness-Bereich der *Vasco*. Am Abend betraten sie das Restaurant mit einer Mischung aus gespannter Erwartung und Grauen.

Tatsächlich war die schillernde Silvester-Deko bereits wieder eingemottet worden und stattdessen hingen überall blauweiße Fahnen und Wimpel, es gab Holzbretter mit Herzchen darauf, Styropor-Brezen und eine richtige Miniatur-Almhütte mit Kühen davor und einem Berg-Panorama dahinter. Die Stewards trugen Schürzen mit Lederhosen-Aufdrucken und Seppelhüte. Veitl blieb der Mund offenstehen.

„Also irgendwie übertreffen de sich jeden Tag wieder mit ihre grauenhaften Dekorationen, findst ned?", flüsterte er Margarete zu.

Die studierte bereits interessiert die Auslagen auf dem Buffet. „Schau bloß amal: Leberkäs, Bratkartoffeln, Semmelknödel … Da hinten gibt's Schweinshaxn und an Surbraten. Des is doch genau dei Wetter, oder?"

Veitl entschied, dass er über das ganze Klimmbimm hinwegsehen konnte, wenn er sich dafür ungeniert und nach Herzenslust am Buffet bedienen durfte. Nach allem, was sie erlebt hatten, schien Margarete der Ansicht zu sein, dass er sich ausnahmsweise einen Abend ohne ihre Kommentare zum Thema Ernährung verdient hatte. Sie lächelte nur einladend und sagte nichts weiter.

Antonio kam an ihren Tisch. Er sah aus wie eine Oktoberfestbedienung, beide Arme voll Bierkrügen. Veitl nahm seinen Krug dankbar entgegen. „Des trifft sich gut", kommentierte er.

„Ich dachte mir schon, dass dieser Abend nach Ihrem Geschmack sein würde. Kann ich sonst noch etwas für Sie tun? Ich habe Anweisung von allerhöchster Stelle bekommen, dass ich Ihnen jeden Wunsch von den Augen ablesen soll."

„Ah geh, des ham'S doch eh jeden Abend gmacht, Toni", widersprach Margarete sofort. „Wir fühlen uns sehr wohl an Bord. Wirklich."

Veitl ergänzte: „Ja, total. Wenn ma mal von de Narrischen, de Mordkomplotte und de Entführungen absieht …"

Margarete warf ihm einen warnenden Blick zu.

Veitl beeilte sich zu sagen: „Naa, aber sonst is's wirklich wunderschön da. Alles … perfekt!"

Antonio stellte Margarete ebenfalls einen Krug Bier hin, die übrigen Krüge verteilte er um ihren Tisch herum.

„Was werd des?" staunte Margarete. „Kommen da no mehr Leut her an unsern Tisch? De andren Tage war ma jetzt immer allein …"

Antonio grinste. „Ach, warten Sie's einfach ab …" Dann ließ er die beiden an ihrem Tisch allein.

„Komm, schau ma uns des Buffet an!" Veitl erhob sich.

Zum ersten Mal seit der Abfahrt der *Vasco da Gama* füllte Veitl sich seinen Teller ordentlich und ließ keinen der Buffettische aus. Er lief sogar mit seinem randvollen Teller noch einmal zurück, weil er dachte, er habe noch nicht alles gesehen.

Als er zurück an den Tisch kam, saß da Jung neben Margarete.

„He!", begrüßte er ihn. „Des is ja a Überraschung. Traust du dich heut zum Essen raus aus deiner Privatkabine?"

An den umliegenden Tischen verrenkten sich die übrigen Schiffsgäste die Hälse und tuschelten. Sie hatten den Schlagerstar natürlich schon entdeckt.

„Ach weißt du", antwortete Jung gelassen. „Man kann sich ja nicht ewig einsperren, oder? Außerdem hat mich heute die Nachricht erreicht, dass eine gewisse Ex-Frau von mir für eine ziemlich lange Zeit … sagen wir einmal … anderweitig beschäftigt sein wird. Deshalb besteht ja auch kein Grund mehr, die Öffentlichkeit zu meiden. Und obendrein hab ich ja Polizeischutz."

Veitl nickte und widmete sich dann seinem Teller. Er schnitt ein großzügiges Stück von dem Schweinebraten ab und steckte es sich in den Mund. Im selben Moment riss er den Mund wieder auf. „Bah! Ja, was is denn des? Also wie a Schweinsbraten schmeckt des aber ned!"

Margarete und Jung sahen ihn verwundert an. „Wie was schmeckt's denn dann?", fragte Margarete.

„Keine Ahnung ... wie ebs, was du auf deim Blog bewerben kannst ..." Veitl legte enttäuscht das Messer weg.

„Isch`s lecka?" Hinter ihnen hatte sich unbemerkt Vicky aufgebaut. Er war nicht in seiner Kochtracht, sondern in Privatklamotten. In der Nähe stand Benedikt und redete gerade noch mit einem anderen Gast.

Veitl setzte ein gequältes Lächeln auf. „Na ja ... ehrlich gsagt, so richtig bayerisch schmeckt's ned ..."

Vicky lachte herzhaft. „Des heb i mir scho gedenkt. Wie soll au a indischer Koch wissa wie da bayrische Braten schmecka muss. Aba die Bayrisch Creme, die isch lecka, die isch von mia. Stuggart isch halt auch näha an Bayern als Bombay."

Veitl seufzte: „Gretel, und wenn du vielleicht mal in die Küch naus schaust ...? Schweinsbratentechnisch könnten de auf jeden Fall no was von dir lernen!"

 *Extras*

Am weißen Strand von Barbados

Strophe 1:
Es kommt mir wie gestern vor
dass ich ewige Treu' dir schwor;
Die nackten Füße im weißen Sand
und wir beide Hand in Hand.

Unsre Liebe wird niemals vergehn
Im Sonnenschein war's um uns geschehn.

Refrain:
Am weißen Strand von Barbados
war der Himmel wolkenlos
mit dir lieg ich im warmen Sand
und träumte mich ins Märchenland.

Am weißen Strand von Barbados
war die Liebe grenzenlos.
Ich fühle die Sehnsucht wieder
doch von dir blieben nur meine Lieder
und der weiße Strand von Barbados.

Strophe 2:
Heut geh ich am Strand allein
neben mir nur der Sonnenschein.
Mir hast du deine Liebe versprochen
doch du hast mein Herz gebrochen.

Unsre Liebe sollte niemals vergehn ...
Was ist nur mit uns beiden geschehn?

Bridge:
Jetzt bist du bei ihm und ich bin allein
am weißen Strand, im Sonnenschein ...

Adios mi amor

Strophe 1:
Es ist wieder so weit,
ich bin für den Abschied bereit.
Es war schön mit uns zwei,
doch unsere Zeit ist nun leider vorbei.

Ich weiß, dass du mich nicht verstehst.
Dass du weinst, wenn du jetzt gehst.
Doch irgendwann wirst du mich verstehn,
wenn wir zwei uns einmal wiedersehn.

Refrain:
Adios, mi amor
Adios, klingt es mir im Ohr
Adios, das heißt Goodbye
Adios, wenn es aus ist für uns zwei.

Strophe 2:
Es wird vorübergehn,
Und du wirst wieder die Sonne sehn.
Aber ich bin nicht der Mann,
der in deinem Schatten stehen kann.

Ich weiß, dass du mich nicht verstehst.
Dass du weinst, wenn du jetzt gehst.
Doch irgendwann wirst du mir verzeihn,
und wirst ohne mich glücklich sein.

Bridge:
Ich bin kein Mann,
der im Schatten stehen kann.
Ob ich will oder nicht,
mich zieht's hin zum Licht.

Feiertags-Kreuzfahrt

Träumen Sie auch
von Weihnachten ohne Stress?
Wäre Silvester unter Palmen etwas für Sie?

Die **Endeavour-Line** bietet als erste deutsche Kreuzfahrtreederei eine Luxus-Kreuzfahrt der besonderen Art: Auf unserem brandneuen Flaggschiff **Vasco da Gama** überqueren Sie vom 23. Dezember bis zum 8. Januar den Nordatlantik, zauberhafte Feiertage, perfekter Service, spannende Unterhaltung und Schlager-Hochgenuss natürlich inklusive!

Reiseverlauf:

Tag 1: 23.12.	Einschiffung in Hamburg		18:00
Tag 2: 24.12.	Tag auf See (Hl. Abend)	-	-
Tag 3: 25.12.	Southampton / England	9:30	19:00
Tag 4: 26.12	Cobh / Irland	8:00	18:00
Tag 5: 27.12	Tag auf See	-	-
Tag 6: 28.12.	Tag auf See	-	-
Tag 7: 29.12.	Tag auf See	-	-
Tag 8: 30.12.	Terceira /Azoren	9:00	18:00
Tag 9: 31.12.	Ponta Delgada / Azoren	9:00	01:00
Tag 10: 1.1.	Tag auf See	-	-
Tag 11: 2.1.	Tag auf See	-	-
Tag 12: 3.1.	Tag auf See	-	-
Tag 13: 4.1.	Tag auf See	-	-
Tag 14: 5.1.	Tag auf See	-	-
Tag 15: 6.1.	Hamilton / Bermudas	8:30	16:00
Tag 16: 7.1.	Tag auf See	-	-
Tag 17: 8.1.	Ausschiffung in New York		9:00

Glühwein mit Schuss

„Meinst ned, dass du scho gnug hast heut?"

Robert drehte sich zu dem Sprecher herum und erklärte mit schwerer Zunge: „Geht scho no. Aber i glaub, nach dem Glühwein geh i dann besser heim."

„Z'Fuß? Bei dem Wetter?" Roberts Freund Stephan, der auch schon einige Glühwein mit Schuss intus hatte, deutete mit der freien Hand Richtung Himmel. Es schneite ununterbrochen, seit sie den Christkindlmarkt betreten hatten. Das nasskalte Wetter wirkte sich auch entsprechend auf die Besucherzahlen aus. Die kleinen Hütten, die zusammengeschart auf dem Rathausplatz standen und der Kälte trotzten, waren nur spärlich besucht. Robert, Stephan und Ignaz waren vor dem Glühweinstand die einzigen Kunden. Allerdings bemühten sie sich bereits seit einer ganzen Weile redlich, den fehlenden Umsatz für den Standbesitzer auszugleichen.

„Ah geh, bis heim schaff i's allerweil no. So rauschig kann i gar ned sei", lachte Robert und hielt seine leere Tasse dem Standbesitzer zum Auffüllen hin.

Der Besitzer des Glühweinstands hatte selbst schon eine ganz rote Nase und klamme Finger von der Kälte. „Bittschön. Und dann sauft's euch zam. I sperr jetz dann zu. Des werd ja heut doch nix mehr, bei dem Sauwetter", schimpfte er missmutig.

„Soll ma di ned lieber schnell nüberfahren?", fragte Ignaz und versuchte seine beiden Hände so um die Tasse zu legen, dass sie gewärmt wurden.

„Wer denn?", fragte Robert zurück. „Von euch kann doch a keiner mehr fahrn. Des passt scho. A bissl a Spaziergang, zum nüchtern werdn. Dann schimpft d'Mutter daheim a ned aso."

Die drei Freunde lachten und prosteten sich zu. Dann wurde es langsam Zeit, aufzubrechen. Die anderen Budeninhaber klappten ebenso schon die Läden herunter und sahen zu, dass sie nach Hause in die warmen Stuben kamen.

Stephan und Ignaz hatten denselben Weg, sie trennten sich von Robert. „Also dann … komm gut heim!"

Robert zuckte gleichgültig die Achseln. „Was soll scho sein unterwegs? Is ja ned weit."

„Aber Straßenlampen brennen da vei a keine mehr, draußen auf der Landstraß", gab Ignaz zu bedenken.

„Da Mond is hell gnug. Des langt ma scho. Und d'Mutter hat bestimmt scho d'Stalllampen rausghängt, damit i heimfindt."

Also gingen die Freunde ihres Weges und Robert schlug die Straße ein, die aus dem Ort hinausführte.

Abseits der geräumten Straßen lag der Schnee schon fast kniehoch. Der Radweg neben der Landstraße, die die beiden Dörfer miteinander verband, war tief verschneit. Mühsam stapfte Robert voran. Ob der Schnee oder der Alkohol daran schuld war, dass er mehrmals in den Straßengraben stolperte, ließ sich nicht genau sagen. Seine Hose war jedenfalls bereits völlig durchnässt. Tatsächlich war es hier draußen viel dunkler, als er gedacht hatte. Den Mond verdeckten Wolken und nur der Schein der erleuchteten Häuser reichte ein Stück weit über die Felder hinaus und wies die Richtung.

Da trat Robert wieder daneben. Er verlor den Halt und rutschte einen leichten Abhang hinunter. Im Fallen stieß er sich den Kopf an einem verschneiten Grenzstein. Benommen blieb Robert liegen. Irgendetwas sagte ihm vage, dass er jetzt nicht liegen bleiben durfte. Er kroch auf allen vieren weiter, den schmerzenden Kopf hielt er sich abwechselnd mit der einen und mit der anderen Hand.

Da zerriss ein Knall die watteweiche Stille der Winternacht. Unwillkürlich duckte Robert sich tiefer in den Schnee. Irgendwo bellte ein Hund. Plötzlich tauchte aus dem grauverhangenen Nichts nur wenige Meter vor ihm eine Gestalt auf. Sie lief wie gehetzt aus der entgegengesetzten Richtung direkt auf Robert zu. Sie schien ihn nicht zu bemerken, als sie an ihm vorbeihastete. Aber er sah sie für einen Moment ganz deutlich: Es handelte sich um eine junge Frau. Robert erkannte ihr offenes Haar, wie es hinter ihr her flatterte. Trotz der Kälte trug sie nur ein dünnes Kleid – scheinbar eher ein Hemd – aus grobem Leinen und keine Schuhe. Barfuß setzte sie ihren Weg fort auf die Häuser an der Dorfgrenze zu, zwischen denen Robert eben erst herausgetreten war.

Das alles ging unheimlich rasch. So schnell, wie sie aufgetaucht war, verschwand sie auch wieder im schneebedeckten Nichts. In Roberts Kopf formten sich Worte. Er unternahm einen kläglichen Versuch aufzustehen und ihr nachzusetzen, scheiterte jedoch schon im Ansatz. Der Alkohol und der Schlag auf den Kopf vermischten sich in seinem Hirn zu einer ganz unglücklichen Kombination.

Der Weg war wieder vollkommen öd. Keine Seele schien in dieser Nacht unterwegs zu sein, außer ihm – und der Fremden zuvor. Es wurde höchste Zeit, nach Hause zurückzukehren. Robert rappelte sich auf und tastete sich weiter. Auf dem Weg waren die Fußspuren der Frau bereits vom Schneefall verwischt. Was er jedoch noch gut erkennen konnte, war eine Fährte aus dunklen Flecken, die sie auf dem frischen Schnee hinterlassen hatte. Er beugte sich hinunter, um sie besser sehen zu können. Es sah aus wie Blutstropfen.

Robert schaffte es nicht, die Beobachtungen einzuordnen. Er torkelte weiter, ohne auf den Weg zu achten, auf die weniger werdenden Lichter des Dorfes zu.

Bremsen quietschten. Warnendes Hupen. Auf einen Schlag fand Robert sich Auge in Auge mit den Scheinwerfern eines Autos wieder. Es gelang dem Fahrer nur knapp, dem Wanderer auszuweichen. Der Wagen schlingerte auf dem Schneematsch. Dann war er wieder verschwunden. Und mit ihm die letzten Spuren der nächtlichen Begegnung.

Am nächsten Morgen wusste Robert nicht mehr zu sagen, wie er den Rest des Weges geschafft hatte. Ihn plagten abscheuliche Kopfschmerzen. Es kostete ihn große Anstrengung, überhaupt aufzustehen und hinunter in die Küche zu gehen, wo seine Mutter längst zugange war. Es war der 22. Dezember, noch zwei Tage bis Weihnachten.

„Des muss ja a zünftige Feier gwesen sein gestern. Wann bist denn du heimkommen?", fragte sie, ohne vom Ofen aufzublicken.

„Weiß ned genau …", nuschelte Robert und massierte sich die pochenden Schläfen.

„Hast an Hunger?"

Allein der Gedanke an etwas zu essen ließ Robert würgen. "Naa, danke, i glaub, i bring no nix runter."

Nun sah seine Mutter sich doch nach ihm um. „Geht's da ned gut?"

Robert schüttelte den Kopf.

„Wie bist'n du überhaupts heimkommen gestern? Warst aber ned mitm Auto unterwegs?"

„Z'Fuß", antwortete Robert und schob dann hinterher: „Glaub i."

„Sauber. Bei dem Wetter! Da wundert mi nix mehr. Bring mir amal deine Sachen runter, damit i d'Waschmaschin einschalten kann."

Robert wankte und stieß sich am Türrahmen, als er wieder hinausging. Oben suchte er nach der Hose und dem Shirt, die er gestern angehabt hatte. Er fand seine Kleider, wie er sie am Abend achtlos über den Stuhl in seinem Zimmer geworfen hatte. Sie zeugten jedenfalls von den Erlebnissen der Nacht. Seine Hose hatte undefinierbare Flecken an Knien und Hosenboden und ein langer Riss verunzierte das rechte Bein.

Er griff sich die Sachen, um sie hinunterzubringen. Da fiel sein Blick auf einen Fleck am Knie seiner Hose. Die anderen sahen alle nach Matsch und Straßendreck aus, aber der hier nicht. Er hätte schwören können, dass es sich um einen Blutfleck handelte.

Da zerriss der Schleier über seinen Erinnerungen. Die Szene mit der barfüßigen Frau kam ihm bei Tageslicht doch sehr unwahrscheinlich vor. Vielleicht ein Alb, verursacht durch den übermäßigen Alkoholkonsum?

Wieder unten bei seiner Mutter erzählte Robert: „Du, wie i gestern heimgangen bin, hab i auf halber Streck auf einmal a Frau an mir vorbeirennen sehen. Des war ganz seltsam. De war fast nackert und hat keine Schuh anghabt. Bei dera Kälten!"

Roberts Mutter musterte ihren Sohn aus zusammengekniffenen Augen. „A Frau? A nackerte? I glaub, da war der letzte Glühwein schlecht, ha?"

„Es war wirklich so", versicherte Robert lahm. „I spinn doch ned!"

Seine Mutter nahm ihm die Wäsche ab und schickte sich an, in den Keller zu gehen, um die Waschmaschine damit zu füttern.

„Mama, i spinn doch ned!", wiederholte er hilflos.

Ihr Blick sagte etwas anderes, als sie erwiderte: „Naa, natürlich ned. Aber wer weiß, wie viel Glühwein ihr da gestern wieder bechert habts. Da kann's scho mal sein, dass ma was durcheinanderbringt."

Ja, so musste es wohl gewesen sein. Robert ließ es dabei bewenden. Nach einem kargen Frühstück legte er sich wieder in sein Bett und verschlief beinahe den restlichen Tag.

Am Abend rief Ignaz an und erkundigte sich bei Roberts Mutter, ob dieser auch gut nach Hause gekommen war. Robert hörte seine Mutter ins Telefon sagen: „Ja, ja, is scho heimkommen. Ihr habt's euch ja wieder sauber zamgricht gestern. Hast du a so an Schädel beinand? Der Robert flagt immer no im Bett, de stinkerte Sau. Aber jetz hau i na raus, dann kannst selber mit ihm reden."

Robert beeilte sich, aus dem Bett zu kriechen, bevor die stampfenden Schritte seiner Mutter den obersten Treppenabsatz erreicht hatten. „Komm scho, Mama, bin scho da. Is wer am Telefon?", fragte er unschuldig.

„Ja, dei Saufkumpel. Da Ignaz. Aber heut gehst du mir ned wieder aufn Christkindlmarkt, gell? Morgen is noch amal Schul! Sonst werd des nie was mit deim Abitur."

Robert setzte ein reuiges Gesicht auf. „I trink nix, versprochen."

Seine Mutter murmelte etwas Unverständliches und verschwand ins Badezimmer. Robert eilte die Treppe hinunter und nahm den Hörer auf. „Ignaz? Servus. Du, i kann heut glaub i ned weg ..."

Ignaz foppte: „Hast an rechten Sirre ghabt?"

Nach dem Gespräch ging er unschlüssig auf sein Zimmer zurück. Für Hausaufgaben hatte Robert nun auch keine Muße. Nachdem er schon zum Daheimbleiben verdonnert worden war, befand er, dass er sich auch nützlich machen und mit dem Hund spazieren gehen konnte. Vielleicht würde die kalte Winterluft seine müden Knochen wieder in Schwung bringen.

Seine Mutter zeigte sich erfreut, dass der Sohn sich doch noch zu etwas Sinnvollem aufraffte. „Setz a Mützn auf", rief sie ihm noch fürsorglich hinterher. „Es schneit scho wieder."

Robert schlenderte die Dorfstraße hinunter. Sein Begleiter Poe, eine kniehohe, struppige Mischung aus Dackel und Spaniel, schnupperte eifrig die Laternenpfähle und Gartenzaunsäulen ab. Ohne sich darüber im Klaren zu sein, schlug Robert automatisch den Weg ein, den er am Vorabend gekommen war.

Bald ließen er und sein Hund die Häuser hinter sich und liefen auf freies Feld zu. Als Robert in die Nähe der Stelle kam, wo er der Frau begegnet zu sein meinte, ergriff ihn ein ungutes Gefühl. Anstatt weiter zu laufen, bog er lieber in einen Feldweg ein, um dem Ort des Geschehens auszuweichen. Die Felder lagen zu beiden Seiten wie eine glatte, samtweiche Decke aus unberührtem Schnee. Darüber schloss sich fast ohne Übergang das konturenlose Graublau des Himmels an. Eine Krähe unterbrach die Eintönigkeit wie ein schwarzer Satellit, der krächzend über ihnen seine Bahn zog. Ansonsten stellte nur der Waldrand einen Kontrast dar. Dorthin orientierte Robert sich jetzt. Er löste die Leine an Poes Halsband und ließ dem Hund freien Lauf, der davonpreschte und dabei tiefe Spuren in der Schneedecke hinterließ.

Langsam hatte Robert das Gefühl, dass die Kälte und der Sauerstoff ihm das Hirn wieder freibliesen. So ein Glühwein mit

Schuss war doch sehr viel heimtückischer als Bier und Schnaps. Heute gleich wieder da weiterzumachen, wo sie gestern aufgehört hatten, wäre wohl wirklich keine gute Idee gewesen.

Während Robert so dahinstapfte, in seine Gedanken versunken, vernahm er jäh wieder diesen Knall. Er stutzte. Sah sich um. Poe schien auch etwas gehört zu haben. Er war stehengeblieben und spitzte die Ohren. Das bange Gefühl kehrte in Roberts Magengegend zurück. Ein Frösteln, das nicht von der Kälte kam, kroch ihm den Rücken hinunter und sträubte die feinen Härchen in seinem Nacken.

Und da sah er sie erneut.

Sie kam zwischen den Bäumen vom Wald her auf ihn zu und rannte, als hinge ihr Leben davon ab. Immer wieder warf sie einen gehetzten Blick zurück. Eine Hand presste sie auf die rechte Seite. Robert konnte das Blut zwischen ihren Fingern hervorquellen sehen. Sie passierte ihn, ohne Notiz von ihm zu nehmen, und verschwand über den Hügel zur Hauptstraße hin. Eine feine Spur aus Blutstropfen blieb hinter ihr zurück.

Wie angewurzelt stand Robert immer noch am selben Fleck und wagte kaum zu atmen. Poe schnupperte an einem Tropfen hellroten Blutes im ansonsten makellosen Schnee.

Er war nicht mehr betrunken, es war noch leidlich hell. Das hier war kein Hirngespinst. Was er gesehen hatte, war wirklich, so wie er und der Hund und der Waldsaum. Und doch ...

Zögerlich setzte Robert sich wieder in Bewegung. Sollte er dem Phänomen nachgehen und ergründen, woher es seinen Ursprung nahm?

Er folgte der Spur zurück zu den ersten Bäumen des Waldes. Dort, wo die Schneedecke dünner wurde und Äste, Gestrüpp und Laub aus dem Weiß hervorlugten, verloren sich die Blutstropfen. Trotzdem schlug Robert den Forstweg ein und folgte ihm, bis er an eine Weggabelung kam. Er kannte den breiten, geebneten Weg durch das Wäldchen, wusste, wo er wieder auf eine geteerte Straße traf. Den anderen, schmaleren Pfad, den Brombeerranken und heruntergefallenes Geäst blockierten, kannte er noch nicht. Einem Impuls folgend wählte er diesen.

Er musste sich durch Gestrüpp und stachelige Ranken kämpfen, die immer dichter wurden, je weiter er sich von der Kreuzung entfernte. Poe folgte ihm treu. Für den Hund stellte der Weg kein Hindernis dar. Gerade als Robert schon aufgeben und umkehren wollte, zeichneten sich durch die Äste hindurch die Mauern eines verfallenen Gebäudes ab. Jetzt überwog die Neugierde. Mit ein paar beherzten Tritten kämpfte Robert sich bis zu einer Lichtung durch. Tatsächlich hatte sich hier wohl einmal ein Hof befunden. Ein halb verfallenes Wohnhaus und ein Schuppen zeugten noch davon. Auch die Ruine hatten die Brombeeren erobert. Die Tür hing schief in den Angeln und die Fensterscheiben waren zersplittert. Es musste lange her sein, dass jemand an diesem Ort gewesen war.

Robert umrundete den Hof. Es juckte ihm in den Fingern, einfach hineinzugehen. Aber er befürchtete, dass das baufällige Haus einsturzgefährdet sein könnte.

Poe blieb stehen. Er hob die Schnauze und witterte. Seine Ohren spielten. Robert horchte, aber für das menschliche Gehör war nichts zu vernehmen. Ein Schauer durchlief den kleinen Hundekörper. Mit einem Fiepen setzte er sich in Bewegung. Schon war Poe zwischen den Büschen verschwunden. Robert zögerte noch einen Augenblick, bevor er rief: „Poe! Hier! Komm zurück."

Dann sah er sie.

Sie kam aus dem Haus gelaufen, panisch. Sie sah sich um, zögerte ebenfalls. Einen Wimpernschlag zu lang.

Der Knall war ohrenbetäubend.

Robert ließ sich auf den Boden fallen. Mit den Armen schützte er seinen Kopf. Ein Schuss. Ganz ohne Zweifel; das war ein Schuss gewesen. Und er hatte ihm gegolten.

Zitternd robbte er sich in die Deckung des Gestrüpps. Die Stacheln der Brombeeren bohrten sich in seine Jacke, seine Arme, zerkratzten ihm das Gesicht. Immer tiefer in die Büsche kroch er.

Er zitterte am ganzen Körper. Jegliches Zeitgefühl ging ihm verloren. Irgendwann rieb Poe seine feuchte Nase an seiner Hand. Das holte Robert in die Gegenwart zurück. Vorsichtig spähte er hinüber zur Ruine des Bauernhofes. Nichts rührte sich. Das alte Haus lag genauso da wie zuvor. Der Wunsch hineinzugehen war Robert gründlich vergangen. Er wagte es noch nicht einmal, zurück auf die Lichtung zu gehen. Durch die Sträucher und Büsche schlug er sich bis zu dem Trampelpfad durch, über den er gekommen war. Seine Jacke zerriss, Dornen bohrten sich durch seine Jeans.

Er fand den Weg und kurze Zeit später stand er wieder auf der breiten Forststraße. Im heller werdenden Tageslicht kam ihm das eben Erlebte völlig surreal vor.

Trotzdem schlug er einen anderen Weg nach Hause ein. Es dämmerte nämlich bereits. So beeilte er sich zurückzukommen. Schon konnte er die ersten Häuser seiner Straße sehen. Da hörte er Schritte hinter sich. Etwas zischte haarscharf an seinem Kopf vorbei. Ketten rasselten. Poe riss sich los und jagte die Straße hinunter auf die rettende Haustür zu. Robert folgte ihm kopflos. Ein dämonisches Lachen verfolgte ihn.

Robert wandte im Laufen den Kopf und sah in eine hässliche verzerrte Fratze. Der Anblick brachte ihn ins Straucheln, doch er fiel nicht. Er rammte etwas Weiches. Vor ihm war ein weiteres der Wesen auf den Gehweg getreten und hatte ihm den Weg versperrt. Sie trugen Hörner auf dem Kopf und geschnitzte Masken, Ketten und Kuhglocken hingen an ihren Kleidern aus Pelz und Rupfen. Perchten.

An den Perchtenlauf hatte er überhaupt nicht mehr gedacht. Die schaurigen Gestalten trieben in den Nächten nach der Wintersonnwende ihr Unwesen in den Dörfern, einem uralten, heidnischen Brauch folgend, nach dem sie die Geister austreiben sollten.

Die beiden Perchten schubsten Robert noch ein wenig zwischen sich hin und her, peitschten ihm ihre Reisigruten ins Gesicht, dann ließen sie von ihm ab und trollten sich scheppernd und rasselnd die Straße hinunter, wo sie sich mit weiteren finsteren Gesellen verbanden und weiterzogen.

Robert sah zu, dass er endlich nach Hause kam. Poe erwartete ihn mit eingezogenem Schwanz vor der Tür.

Das Abendessen hatte ohne sie stattgefunden. Die Mutter räumte gerade die Küche auf und drehte sich um, als sie Robert hereinkommen hörte. Vor Schreck fiel ihr der Teller aus der Hand, den sie gerade hatte abtrocknen wollen.

„Um Himmels willen, wie schaust'n du aus, Bub?", rief sie.

Robert sah an sich hinunter. „Warum, Mama?"

Zugegebenermaßen bot er einen ähnlich fürchterlichen Anblick wie die Perchten draußen in den Straßen. Vielleicht hatten sie ihn für einen von ihnen gehalten. Er hatte schon wieder eine Hose zerschlissen, Laub und Tannennadeln hingen an seinen Kleidern. Seine Mutter zupfte ihm das Zeug auch aus den Haaren.

„Wo warst denn wieder?", fragte sie tadelnd.

„Spazieren", antwortete Robert und dachte an die verletzte Frau.

„Muss ma sich dabei aso einsauen? Jetzt kann i scho wieder waschen", schimpfte die Mutter weiter.

Robert ergänzte: „D'Perchten ham mi erwischt."

„Du weißt doch, dass ma Rauhnacht ham. Dann geht ma halt ned auf d'Straß. Aber so dreckig bist sicher ned deshalb wordn. Jetzt sitz di her und iss endlich was."

Die Mutter schob Robert aus der Küche hinaus und brachte ihm das warmgestellte Essen zum Tisch. Robert machte sich mit Appetit über die Fleischpflanzerl und den Kartoffelbrei her. Seine Mutter beobachtete ihn dabei mit undefinierbarem Blick.

„Jetzt sag halt, wo warst'n?", bohrte sie noch einmal nach.

„Am Wald oben", antwortete Robert unbestimmt. Dann gab er sich doch einen Ruck und fragte: „Kann des sein, dass da oben a alter Hof war?"

Der Gesichtsausdruck seiner Mutter verhärtete sich. „Mhm", machte sie. „I hoff, du warst da ned dort."

„Wieso nicht?"

„Weil des da oben ned mit rechte Dinge zugeht. Scho gar ned in so a Nacht wie heut ...", murmelte die Mutter.

Robert sah wieder die Frau vor sich, sein Herz begann zu rasen. „Geh, so a Schmarrn. Was soll denn da scho sein?", fragte er bemüht unbeschwert.

„Lach no. Wenn du wüsstest, was da alles umgeht, dann tät dir dei Lachen scho vergeh."

„Was soll denn da umgehn? Perchten vielleicht?"

Die Mutter sah ihren Sohn eindringlich an. „Naa. Und i verbiet dir, dass du da rumschleichst. Mit dem alten Bernauer Hof, da stimmt was ned. Da war scho zwanzig Jahr keiner mehr oben. Und des is a besser so!"

„Jetz will i aber doch wissen, was da los war mit dem Hof", beharrte Robert. Seine Handflächen waren schweißnass.

„Da alte Bernauer geht da oben um. Des is los", knurrte seine Mutter. Dann fasste sie sich doch ein Herz und erzählte: „Aufm Bernauer Hof hat's in de Sechzigerjahr a Dienstmadl geben, des hat dem alten Bernauer recht gfallen. Und dann hat er's gschwängert. Damit niemand von der Schand erfahrt und weil er sich halt ned kümmern hat wollen, um des uneheliche Kind, hat er des Madl vom Hof gjagt und hat's im Wald erschossen. Hernach sind's ihm draufkommen und dann hat er sich in seim Stall drin aufghängt. Danach hat nie mehr jemand auf dem Hof gwohnt, weil der Bernauer und des unglückliche Madl dort gweizt ham."

„Gweizt?", wiederholte Robert tonlos.

„Ja, umgangen sind's halt. De Geister von de zwei. Und jeder, der's gsehng hat, der is innerhalb von am Jahr selber gstorben. Tät mi ned wundern, wenn's jetzt wieder umgehn würden. In de Raunächte is alles möglich. Da verschwimmen de Grenzen zwischen dera Welt und der Jenseitigen. Drum hamma ja de Perchten, de schnappen se de bösen Geister und treiben's aus."

Flitterwochen mit Mord

„Der Feuerwehrmann zog Britta ganz eng an sich, als er dem Kollegen unten am Kontrollschalter das Zeichen gab, die Hebebühne abzusenken. ‚Jetzt bist du in Sicherheit', flüsterte er ihr zu …"

Ja, Sie haben richtig gesehen. Ich schreibe wieder.

Immer noch Groschenromane, genau. Was anderes kann ich nicht.

Und seit meinem letzten Auftrag ist es ansonsten ziemlich ruhig um mich geworden. Ich bin jetzt geradezu bodenständig.

Nein, wirklich!

Ich hatte eigentlich verdammtes Glück. Wenn man sich vor Augen hält, dass ich mehr Menschen auf dem Gewissen habe, als ich noch zählen kann. Es ist traurig, aber wahr: Ich weiß die Anzahl der Leute selbst nicht mehr, die ich erschossen, erwürgt, erhängt, überfahren, von der Brücke geschubst habe und was eben sonst noch zu einem einigermaßen schnellen Tod führt. Bevor Sie mich jetzt verteufeln, sehen Sie's doch einmal von der Seite: Für mich war das lange Zeit ein Job wie jeder andere. Fragen Sie mal einen Gerichtsvollzieher, einen Pferdemetzger oder einen Versicherungsvertreter, ob er immer mit seinem Gewissen vereinbaren kann, was er den ganzen Tag über so tut.

Natürlich kann man jetzt wieder mit der moralischen Keule kommen und sagen: Menschen ermorden, das geht gar nicht!

Ja, tut es auch nicht. Ist mir bewusst. War es mir immer. Aber trotzdem, ich sag's noch mal: Es war eben mein Job.

Insofern kann ich mich auch wirklich nicht beklagen, was heute aus mir geworden ist. Andere Leute mit meiner Vita sitzen in den übelsten Gefängnissen dieses Erdballs ein, manche kommen auch überhaupt nicht mehr klar mit ihrem Leben. Kann ich also echt von Glück reden! Bei meinem letzten Coup ist meine Tarnung aufgeflogen, denn Groschenromanautorin war ich immer nur im Nebenberuf. Hauptberuflich zählte ich zu den bestbezahltesten Auftragskillerinnen der Welt.

Gut, dass ich enttarnt wurde und dann auch noch verhaftet, das war reichlich unprofessionell. Ist mir auch noch nie vorher passiert. Peinlich war vor allem, dass auch meine Familie mitgekriegt hat, was ich eigentlich so treibe. Sie machen sich keine Begriffe …

Meine Mutter war außer sich!

Es blieb mir nichts anderes übrig, als für ein Weilchen unterzutauchen. Das ist in meinem Beruf auch nicht so außergewöhnlich, doch dieses Mal haben sich gewisse Dinge ergeben, die dazu geführt haben, dass ich nach dem Abtauchen gar nicht wieder aufgetaucht bin.

Ja, ich gestehe, es ist ein Mann im Spiel. Genau genommen sogar zwei. Wobei der eine von den beiden so klein ist, dass er noch gar nicht ganz zählt. Also sind es eher anderthalb.

Der eine, der Ganze, ist der mir mittlerweile offiziell angetraute Ehemann. Wir hatten eine kleine bescheidene Hochzeit im engsten Kreis und nicht einmal Flitterwochen, aber es ist amtlich. Ihn habe ich bei meinem letzten Auftrag kennengelernt und wie durch ein Wunder ist er geblieben. Das ist ihm umso höher anzurechnen, weil er von der anderen Seite kommt.

Nein, nicht vom anderen Ufer, das wär ja doof!

Aber er ist Polizist von Beruf.

Jetzt werden Sie sagen: Der Polizist und die Killerin, das ist ja schlimmer als jeder Groschenroman.

Ja, ist es. Doch, wirklich.

Ich sag's Ihnen auch ganz offen, das mit dem Menschen-Killen ist immer noch unser Hauptstreitpunkt.

Aber gibt es das nicht in jeder Ehe? Diesen einen wunden Punkt?

Manchmal ist es vielleicht ein Ex-Partner, oder es sind die schmutzigen Socken unter dem Waschbecken, der Müll, den keiner hinunterbringt. Oder es ist die Schwiegermutter! Mütter, Stiefmütter, Schwiegermütter – können ein echter Fluch sein, fragen Sie mal Schneewittchen!

Meine Vergangenheit hat den Vorteil, dass sie sich nirgends mehr einmischt, die Beteiligten sind ja alle tot. Natürlich sieht Mirko das nicht ganz so wie ich. Sehen Sie, und in dem Punkt ist meine Beziehung gar nicht so viel anders als die meisten.

Nach dem Coup mit dem Mafiaboss hat mein geliebter Bulle mir zur Flucht verholfen. Holla, die Waldfee! Ein Bulle, der eine Mörderin laufen lässt. Das war schon großes Kino.

Auf den British Virgin Islands hatte ich ein Nummernkonto und eine Weile habe ich dort Unterschlupf gefunden. War schön. Ich mag Sandstrände und Palmen.

Und jetzt? Ade, Leben unter Palmen. Ade, Cocktails am weißen Sandstrand. Hallo, bayerischer Nieselregen. So ist das im Leben. Wie gewonnen, so zerronnen.

Na ja gut, das ist jetzt auch ungerecht.

Aber ich habe Mafiabosse zur Strecke gebracht, international gesuchte Verbrecher über die Klinge springen lassen, aber nichts, ich wiederhole, *nichts* hat mich auf das vorbereitet, was ich heute tagtäglich erlebe!

Ich sag Ihnen was: Das ist echt nichts für schwache Nerven!

So ist das immer im Leben, eins kommt zum anderen ... Erst die Hochzeit, dann das Reihenhäuschen und am Ende wird man fett. In diesem Fall war ich das, denn ich war schon bei unserer Hochzeit schwanger, und als wir in das hübsche Reihenhaus eingezogen sind, konnte ich schon fast nur noch kugeln. Kurz darauf kam dann unser Wonneproppen zur Welt – der zweite, der halbe Mann in meinem Leben.

So ein Kind verändert ja alles, heißt es immer.

Wirklich *alles*.

Also früher, ja, da zog ich nächtelang um die Häuser und kam im Morgengrauen mit einem abscheulichen Rausch wieder nach Hause gekrochen, oder erwachte irgendwo in einem fremden Bett. Ich konnte reisen, wann ich wollte, wohin ich wollte und so lange ich wollte. Überhaupt konnte ich alles tun, wonach mir gerade der Sinn stand. Und ganz wichtig: Ich konnte allein aufs Klo gehen. *Allein*!

Vorbei.

Alles.

Vor allem das mit dem Klo.

Und mal ehrlich, wenn Sie die Verantwortung für so ein winziges Bündel Mensch haben, dann können Sie auch nicht mehr losziehen und andere Menschen abknallen. Egal, wie sehr die es auch verdient haben. Also ich kann das nicht.

Aber was für Möglichkeiten hat man denn dann noch? Wenn man nichts gelernt hat, außer spionieren und Leute umbringen? Deshalb hab ich ausgepackt.

Ich habe meine Koffer ein- und dann alles, was ich wusste, ausgepackt. Ich hab sie alle hingehängt. Da sind einige über den Jordan gegangen, mein lieber Schwan! Also sinnbildlich, versteht sich.

Viele meiner ehemaligen Auftraggeber haben heute ein neues Zuhause hinter schwedischen Gardinen – und ich spreche nicht von Ikea! Ich selber befinde mich mit meiner kleinen Familie im Zeugenschutzprogramm.

Tja ja, und so kam es also, dass ich jetzt im beschaulichen Häuschen in der niederbayerischen Kleinstadt, deren Namen ich jetzt natürlich nicht nennen kann, sitze. Mein Nachname hätte sich bei der Hochzeit sowieso geändert, jetzt habe ich halt auch noch einen neuen Vornamen. Ich heiße nicht mehr Elisabeth, sondern Gaby.

Macht nichts, Elisabeth mochte ich eh nicht so gern.

Aus Liz, der Auftragskillerin, wurde schwuppdiwupp Gaby, die treusorgende Ehefrau und Mutter. Für die Informationen und meine Aussage bei den Verhandlungen haben sie mir meine Freiheit geschenkt, und was mach ich Esel? Ich gebe sie sofort wieder her, aus freien Stücken.

Wegen Mirko! Seit wir offiziell ein Paar sind, ist Mirkos Karriere bei der Polizei empfindlich gestört. Kein Wunder, wenn man bedenkt, wie viele seiner hochheiligen Paragraphen er gebrochen hat, damit wir zusammen sein konnten.

Es war auch ein bisschen Wiedergutmachung dabei, als ich eingewilligt habe, das Zeugenschutzprogramm und den ganzen Scheiß mitzumachen. Ich hätte auch auf den Jungferninseln, oder in einem beliebigen Land, das kein Auslieferungsabkommen mit Deutschland hat, ein neues Leben beginnen können. Mit meinen Fähigkeiten hätte sich sicher wieder eine Beschäftigung finden lassen. Gute Mörder brauchen sie eigentlich überall. Über Arbeitslosigkeit muss man sich in der Branche normalerweise keine Gedanken machen.

Aber Mirko ist ein durch und durch anständiger Kerl. So ein Leben wäre nichts für ihn gewesen. Am Ende hätten wir uns gegenseitig das Leben schwergemacht, gestritten, uns wahrscheinlich getrennt, oder aneinander aufgerieben.

Zurück in den Polizeidienst haben sie ihn nicht gelassen, aber er hat einen guten kleinen Posten im Archiv bekommen. Nicht besonders spannend, aber einträglich genug, dass wir mit dem Geld und dem, was ich als Groschenromanautorin dazuverdiene, leben können.

Auch meine Eltern wissen inzwischen, wo ich bin, und wir sehen uns wieder regelmäßig. Meine Mutter hätte das sowieso rausgekriegt. Wissen Sie, es gibt den BND, es gibt den MI6, das FBI, die NSA, den Mossad ... und dann gibt es noch *Mütter*. Und eine Mutter kann schlimmer sein als die anderen fünf zusammen!

Aber seit ich selber eine bin, kann ich vieles, was meine eigene Mutter immer gemacht und gesagt hat, nachvollziehen. Das sag ich ihr so natürlich nicht, aber es trägt doch sehr zum innerfamiliären Frieden bei.

Seit ich nicht mehr kille, sondern nur noch Groschenromane verfasse und mich um Haus und Kind kümmere, fehlt mir ein bisschen die Aufgabe. Manchmal wünsche ich mir mehr Action in meinem Leben. Also Action abseits davon, die Nägel eines Krabbelkindes zu schneiden, während es versucht, seine Zehen in den Mund zu stecken, oder eine PEKiP-Stunde zu überstehen, ohne dabei einer der anderen Mütter ein Babyspielzeug ganz tief in den Hals rammen zu wollen. Das ist beides echt Hardcore und bringt mich an die Grenzen meiner Leidensfähigkeit, aber auf eine ganz neue Art und Weise als früher.

Jetzt hab ich viel geredet und wenig geschrieben, dabei muss ich diesen Groschenroman noch zu Ende bringen, mir sitzt schon wieder ein Lektor im Nacken. Auch von meinem alten Verlag musste ich mich leider trennen, wegen dem Schutzprogramm. Kevin, mein alter Lektor, gehört nicht zu den Dingen, die ich aus meinem früheren Leben vermisse. Er war eine fürchterliche Nervbacke. Aber der neue ist nicht wesentlich besser, lediglich das Weinerliche von Kevin fehlt ihm. Also zurück zu dem Feuerwehrmann und seiner liebreizenden Geretteten ...

Ich erwarte nämlich gleich noch Besuch.

Dass das Leben im Reihenhäuschen nicht gerade der Traum meiner schlaflosen Nächte ist, das war Mirko natürlich von Anfang an klar. Der Bulle meines Herzens mühte sich deshalb ehrlich, für uns eine andere Bleibe zu finden. Er hat einen alten Bauernhof gekauft. Das Haus liegt außerhalb der Stadt an einem Waldsaum und ist wirklich ideal. Kinder sollten in der Natur groß werden. Und ehemalige Profikiller, die in ein geordnetes Leben gewechselt haben, versteckt man auch besser da, wo die Dichte an Fettnäpfchen, die die bürgerliche Gesellschaft aufstellt, nicht so hoch ist.

Leider hat der liebe Gott vor den Eigenheimbesitz noch den Handwerker gestellt. Wir kämpfen seit Monaten mit den unterschiedlichsten Vertretern dieser höchst eigenwilligen Zunft. Ich kann schon gar nicht mehr aufzählen, was wir dabei alles erlebt haben.

Ganz oben auf meiner Hitliste: der Installateur. Die Anschlüsse für die Sanitärobjekte im Bad hat er uns falsch gesetzt. Wir wollten die alte Badewanne und das alte Waschbecken wiederverwenden, weil sie noch in gutem Zustand waren, und haben sie deshalb sehr sorgsam abmontiert und aufbewahrt. Dann kam der Tag der Wiederinbetriebnahme und prompt hieß es: „Des alte Waschbecken kennma aber da nimmer hinhängen, de Anschlüss passen ja gar ned zu dem Waschbecken."

Ich hätte meinen Arsch darauf verwettet, dass er das sagt.

Mit Geduld und Höflichkeiten hatte ich es noch nie so, deshalb war ich wohl auch ziemlich ungehalten, als ich zur Antwort trällerte: „Jaaaaa ... Und das ist ja auch erst seit einem halben Jahr bekannt, dass das alte Waschbecken da wieder hin soll! Das reicht natürlich nicht als Vorbereitungszeit, damit man die Anschlüsse so setzt, wie das alte Becken sie braucht! Meine Güte, echt. Was sind Sie eigentlich von Beruf?"

Mirko war wie immer viel besonnener als ich. Er bat mich, die Ruhe zu bewahren, aber das konnte ich noch nie gut. Berufskrankheit. Am Ende blieb uns nichts anders übrig, als ein neues Waschbecken zu kaufen. Das freundliche Angebot, dass wir das auch über die Installationsfirma beziehen könnten, für den geringfügigen Mehraufwand von lediglich zweihundert Euro, schlugen wir aus. Es gab Zeiten, da habe ich sechsstellige Beträge pro Auftrag bekommen, bar auf die Hand. Heute ist unser Budget aus den bekannten Gründen deutlich begrenzter.

Ich bin mir sicher: Irgendwann erwürgt der Bauherr erst den Handwerker und anschließend sich selbst. Oder der unglückliche Handwerker wird später in der Bodenplatte des Hauses gefunden, einbetoniert. Passiert.

Man darf sich nicht wundern, wenn es im Umfeld von Baustellen vermehrt zu solchen Todesfällen kommt. Ich selbst liebäugle seit Baubeginn quasi täglich damit.

Inzwischen sind wir mit dem Häuschen immerhin so weit, dass wir beginnen, uns ernsthaft damit zu beschäftigen, unser Reihenendhaus aufzugeben. Deshalb habe ich auch heute einen Termin mit der Immobilienabteilung der Sparkasse, ich muss also jetzt wirklich zusehen, dass ich mit dem Groschenroman endlich fertig werde. Der Sparkassentyp kann jeden Moment hier sein.

Es klingelt. Na prima.

Ich klappe also meinen Laptop zu – das wird heute sowieso nichts mehr – und gehe die Tür öffnen. Draußen steht ein Typ wie aus einem schlechten Mafiafilm: Nadelstreifenanzug mit scharfer Bügelkante, polierte italienische Schuhe und ein ordentlich gestutzter Oberlippen-Kinn-Bart. Es ist ein Klischee. Mafiabosse sehen gar nicht so aus. Aber Immobilienmakler ganz offenbar.

Er hält mir eine Karte unter die Nase. Ich stehe ihm in meiner ältesten Jogginghose gegenüber, das T-Shirt hat Spuren verschiedener Babybreie – irgendwann hört man auf, sich über die eigene Optik Gedanken zu machen. Ich wische mir die Hände vorsichtshalber an der Hose ab, bevor ich ihm die Rechte zum Schütteln hinhalte.

Dann führe ich ihn in unser Domizil. Ich gebe zu, es könnte besser in Schuss sein. Momentan verbringen wir sehr viel Zeit auf der Baustelle und wenn wir dann nach Hause kommen, steht mir der Sinn meist nicht mehr nach Putzen oder Aufräumen.

Mein kleiner Sohn aalt sich auf seiner Krabbeldecke. Er kann sich schon allein umdrehen. Sieht dann aus wie ein gestrandeter Seehund. Neben ihm liegt noch die volle Windel, die ich ihm vorher ausgezogen habe. Hatte noch keine Gelegenheit, sie zu entsorgen, ich wollte ja unbedingt noch die Geschichte mit dem Feuerwehrmann zu Ende bringen. Dezent schiebe ich sie jetzt mit der Schuhspitze außer Sichtweite.

Der Immobilienfritze sieht sich inzwischen mit kaum hinter Professionalität verborgenem Ekel um. Dann äußert er pikiert: „Da sind ja Möbel herinnen."

Äh.

Das wäre jetzt nicht das erste gewesen, was mir hier negativ aufgefallen wäre, muss ich gestehen. Es soll tatsächlich vorkommen, dass Leute Möbel in den Wohnungen haben, die sie bewohnen. Aber die sind natürlich in der absoluten Minderzahl.

Was hast du denn gedacht, du Vollpfosten?

Mir reicht's eigentlich schon wieder. Hat es bereits bei seinem geleckten Anblick an der Tür.

Als nächstes mustert er ungeniert unsere Couchgarnitur. „Die nehmen Sie aber wahrscheinlich nicht mit, oder?"

Nee, eh nicht. Wir kaufen alles neu.

SAG MAL, WO HABEN SIE DICH DENN AUSGELASSEN?!

Mühsam beherrscht antworte ich stattdessen: „Doch, natürlich. Das kommt alles raus. Es geht nur um den Verkauf des Hauses."

„Aha", macht er. Da streicht die Katze zur Tür herein. Sie schmeichelt in katzentypischer Art am Sofa entlang, springt dann auf den Wohnzimmertisch, wo sie im Vorbeigehen einen Stapel Zeitschriften zum Absturz bringt.

Unverhohlen angeekelt sagt der Makler: „Nehmen Sie die Viecher dann auch mit?"

Nein. Die lassen wir hier. Wir verkaufen die Katze gleich mit dem Haus, weil was täten wir denn damit?

Selten habe ich die ständig griffbereite Schusswaffe in letzter Zeit so sehr vermisst wie in den vergangenen zehn Minuten. Ein Krachen, gefolgt von klirrendem Glas unterbricht unser unerfreuliches Verkaufsgespräch. Wir beiden sehen uns erschrocken an.

„Noch mehr Viecher?", fragt mich der geschniegelte Lackaffe irritiert, der nebenbei bemerkt mit seinen italienischen Designerlatschen mitten auf meinem Wohnzimmerteppich steht.

„Muss 'n ziemlich großes Viech sein", murmle ich und scanne die Lage: Das Baby liegt immer noch auf der Decke, mit zwei Schritten könnte ich dort sein, es hochnehmen und wäre mit zwei weiteren Schritten bei der Terrassentür. Meine Instinkte sind plötzlich wieder hellwach, ich kann spüren, wie sich die feinen Härchen an meinen Armen sträuben.

Dem Immobilienfuzzi allerdings fehlt jegliches Gen für einen unauffälligen Abgang. Er reißt die Tür zum Flur auf und brüllt hinaus: „Hey! Ist da jemand?"

Ich will noch anmerken, dass jemand, der ein Fenster einschlägt, um in eine Wohnung zu gelangen, anstatt durch die Tür zu gehen, möglicherweise auch sonst nicht viel auf Konventionen gibt, doch da ist es auch schon zu spät. Ich höre den Schuss und sehe den Lackaffen in die Knie sacken.

„Treffer, versenkt!", entfährt es mir.

In mir kämpfen zwei widersprüchliche Reflexe: Ich will mein Kind schnappen und abhauen und gleichzeitig will ich dem Eindringling entgegentreten und ihn dafür zur Rede stellen, dass er in meinem Haus herum schießt und den Wiederverkaufswert damit ins Bodenlose drückt.

Und irgendwo dazwischen piepst eine aufgeregte kleine Stimme: Du bist enttarnt! So viel zum Zeugenschutz! Taugt halt alles nichts, wenn man's den Bürohengsten vom BND überlässt.

Hätte ich mir eigentlich denken können.

Und jetzt liegt da ein geschniegelter Immobilienmakler in seiner Blutlache auf meinem Wohnzimmerfußboden. Damit ist die Frage, ob wir die Möbel beim Umzug mitnehmen, wohl zumindest für den Teppich beantwortet. Hoffentlich färbt das nicht auf das Parkett ab. Sonst wirkt sich der Typ sogar noch negativer auf den Preis aus, als ich schon bei seinem Erscheinen befürchtet hatte.

Ich merke, dass mein Zögern einen Augenblick zu lange dauert.

Unvermittelt schaue ich in den Lauf einer Pistole. Früher gehörte dieser Anblick ja quasi zu meinem täglich Brot, aber inzwischen bin ich wohl etwas aus der Übung. Die Knarre und der vermummte Typ, der hinten dranhängt, versetzen mich in eine Art Schockstarre, die sich erst löst, als das Baby hinter mir anfängt zu weinen.

Oh Gott, das Baby!

Ich fange an unkontrolliert zu schreien.

Keine besonders professionelle Methode zur Gangster-Abwehr, geb ich zu. Aber nichts desto weniger wirkungsvoll.

Der Typ mit der Knarre bleibt irritiert im Türrahmen stehen. Zu seinen Füßen liegt die Leiche.

So wie der Immobilien-Typ will ich nicht enden.

Endlich kommen meine Lebensgeister zurück. Meine *Über*-lebensgeister.

Ich schnappe mir das weinende Baby samt Kuscheldecke und sprinte zur Terrassentür hinaus. Ich bin etwas außer Form, wie ich feststellen muss. Keuchend setze ich über den Gartenzaun und wetze um die Kurve.

Verfolgt er uns?

An der nächsten Straßenkreuzung bleibe ich stehen. Über den Gartenzaun kann ich die Nachbarin im Gemüsebeet stehen sehen. Sie sieht mich nicht, weil sie sich gerade vornübergebeugt hat, um ein paar Grashalme auszureißen, die sich erdreistet haben, dort zwischen ihren fetten Kohlköpfen aufzugehen. Aber sie wird auf mich aufmerksam werden, wenn ich jetzt wie von Furien gehetzt an ihrem Gartenzaun vorbeirenne. Also atme ich ein paar Mal tief durch und versuche mich zu beruhigen.

Mein Sohn hat sich bereits wieder im Griff, er erweckt den Anschein, als wolle er den überstürzten Ausflug mit Mama zu einem kleinen Nickerchen nutzen.

Babys sind seltsame Wesen.

Die Nachbarin richtet sich auf und streckt ihren Rücken durch. Die vorwitzigen Grashalme hält sie samt Wurzel in der Hand. Sie versteht es, Eindringlinge gründlich zu entsorgen, vielleicht sollte ich mich ihr anvertrauen?

Doch das ist natürlich Quatsch. In der bayerischen Provinz gibt es allerhand, was man von seinen Nachbarn erwarten kann: Sie leihen einem Eier oder was sonst für den sonntäglichen Kuchen fehlt; sie wissen genau, wie viel Scheit Holz man über den Winter gebraucht hat und wer am Wochenende wie lange zu Besuch war.

Man kann auch auf sie zählen, wenn es Neuigkeiten gibt – wer braucht die Nachrichten, wenn er aufmerksame Nachbarn hat? Aber in meiner Position bin ich wohl doch besser beraten, mir nicht noch mehr Mitwisser ins Boot zu holen.

„Gaby!", begrüßt sie mich. Das Büschel Gras entsorgt sie in der bereitstehenden Biotonne. „Was machen Sie denn hier draußen? Gehen Sie mit dem Baby spazieren?"

Sie kommt an den Zaun und äugt neugierig auf das Bündel, das ich im Arm trage. Ein bisschen dämlich wirke ich wahrscheinlich schon, wie ich das schlafende Kind mitsamt Kuscheldecke an mich presse.

„Ach herrje", stößt sie hervor. „Haben Sie gar kein Mützchen mitgenommen? Es ist doch noch recht kühl hier draußen. Sie sollten ihm unbedingt etwas auf den Kopf setzen. Kleine Kinder erkälten sich doch so leicht." Der missbilligende Ton ist mir bestens bekannt. Kaum hat man ein Baby, bekommt man ihn an jeder Straßenecke zu hören. Es gibt ja auch kaum ein Thema, bei dem sich jeder – wirklich jeder – so gut auskennt wie bei Kindern. Auch wenn man selber keines hat, zumindest irgendwann mal eines gewesen sind wir doch alle.

Weil ich aber gerade andere Sorgen habe, nicke ich nur und murmle etwas Zustimmendes. Ich verabschiede mich hastig und beschließe, dass ich eine Runde um den Block und dann zurück nach Hause machen werde. Durch das Wohngebiet zu irren und vor einem unbekannten Eindringling zu fliehen, macht ja auch nicht so übertrieben viel Sinn.

Durch meinen überstürzten Aufbruch habe ich es versäumt, mir einen Schlüssel mitzunehmen, also muss ich wohl so zurück, wie ich gegangen bin. Ich ducke mich vorsichtshalber in den Schatten der Spiraea am Eingang und spähe über den von hier aus einsehbaren Teil des Gartens. Eigentlich kann ich mir nicht vorstellen, dass der schießwütige Eindringling noch da ist, aber man weiß ja nie, was in solchen Köpfen vorgeht.

Die Luft scheint wirklich rein zu sein.

Ich gehe zurück ins Haus und packe das schlafende Kind auf dem Weg in seinen Wagen, damit ich es leichter mitnehmen kann, falls ich noch einmal überraschend abhauen muss. Dann sehe ich mir die ganze Misere an.

Im Wohnzimmer liegt immer noch der verblichene Immobilientyp mit dem Gesicht nach unten, die Arme ausgestreckt. Ich muss über seine Leiche steigen, um in den Flur zu gelangen. Das zerbrochene Fenster war das zur Küche. Dort hat der Einbrecher eine ziemliche Sauerei hinterlassen. Er hat sich anscheinend gar nicht die Mühe gemacht, mir nachzurennen, sondern in aller Ruhe alles durchwühlt. Von der Küche bis ins Wohnzimmer zieht sich seine Spur der Verwüstung: Schubladen wurden aus den Kästen gezogen und einfach ausgeleert, Schranktüren aufgerissen und wahllos Zeug herausgeworfen. Ich gehe das ganze Haus ab.

Was kann einer hier gesucht haben?

Ich habe nie größere Mengen Bargeld zu Hause, die technische Ausstattung unseres Hauses ist auf einem geradezu vorsintflutlichen Stand, aus Schmuck und Geschmeide mache ich mir nichts. Ein Dieb hätte hier kaum etwas Brauchbares gefunden. War es Enttäuschung, die ihn so hat toben lassen?

Aber er ist tatsächlich fort. Vielleicht hat er doch gefunden, was er haben wollte.

Auf jeden Fall habe ich jetzt mindestens ein Problem.

Wer soll jetzt unser Haus verkaufen, wenn der Immobilienmakler, den wir beauftragt haben, tot im Wohnzimmer liegt?

Und was wird man bei der Sparkasse sagen, wenn ihr Mitarbeiter nicht mehr wiederkommt? Ganz zu schweigen davon, falls meine Tarnung aufgeflogen ist. Was das für mich und meine Familie bedeuten würde, kann ich noch gar nicht absehen! Ich beschließe, dass der Tote auf meinem Parkett das dringendste Problem ist. Dort kann er nicht bleiben. Als Erstes schleife ich den Kerl zum Kellerabgang und lasse ihn hinunter poltern. Etwas Besseres fällt mir auf die Schnelle nicht ein. Dann mache ich mich daran aufzuräumen, bevor Mirko nach Hause kommt.

„Was ist denn hier passiert?", fragt Mirko trotz meines Versuchs Ordnung zu schaffen. Er ist eben darauf trainiert worden, Ungereimtheiten sofort zu entdecken.

„Ein unliebsamer Gast", erwidere ich missmutig.
Mirko untersucht das zersprungene Fensterglas in der Küche.
„Scheiße. Was wollte denn der Kerl?" In seiner Stimme schwingt Besorgnis mit.

Ich zucke die Schultern, denn ich weiß es ja auch nicht, obwohl ich mir die ganze Zeit das Hirn zermartere. "Er hat alles durchwühlt", berichte ich ihm das Offensichtliche. Dann fällt mir ein, was am Fuß unserer Kellertreppe wartet: "Und ... ähm ... da ist noch etwas ..."

Mirko seufzt. "Ich hätte es wissen müssen, dass man mit dir nicht lange seine Ruhe hat."

Ich grinse schief. "War doch langweilig, oder?"

"Nein. Eigentlich war es ganz okay bis jetzt. Also, was ist noch? Hat er etwas gefunden? Fehlt irgendwas?"

Ich schüttle den Kopf. "Wir haben eher etwas zu viel. Er hat uns ein Andenken dagelassen, ein ... unerfreuliches."

Mirko geht hinüber ins Wohnzimmer und nimmt seinen Sohn auf den Arm, der quengelt, weil sein Papa sich nicht sofort gekümmert hat. "Hauptsache, dir ist nichts passiert, mein kleiner Spatz."

Ja, das sehe ich auch so.

Obwohl, es war schon haarscharf heute. Um ein Haar hätte ich riskiert, dass unser Kleiner sich sonst was holt, weil ich bei einundzwanzig Grad und Sonnenschein ohne eine Kopfbedeckung mit ihm aus dem Haus bin.

Dann dreht Mirko sich wieder zu mir um. "Also was ist noch? Was hat er da gelassen?"

Ich signalisiere ihm, dass er mitkommen soll. Ich führe ihn die Kellertreppe hinunter und zeige ihm die Leiche des Immobilienfritzen.

"Großer Gott!", entfährt es Mirko, ehrlich entsetzt.

„Eher ein großes Arschloch", korrigiere ich.

„Zweifelsfrei. Bricht in eine fremde Wohnung ein, durchsucht hier alles und dann erschießt er auch noch einfach einen *unschuldigen* Menschen."

„Nein", widerspreche ich. „Ich meine den da. Das ist der Immobilientyp von der Sparkasse, der heute eigentlich zur Besichtigung gekommen ist, damit wir einen Preis für das Haus festsetzen. Der Kerl war mir auf den ersten Blick unsympathisch. Du hättest sehen sollen, wie der sich hier umgesehen hat. Also wären wir die letzten Assis. Und dabei war das, *bevor* hier eingebrochen wurde! Dann ist er dem Einbrecher in die Quere gekommen und bumm ... Und jetzt haben wir ihn da ..."

Mirko wirft mir einen seltsamen Blick zu. „Du bist immer noch eiskalt, was das angeht. Ich habe noch nie einen Menschen gekannt, der so gelassen mit dem Tod von anderen umgeht wie du."

Ich hebe abwehrend die Hände. „Entschuldige, aber ich bin nun einmal, was ich bin. Ich kann nicht so tun, als ob ich etwas anderes wäre. Soll der Metzger so tun, als könnte er kein Blut sehen? Es wäre sehr hinderlich bei meinem Job gewesen, wenn ich Probleme damit gehabt hätte, tote Menschen anzusehen."

„Ja, ja, ja, das weiß ich doch. Aber es irritiert mich trotzdem."
Ich beuge mich zu den italienischen Schuhen hinunter. „Jetzt komm schon. Hilf mir!"

Mirko steht da, das Baby auf dem Arm, und schaut zu mir hinunter. Mir wird schlagartig klar, dass hier zwei Welten aufeinanderprallen, die nicht zusammenpassen. Mein kreuzbraver Mann und unser anbetungswürdig süßer Sohn, das Reihenendhaus, die Bürgerlichkeit. Und dann die Leiche von diesem Immobilien-Heini zu meinen Füßen, die Blutlache, die ich weggewischt habe, und der ominöse Eindringling. Und ich hänge dazwischen.

Ich sehe meinen Mann an. Meinen Sohn. Und ich weiß, ich kann mit diesem einen Arsch nicht auf zwei Gäulen sitzen.

„Geh mit dem Kleinen hinauf", höre ich mich sagen. „Ich mach das hier."

Der Typ war ein ziemlich lausiger Immobilienmakler, zumindest kam er mir nicht wie ein besonders gewieftes Exemplar vor. Wer weiß also, ob er einen guten Preis für unser Haus erzielt hätte?

Als Leiche ist er auch nicht viel besser. Jedenfalls wird sich eine Leiche im Keller sicherlich nicht gut beim Verkauf machen. Wohin also mit ihm?

Während ich ihn an seinen albernen Schuhen in den Kellerraum ziehe, wo unsere Vorräte stehen, und mir überlege, wo ich ihn jetzt am einfachsten verschwinden lassen kann, nagt auch noch eine andere Frage an meinem Verstand. Wer war der Kerl, der den hier erschossen hat? Und was hat er gesucht?

Ich merke, dass ich etwas eingerostet bin, aber langsam kommen sie wieder, meine Instinkte. An Zufälle glaube ich nicht, das war keine Verkettung unglücklicher Umstände. Da steckt mehr dahinter!

Erneut ist es ein Impuls, dem ich folge. Ich untersuche die Taschen des feinen Zwirns, ein Maßanzug zweifelsohne. Er hat aber nicht viel Spannendes in seinen Taschen. Nur das Übliche: eine angefangene Packung Zigaretten, ein Feuerzeug – natürlich so eines mit Benzinbetrieb und zum Aufklappen, Dekadenz für die Hosentasche – ein Bleistift von einem bekannten schwedischen Möbelhaus, sieh an, sieh an ... Selber Billigmöbel aus Spanholz daheim haben, aber über unsere Einrichtung meckern, das hab ich ja gern!

Als ich fertig mit ihm bin, wasche ich mir gründlich die Hände und gehe wieder nach oben. Mirko hat inzwischen unseren Sohn gebadet und zum Bettgehen fertiggemacht. Gemeinsam singen wir ihm sein Schlaflied und sitzen noch eine Weile an seinem Gitterbettchen, bis er schläft. Dann gehen wir hinunter ins Wohnzimmer. Mirko untersucht die Stelle, an der unser Immobilienmakler verstorben ist. Er klappte den Teppich zurück und stellt fest: „Das hast du gut gemacht. Man sieht dem Parkett gar nichts mehr an", sagt er anerkennend.

Ich zucke nur die Achseln. „Damit kenn ich mich aus. Frag mich, ob ich einen Gugelhupf kochen kann, dann sag ich nein. Aber wie man Blutflecken rausbekommt, *das* weiß ich!"

Mirko grinst. „Kochen, ja? Wenn du den Gugelhupf kochst, dann glaube ich auch, dass es besser ist, du lässt es …"

„Haarspaltereien. Lass uns lieber zum Wesentlichen kommen: Wir haben eine Leiche verschwinden lassen und …"

Mirko unterbricht mich: „*Wie genau* haben wir das denn gemacht?"

„Oh, frag besser nicht …" Ich möchte ihm die Details gern ersparen. Er gehört in eine andere Welt, das ist mir vorher bewusst geworden.

„Doch", beharrt er. „Ich frage."

„Bitte, du hast es nicht anders gewollt. Ich habe ihn in der großen Wanne unten im Keller ausbluten lassen. Dann hab ich ihm die Haut abgezogen, die Eingeweide herausgeschnitten und den Rest in handliche Portionen zerteilt und in der Gefriertruhe verstaut. Die unverdaulichen Teile sind in der Biotonne, die wird morgen abgeholt."

Mirko würgt. Seine Hand fährt an die Kehle. Er japst: „Das hast du *nicht* gemacht!"

„Nein. Aber ich wollte, dass du siehst, dass ich durchaus kochen könnte, wenn ich müsste!", erwidere ich trocken.

Sein Gesichtsausdruck ist so herrlich, als ihm aufgeht, dass ich ihn nur hochnehme, dass ich nicht anders kann, als schallend zu lachen. Es dauert ein bisschen, dann stimmt er mit ein.

Als wir uns wieder beruhigt haben, fragt er: „Wieso hast du eigentlich nicht die Polizei geholt?"

„Die Polizei? Ist das dein Ernst?", spiele ich den Ball zurück.

„Ja, wieso denn nicht? Wir stehen unter Zeugenschutz. Das wäre doch Aufgabe der Polizei, oder nicht?"

Ja, vielleicht wäre es das. In seiner Welt.

In meiner nicht.

„Ich sage das ungern, weil du irgendwie ja auch immer noch Bulle bist. Aber ich traue denen nicht. Habe ich noch nie. Es war idiotisch von mir zu denken, dass ich meine Vergangenheit ablegen könnte wie einen alten Schuh, der mir nicht mehr passt. Ich hätte es besser wissen müssen. Nur weil ich einen anderen Namen habe, ein hübsches Haus und einen gepflegten Rasen, habe ich mich für die kein Stückchen verändert. Die finden mich. Immer." Ich bin jetzt wieder sehr ernst.

Mirko schluckt. Er versucht zu verarbeiten, was ich eben gesagt habe, das kann ich sehen.

Schließlich sagt er langsam: „Das heißt ... du gehst zurück in dein altes Leben?" Er sieht verletzt aus, als er das fragt. So, als hätte ich eben die Scheidung eingereicht – ohne Vorwarnung.

Ich schüttele den Kopf. Denn so ist es nicht. Ich will mich nicht von ihm trennen und von unserem Kleinen schon gar nicht! Gleichzeitig weiß ich, dass ich es muss.

„Nein", sage ich. „Aber ich muss das klären. Wir sind so nicht sicher. Wir werden nirgends sicher sein, solange ..."

„Solange was?" Mirko speit die Worte förmlich aus. „Solange es noch irgendjemanden in der Unterwelt gibt, den du nicht umgebracht hast? Solange es noch Aufträge für dich gibt? Oder was?"

Jetzt bin ich es, die verletzt ist.

„Das denkst du, oder? Dass ich meine Familie in Gefahr bringe für ein bisschen Abenteuer, oder für Geld, oder den Blutrausch? Wahrscheinlich habe ich das alles selbst inszeniert! Du denkst, dass mir der Einbruch ganz gelegen kam, oder?"

„Ist es nicht so?", fragt Mirko zurück.

Ich bin wütend. Sogar richtig wütend. Und ich will, dass er das weiß. „Genau! Ich habe einen alten Bekannten gefragt, ob er nicht vielleicht bei uns einbrechen kann, weil ich schon länger Lust dazu hatte, einfach mal das Baby zu schnappen und mit ihm kopflos durch die Nachbarschaft zu rennen. Die Art von Action hatte ich nämlich lange nicht!"

Ich gehe hinaus auf den Flur und knalle die Tür zu. Draußen stolpere ich fast über etwas. Da steht eine schwarze Aktentasche. Ich hätte schwören können, dass die da vorher nicht stand, aber wahrscheinlich habe ich in der Hektik nur nicht auf sie geachtet. Etwas, das mir früher nie passiert wäre. Jedes Detail kann wichtig sein.

Ich nehme die Tasche also an mich. Es handelt sich um einen schicken Lederkoffer mit Schnappverschlüssen und einem Zahlencode. Den Code zu knacken, fällt mir leicht. Es gibt ein paar voreingestellte Zahlenkombinationen, 1-2-3 zum Beispiel, oder auch 0-0-0. Der Besitzer des Koffers hat sich zwar die Mühe gemacht, den Werkscode zu verändern, aber mein dritter Versuch trifft: 6-6-6. Keine besonders sichere Vorgehensweise. Er hatte keine Angst, dass der Koffer in die falschen Hände gerät, oder es ist nichts Wertvolles drin, oder aber … er *wollte*, dass ich schnell hineinkomme.

Ich klappe ihn auf.

Innen hat er mehrere Fächer, in denen man Akten sauber verstauen kann, damit sie nicht verknittern. Sie sind alle leer. Bis auf eines.

Ich hole das Blatt heraus, das darin steckt, und lese: *Da staunst du, Liz, wir haben dich gefunden!*, steht da. *War gar nicht schwer. Schön hast du's hier. Dein neues Zuhause wird auch wunderhübsch, wir haben uns dort schon umgesehen. Aber du wirst wenig Gelegenheit haben, dein neugewonnenes Idyll zu genießen. Wir sind noch nicht fertig! Du hast noch eine Rechnung offen. Wir sehen uns in Palermo und dann wird abgerechnet!*

Ich atme tief durch.

Ich habe es gewusst. Und doch ist es noch einmal etwas anderes, wenn man es so schwarz auf weiß sieht. Sie haben mich gefunden.

Wer auch immer *sie* sein mögen.

Die Mafia?

Palermo … Das ist auf Sizilien. Die italienische Mafia hat ihren Hauptsitz im Süden Italiens. Aber was für eine unbegliche Rechnung hat die Mafia mit mir?

Geht es wieder um den Plutoniumfall?

Mein letzter Mord war ein italienischer Mafiaboss. Außer mir hatte den Italiener auch noch ein Russe am Wickel und ohne es selber zu wissen, habe ich dafür gesorgt, dass der Russe den Behörden ins Netz gegangen ist. Bei der ganzen Sache ging es um waffenfähiges Plutonium. Vielleicht will jetzt ein Verwandter des toten Italieners das Zeug zurück?

„Genug gelesen." Die Worte prallen gegen meinen Hinterkopf. Ich fahre herum. Kampfbereit.

Vor mir steht ein kleiner Typ, das Gesicht bedeckt eine Strumpfmaske, in der Hand hält er eine Pistole. Ich kenne das Kaliber. In denselben Lauf musste ich heute einmal bereits schauen.

„Was willst du?", frage ich, um Zeit zu gewinnen.

„Steht alles in Brief", sagt der Kerl mit der Pistole.

„Ja, aber wer schickt dich?", hake ich nach.

„Ist nicht wichtig, *amore*."

Amore, aha! Also die Italiener.

„Wo ist meine Cousin Francesco?", fragt der Amore-Typ weiter.

Dabei fällt mir ein, dass oben mein Kind schläft und Mirko – wahrscheinlich immer noch sauer auf mich – im Wohnzimmer wartet. Ich kann mich jetzt gerade wahrlich nicht um die Familienprobleme eines mir unbekannten Italieners kümmern.

Weil ich nicht antworte, hält er mir seine Knarre direkt unter die Nase. „*Dov'è? Wo?*", wiederholt er.

„Herrgott noch mal, ich weiß weder, wer dieser Francesco ist, noch wo er sich aufhält. Was soll denn das hier alles? Ich kenne keinen Francesco!", pampe ich.

Plötzlich bricht der kleine, maskierte Mann mir gegenüber in haltloses Schluchzen aus. Er schnieft, rotzt und lässt vor Verzweiflung glatt die Pistole sinken. Für mich die Gelegenheit. Mit einem gekonnten Roundhouse-Kick trete ich sie ihm aus der Hand. Sie fliegt durch die Luft, knallt gegen die Wand und fällt zu Boden. Blitzschnell hechte ich hinterher und hebe sie auf. Meine Hüfte schmerzt etwas. Meine aktiven Judozeiten sind eine Weile her. Aber das Ziel ist erreicht. Jetzt bin ich bewaffnet und die Heulboje nicht mehr.

„So, Freundchen. Oder soll ich sagen: *Amigo*? Jetzt erklärst du mir mal schön, was der ganze Zauber hier soll, aber *pronto*, wenn ich bitten darf!"

„*Fra-han-ce-he-sco-ho* …!", jammert die Heulboje, ohne auf meine Frage einzugehen.

„Schön, fangen wir damit an. Wer ist Francesco? Und wieso denkst du, dass ich ihn kenne?", präzisiere ich.

„Francesco isse tot. Erschossen." Der dürftigen Information folgt ein neuerlicher Heulkrampf. Plötzlich weicht die Verzweiflung der Wut. Mit zwei Schritten ist er bei mir und würgt mich, trotz der auf ihn gerichteten Pistole. Ich entsichere sie vorsichtshalber und wehre ihn ab.

„Pfoten weg, *amigo*. Was kann ich für den verblichenen Francesco? Ich hab ihn nicht erschossen."

Auf einmal dämmert mir etwas. Der einzige Erschossene, den ich die letzten drei Jahre zu Gesicht bekommen habe, liegt unten im Keller auf Eis. Und den hat doch der Einbrecher von heute Nachmittag erschossen. Also der Kerl höchstselbst, der hier den sterbenden Schwan gibt!

Mein hysterischer Gast legt noch eine Schippe oben drauf und jault: „Francesco isse tot, wegen dich!"

„Dir", korrigiere ich automatisch. „Und überhaupt ist das Mumpitz. Wenn du den Sparkassen-Typen meinst, den hab ja wohl nicht ich auf dem Gewissen. Du hast doch geschossen. Also ist er wegen dir gestorben!"

Diese feinen, aber nicht unwesentlichen Details ignorierend, schnäuzt sich die Heulboje geräuschvoll in den Strumpf. Sein Rotz zeichnet sich durch das Nylon ab und er fragt: „Wo isse Francesco?"

„Im Keller", antworte ich wahrheitsgemäß. „Hier oben konnte ich ihn ja schlecht liegen lassen." Den Gag mit dem Ausweiden und Zerstückeln spare ich mir dieses Mal, irgendetwas sagt mir, dass der Witz bei ihm nicht ankäme.

„Gehst du, holst du Francesco und dann *avanti avanti* fahre nach Italia!"

Der Witz kam jetzt bei mir nicht an.

Ich wedle mit der Pistole und erwidere: *„Amigo*, du bist nicht in der Position, Forderungen zu stellen."

Jetzt verzieht sich das Gesicht unter dem vollgeheulten Strumpf zu einer grinsenden Fratze. „Ich stellen Forderung, du machen *avanti avanti.*"

Um ihn über die tatsächlichen Machtverhältnisse aufzuklären, drücke ich ihm den Lauf der Pistole gegen das Erbsenhirn. Der Kerl wäre bei einem Kopfschuss wahrscheinlich nicht einmal tot, geht es mir durch den Sinn. Die Wahrscheinlichkeit, dass die Kugel sein Hirn trifft, wäre einfach zu gering.

„Kannst du machen bumm bumm, aber dann du sehen deine *marito* und *il bambino* nie wieder", grinst die Strumpffratze.

Jetzt ist es an mir, dämlich aus der Wäsche zu gucken.

„Wie meinst du das?", murmle ich und ziehe schon einmal vorsorglich die Pistole zurück.

„Tuo marito e il bambino sind in unsere Gewalt, *amore*. Glaubst du nicht? Guckst du in die Wohnzimmer." Der triumphierende Tonfall frisst sich in meine Eingeweide.

Sofort bin ich an der Wohnzimmertür und reiße sie auf. Das Blut gefriert mir in den Adern. Auf dem Sofa sitzt Mirko, die Hände auf den Rücken gefesselt und einen Knebel im Mund. Neben ihm ... Schockschwerenot!

Ich muss tot sein und das ist die Hölle.

Schwer atmend klammere ich mich an den Türrahmen.

Hinter mir höre ich den manisch-depressiven Italiener mit dem Beinkleid im Gesicht diabolisch lachen. Ja, das hier *ist* die Hölle!

Auf dem Sofa neben Mirko sitzt triumphierend der Gas-Wasser-Scheiße-Installateur von unserem Hausumbau; der mit dem Waschbecken und den falschen Anschlüssen. Er hält ebenfalls eine Pistole im Anschlag.

Als er mich mit der Knarre seines Komplizen in der Hand im Türrahmen sieht, springt er auf. In immer noch perfektem Bayerisch, das keinen Hinweis auf seine italienischen Mafia-Connections gibt, schreit er: „Du Hundsgrippel, du depperter, wieso hat denn jetz des Weiberleid dei Schießeisen in da Hand? Du bist doch sogar zum Scheißen z'blöd! Erst daschießt dein eigenen Cousin und jetzt lasst dich entwaffnen! Nimm den Scheiß-Socken ausm Gfries, du Hanswurscht, des schaut doch idiotisch aus! Muss ma eigentlich alles selber machen, sag?"

Erschrocken zieht der kleine Trottel-Gangster seine verrotzte Strumpfmaske vom Gesicht. Zurück bleibt eine klebrige Spur aus Tränen und Rotz und in seinen Augen glitzert es bereits wieder verdächtig. Die Heulboje sieht aus, als ob die Heulerei gleich wieder losginge.

Mirko und ich wechseln einen Blick. Ich zucke die Achseln. Ich verstehe die Welt nicht mehr.

Da klingelt es an der Haustür.

Der schniefende Italiener packt mich am Arm und schiebt mich ins Wohnzimmer. Er zieht die Tür hinter uns zu.

Sein Kompagnon, der falsche Installateur, legt den Finger an die Lippen. Es klingelt noch mal. Und noch einmal mit sehr viel Nachdruck. „Scht", macht der Installateur eindringlich. „Halt's ja as Maul. Es is keiner daheim."

Ich stehe dem Fenster am nächsten und kann deshalb als Einzige sehen, dass sich eine noch größere Katastrophe anbahnt. Draußen schleicht meine Mutter ums Haus.

Sie kommt über die Terrasse, legt die Hände an die Scheibe der Wohnzimmertür und drückt sich die Nase daran platt. „Elisa... ach nein. *Gaby*, bist du da?", flötet sie vernehmlich.

Ich starre dem Installateur ins Gesicht. Wenn ich auch nur eine Bewegung mache, wird sie draußen sehen, dass wir hier sind. Und was dann?

„Wimmel's ab", flüstert er mir zu.

Abwimmeln? *Meine Mutter?*

Oh Gott, der Kerl hat Nerven. Das gelingt mir ja schon sonst nicht, ganz zu schweigen davon, wenn hier ein als Installateur getarnter, bayerischer Anhänger der italienischen Mafia meinen Mann und ihren Schwiegersohn in Fesseln gelegt hat. Und ganz nebenbei ihre Tochter wieder mit einer Schusswaffe bestückt ist. Der hätte sie mal erleben sollen, als das mit der Serienkillerei rauskam ... Ich kann die Tirade immer noch hören!

Mit unwirscher Geste signalisiert mir unser installierender Geiselnehmer, ich solle endlich etwas tun. *Ja was denn, Herrgott?*

Notgedrungen schiebe ich die Pistole also hinten in meinen Gürtel und gehe die Terrassentür öffnen. Ich zaubere mir ein unschuldiges Lächeln ins Gesicht, oder zumindest hoffe ich, dass es unschuldig wirkt. Vormachen kann man meiner Mutter nämlich in der Regel auch nichts.

„Mutter!" Ich postiere mich so geschickt an der Tür, dass ich ihr den Blick auf den Raum verstelle und bete, dass es mir gelingt, sie schnell wieder abzuschütteln. „Wie schön! Wir ... äh ... haben dich gar nicht erwartet ..."

Meine Mutter stellt sich auf die Zehenspitzen und versucht über meine Schulter zu schielen. Glücklicherweise bin ich größer als sie, ich recke mich noch ein bisschen, gerade so viel, dass es nicht auffällt. „Was führt dich denn her?"

„Was ist denn bei euch los? Wieso macht ihr denn nicht auf? Ich habe geklingelt!" Wie üblich geht meine Mutter gar nicht auf das ein, was ich sage, sondern fällt direkt mit der Tür ins Haus.

Weil ich nicht sofort reagiere, schiebt sie noch hinterher: „Man wird ja wohl mal nach seinen Kindern schauen dürfen, oder? Ihr meldet euch ja von selber auch nicht bei mir!"

„Schön!", rufe ich, vielleicht eine Spur zu enthusiastisch.

„Aber ich komme wohl ungelegen, was?" Sie lugt noch einmal über meine Schulter. „Habt ihr Besuch, ihr zwei Hübschen?"

Plötzlich höre ich von drinnen Mirkos Stimme. Sie zittert eine Spur, aber das merke wohl nur ich. Er sagt: „Komm doch herein, Schwiegermama. Du störst nicht!"

Ich versuche das Entsetzen zu verbergen, das mich befällt. Widerwillig lasse ich meine Mutter vorbei. Halb erwarte ich einen spitzen Schrei oder etwas ähnliches.

Aber er kommt nicht.

Nun drehe auch ich mich in Richtung Wohnzimmer um. Gerade noch rechtzeitig fällt mir ein, dass ich eine Pistole gut sichtbar hinten am Gürtel trage. Ich drücke mich mit dem Rücken an die Wand, um sie zu verbergen.

Das Bild, das sich mir bietet, ist erstaunlich friedvoll.

Da sitzt auf den ersten Blick eine lustige Gesellschaft beisammen: Mirko, der Bauherr, der Installateur und sein … hmm … nennen wir es einmal Gehilfe. Die drei sind über Baupläne gebeugt.

Erst auf den zweiten Blick erkenne ich den Lauf der Pistole, der sich seitlich in Mirkos Hüftspeck bohrt. Mein Bulle ist seit unserer Hochzeit etwas aus dem Leim gegangen, über dem Hosenbund beult sich das Shirt ein bisschen. Das war früher anders, als er noch im aktiven Polizeidienst war. Genau da setzt die Knarre von unserem falschen Installateur jetzt an.

„Oh", höre ich meine Mutter sagen. „Ihr sitzt noch wegen dem Umbau zusammen. Lass mal den Plan sehen!"

Ich weiß zwar nicht, was Mirko und meine beiden mafiösen Freunde damit bezwecken, dass sie Mutter in das Ganze mit hineinziehen, aber mir kommt gerade eine hervorragende Idee.

„Mutter, es ist gut, dass du da bist. Wir müssen sowieso etwas mit dir besprechen." Ich grinse dem Installateur frech ins Gesicht, als ich fortfahre: „Darf ich vorstellen, Mutter? Das ist unser Installateur Herr Fusilli und wir sprechen gerade über den Badumbau – du weißt ja, dass es da Probleme gegeben hat. Nun, jedenfalls hat er uns angeboten mit seiner Firma nach Italien zu fahren und dort direkt vor Ort die fehlenden Sanitärobjekte auszusuchen. Aber dafür müsstest du dich ein paar Tage um deinen Enkel kümmern."

Über Mirkos Gesicht kriecht ein vorsichtiger Anflug von Erleichterung. Wenn es mir gelingt, das Baby bei meiner Mutter zu lassen, dann ist zumindest er in Sicherheit, während wir beide Mafiosi jagen.

Mutter runzelt die Stirn. Die Sache mit Italien kommt ihr seltsam vor. Wer kann es ihr verdenken?

Sie sieht sich fragend um. Jetzt wird sich zeigen, ob mein Manöver funktioniert.

Ich hole vorsichtshalber hinter ihrem Rücken die Pistole aus meinem Gürtel und hebe sie über meinen Kopf. Ich hoffe sehr, dass meine Mutter sich jetzt nicht zu mir umdreht, aber ich richte sie auf den trotteligen Italiener, der mir am nächsten sitzt. So lautlos wie möglich spanne ich den Hahn. Dann sage ich vernehmlich: „Ist es nicht so, Herr Fusilli?"

Erst jetzt fällt mir auf, dass unser bayerischer Installateur einen recht eigentümlichen Namen für einen Bayern hat.

Der Angesprochene sieht den Wink mit der Pistole. Aber er zögert zu lange. Meine Mutter dreht sich wieder zu mir. Blitzschnell senke ich den Arm mit der Pistole. Aber ich halte dabei den Blickkontakt zu Fusilli aufrecht, damit er sich keine falschen Hoffnungen macht.

„Das ist doch Unsinn, Kind, oder?", sagt meine Mutter langsam. „Wieso müsst ihr bis nach Italien fahren, das kann doch unmöglich die normale Vorgehensweise sein." Jetzt sieht sie wieder den Installateur an und ich nutze die Gelegenheit, um noch mal etwas mehr Nachdruck in meine Überzeugungsarbeit zu legen.

„Mir fällt gerade ein, ich habe Marmelade gekocht. Willst du ein Glas haben? Ich geh schnell runter in den Keller und hole es dir ..." Ich betone das Wort *Keller* besonders stark. In den Gesichtern der drei Männer auf dem Sofa kann ich lesen, dass ein jeder von ihnen ein Bild vor Augen hat. Ich hoffe, zerstückelte Leichenteile kommen darin vor, zumindest bei Fusilli und dem Italiener.

„Moment", unterbricht Fusilli uns. „Gehen Sie ruhig die Marmelade holen. Ich erkläre Ihrer Mutter inzwischen die Sache mit Italien."

Das ist jetzt auch irgendwie ungünstig, wenn ich allein in den Keller gehe; wer weiß, was diesen beiden Mafiosi in der Zwischenzeit einfällt? Am Ende nehmen sie noch meine Mutter als Geisel!

Hinter dem Rücken meiner Mutter gebe ich dem trotteligen Einbrecher einen Wink mit der Pistole und sage fröhlich: „Vielleicht kann mir jemand beim Tragen helfen?"

Er kapiert – was bei seiner vermuteten Hirnkapazität erstaunlich ist – und springt auf. „Ich helfen", sagt er bereitwillig.

„Sie stehen wohl auf Marmelade", erwidere ich spöttisch. Dann gehen wir hinaus.

Als die Tür hinter uns ins Schloss fällt, bohre ich den Lauf der Pistole in seine Hinterbacke. „So Freundchen, du machst jetzt *genau* das, was ich dir sage. Klar soweit?"

„Isse immer noch in unsere Gewalt, *il marito. E la mamma* ...", grinst der Schweinehund ohne einer Spur von Angst.

„Ja, das ist mir schon bewusst", knurre ich zwischen zusammengebissenen Zähnen hindurch. „Aber im Moment reicht eine falsche Bewegung von mir und du hast Rührei in der Hose. Wär vielleicht keine gute Idee für mich, aber für dich wär's definitiv noch blöder."

Das verunsichert ihn, so viel kann ich sehen.

„Da runter", kommandiere ich und bugsiere ihn mit der Pistole im Anschlag die Kellertreppe hinunter.

Im großen Vorratsraum lehne ich mich bequem an die Stellage mit den Einmachgläsern. Ja, ich habe tatsächlich in der Verzweiflung über mein hausfrauliches Dasein angefangen, Dinge einzukochen. Das gelingt mir mal mehr, mal weniger, aber einige Marmeladen sind tatsächlich essbar.

„Du wolltest doch wissen, wo Francesco ist", erinnere ich den Tölpel vor mir und gebe ihm einen Richtungshinweis mit der Pistole.

Er starrt auf die Kühltruhe.

„Isse da drinnen?", fragt er zweifelnd.

„In der Tat."

Zögernd macht er ein paar Schritte auf die Truhe zu und zieht dann entschlossen den Deckel hoch. Er saugt hörbar entsetzt die Luft ein, als er hinein blickt. „Francesco, *caro mio* ... *Madonna mia!*"

„Ja, ja, ... et Spiritus Sanctus und so weiter, amen. Kommen wir mal zu dem Teil, wo du mir erklärst, was der ganze Scheiß hier eigentlich soll! Wieso sind der Immobilienmakler von der Sparkasse und unser Installateur solche Drecksäcke? Und was wollt ihr eigentlich alle von mir?", schnauze ich.

Der Trottel dreht sich zu mir um und wischt sich tatsächlich schon wieder ein Tränchen aus dem Augenwinkel. Meine Güte ...

„Wir bringen dich nach *Italia*. Rest erfährst du dort."

„Und wenn ich nicht mitkomme, bevor ich nicht weiß, worum es überhaupt geht?", werfe ich ein.

Der Trottel grinst. „Dann wir mache bummbumm."

Ich seh schon, so bringe ich ihn nicht zum Reden.

Also packe ich ihn am Kragen und wedle mit der Pistole vor seiner Nase herum. „Pass bloß auf, Freundchen, dass ich nicht gleich bummbumm mit dir mache!"

Jetzt wird er doch ein bisschen unruhig.

„Und dann kannst du dich gleich zu Francesco Caro Mio in die Gefriertruhe legen", setze ich noch obendrauf. „Wer sind eure Hintermänner? Die Mafia?"

Das Lachen, das dem Trottel entwischt, ist einen Ticken zu aufgesetzt. Seine Antwort dauert mir zu lang. Schließlich kommt sie.

„Mafia? *Si. La cupola mafiosa.* Wer sonst?"

„Ich hab's geahnt", knurre ich. „Und die wollen mich in Italien haben? Wozu?"

Trottel hebt entschuldigend die Schultern. „Ich weiße nix."

Ich drohe ihm noch ein wenig mit der Pistole, doch er beteuert seine Unwissenheit. Vielleicht stimmt das ja sogar. Wenn ich einen Plan hätte, würde ich ihn auch nicht unbedingt mit dem Trottel teilen. Immerhin hat er seinen eigenen Komplizen erschossen.

„Schön", sage ich resigniert. „Also fahren wir nach Italien. Aber mein Sohn bleibt bei meiner Mutter, damit das klar ist!"

Der Fake-Installateur hat während unserer kleinen Abwesenheit tatsächlich meiner Mutter verklickert, dass die Reise nach Italien unabwendbar ist. Sie hat auch schon das Reisebettchen und eine Tasche gepackt, um ihren Enkel derweil bei sich aufzunehmen. Es widerstrebt ihr etwas, das selig schlafende Bündel aus dem Bett zu reißen – mir auch, wenn ich ehrlich bin.

Wer jemals ein Neugeborenes hatte, das von Koliken geplagt wurde und monatelang die Nächte durchgebrüllt hat, wird verstehen, was ich meine. Das Kind aufzuwecken, kommt einem Sakrileg gleich. Aber gewöhnlich schläft er im Auto ziemlich zuverlässig wieder ein.

Ich bringe also meine Mutter und meinen Sohn zum Wagen und verabschiede mich.

Ich bin dabei wohl ein wenig zu sentimental, denn meine Mutter mosert: „Jetzt stell dich nicht so an! Immerhin ist es ja deine Entscheidung, dass ihr diese unglaublich seltenen italienischen Armaturen haben wollt, die es nur in Sizilien gibt. Verstehe das, wer will. Aber dann heul mir jetzt nicht her, weil du das Kind hierlassen musst."

Ich ziehe geräuschvoll die Nase hoch. Sie hat ja recht. Aber sie kennt natürlich nicht das ganze Ausmaß.

„Lass endlich los, ich kann so nicht wegfahren", befiehlt sie mir streng.

Ohne es zu merken, klammere ich mich immer noch an den Rahmen der Autotür.

„Wir melden uns, wenn wir dort sind", schniefe ich.

„Ja, ja, ist schon gut. Genießt es. Ein junges Paar braucht auch mal ein paar Tage für sich. Ich versteh das schon. Auch wenn du dir das nicht vorstellen kannst, aber ich war ja auch einmal jung. Nehmt es als eine Art verspätete Flitterwochen. Ich will ja schließlich nicht schuld daran sein, dass mein Enkel ein Einzelkind bleiben muss." Sie zwinkert mir sogar noch zu.

Vor Schreck lasse ich die Tür los. Denkt meine Mutter wirklich, dass ich mir das mit den Armaturen ausgedacht habe, um mit Mirko allein nach Italien fahren zu können? Als Flitterwochenersatz?

Ich will empört klarstellen, dass es so ganz und gar nicht ist. Dann geht mir gerade noch rechtzeitig auf, dass das immer noch besser ist als die Wahrheit. Also grinse ich entschuldigend und lasse sie ziehen. Das Auto meiner Mutter mit meinem Baby darin wird kleiner und verschwindet schließlich hinter der nächsten Biegung.

Zurück im Haus ist es mit der Gemütlichkeit vorbei. Die gespielte Harmonie von eben ist verflogen. Fusilli hat Mirko wieder die Hände auf den Rücken gefesselt und scheucht ihn mit der Knarre vor sich her. Der Trottel tut das, was er am besten kann: Er steht im Weg und guckt dumm. Er kann nicht viel helfen, seine Pistole habe ja immer noch ich. Die richte ich jetzt dem falschen Installateur mitten in das fettige Gesicht. „Schön. Wir fahren mit euch nach Sizilien. Warum auch immer. Aber bis dahin herrscht patt. Du lässt meinen Mann in Ruhe, dann lasse ich dich in Ruhe. Alles klar?"

Der Installateur war mir eigentlich vom ersten Moment an unsympathisch. Ich hätte meinem Bauchgefühl vertrauen sollen. Aber ich dachte halt, ich muss ihn ja nicht heiraten, reicht ja, wenn er seine Arbeit gut macht, dazu muss er nicht sympathisch sein. Weit gefehlt. Man sollte seinem Bauchgefühl einfach immer nachgeben. Immer!

Für Reue ist es jetzt zu spät. Ich werde in Italien irgendeinen Ausweg aus diesem Schlamassel finden und bei der Gelegenheit eine Übereinkunft mit dem Paten treffen, damit sie mich und meine Familie in Zukunft in Ruhe lassen. Das muss doch möglich sein. Ich habe der Mafia schließlich in der Vergangenheit oft gute Dienste erwiesen. Das mit dem Plutonium war natürlich doof. Aber immerhin, die Russen haben es ja auch nicht bekommen, und das war – irgendwie – auch mein Verdienst. Könnte man zumindest so drehen.

Gnädigerweise lässt man uns noch das Wichtigste für die Fahrt packen, dann finden wir uns alle in dem unförmigen Kastenwagen des Installateurs wieder. Alle – das schließt den inzwischen vom Leben zum Tod beförderten dritten Mafiosi aus der Tiefkühltruhe mit ein. Er soll zurück nach Italien und dort seine ewige Ruhestätte finden. Ist mir auch lieber als bei uns im Keller.

Der falsche Immobilienmakler ist schon ein wenig steif, aber auf der Pritsche hinten im Laderaum wird er sicher wieder auftauen.

Vorsichtshalber schlagen Fusilli und der Trottel ihn in alte Decken ein.

Es wird eine lange Fahrt. Der Trottel, die Leiche und Mirko haben die bequemeren Plätze hinten im Fond, wo man sich auf schmalen Pritschen ausstrecken kann. Ich nehme neben Fusilli auf dem Beifahrersitz Platz. Seine Knarre steckt für mich gut sichtbar an seinem Gürtel, gleich da, wo der Sicherheitsgurt sich um seinen Bierbauch schlingt und fast mit dem Ganghebel zusammenstößt. Meine eigene Waffe liegt griffbereit neben mir auf dem doppelten Beifahrersitz.

Die Fronten sind geklärt.

Wir erreichen bei München die Autobahn. Nachts ist hier wenig Verkehr, es geht zügig Richtung Süden. Mit der Kaffeemaschine hinten im Fond – typisches Werkzeug für Installateure fand sich dort nur wenig, das meiste Zeug ist eher für einen Campingurlaub geeignet – hat sich Fusilli bereits eine ganze Thermoskanne voll gekocht, offenbar will er die Nacht durchfahren. Aus dem Radio trällert eine „Best of Italo-Pop"-CD. Wir hangeln uns von *Felicità* über *Azzuro* bis zu *Volare*.

Weil mich das Gedudel langsam nervt, probiere ich es ab Rosenheim mit Konversation. „Wieso kannst du eigentlich Bayerisch, sag mal?", frage ich meinen Chauffeur.

„Weil i in Rengschburg geboren bin." Die Antwort ist lakonisch. Anscheinend ist mein Übertönen der Italo-Klänge unerwünscht.

Egal.

„So, so. Und deine Eltern, die sind aus Italien?", mache ich weiter.

„Ja."

„Deshalb auch Fusilli. Ist das nicht eine Nudelsorte?"

„Ja."

„Du heißt also wie eine Nudel? Ist ja auch peinlich, oder?"

„Nein. Wieso?"

„Und der Depp da hinten, wie kommst du zu dem?"

„Welcher? Der eine is ja dei Mann. Da solltst wohl selber wissen, wos'd'n herhast."

Oh, wir versuchen witzig zu sein. Na schön!

„Nein, ich meine den anderen. Den Super-Mafioso, der seinen eigenen Cousin erschossen hat."

Ein finsterer Blick trifft mich, dann heftet Fusilli die Augen wieder auf die Straße. „Mit mir is er a verwandt. Wir san alle Kusengs."

„Ohweih. Ja, das ist nicht einfach mit der Verwandtschaft. Aber die kann man sich halt nicht aussuchen, gell?"

„Nein."

„Aha. Also ein bayerischer Ableger der italienischen Mafia. Und wir fahren jetzt zum Rest der Familia nach Sizilien?"

„Richtig."

Das Gespräch verebbt. Mein Gegenüber ist nicht sonderlich erpicht auf Unterhaltung. Es ist bereits nach Mitternacht. Ich döse immer wieder ein, die Hand stets auf der Knarre.

Grenzübergang Kiefersfelden. Kufstein. Innsbruck.

Am Brenner ziehen uns die Österreicher raus. Verkehrskontrollen. Na bravo. Ich schiebe meine Knarre unter mein T-Shirt und versenke sie sicher im Hosenbund. Wir sind ja nur die Entführungsopfer, ist also alles nicht unser Problem, das mit der Leiche und so. Fusilli gibt den Beamten die Papiere durchs offene Fenster. Sie leuchten mit ihren Taschenlampen ins Wageninnere. Ich blinzle geblendet.

„Herr Fusilli, wo woll'ma denn hin?", fragt der eine Beamte freundlich.

„Nach Italien runter", brummt Fusilli. Seine Gesprächsbereitschaft hat sich beim Anblick der Polizeiuniform nicht gerade erhöht.

„Geschäftlich?", fragt der Polizist.

„Ja, a. Des da is mei Frau und hinten hab i noch drei Kollegen", gibt Fusilli Auskunft.

Wer bin ich? Seine Frau? Seit wann denn das bitte?

„A Installatationsfirma haben Sie?", will der Polizist wissen.

„Ja. Steht ja drauf, ned?"

„Aha. Die andren Pässe bräucht i bitte a."

Spätestens jetzt wird's wohl eng, denke ich. Ich will meinen Ausweis herauskramen, doch Fusilli greift über mein Knie und öffnet das Handschuhfach. Daraus fördert er vier Pässe zutage. Er reicht sie dem Polizisten. Der Kopf des Polizeibeamten verschwindet vom Fenster. Er geht hinüber zum Polizeiwagen.

„Was soll denn das?", flüstere ich Fusilli zu.

„Was'n? Lass mi des macha. Du haltst'as Maul und nickst freundlich. Kriegst des hin?"

Pff! Das wird ja immer schöner. Aber gut, ist ja auch sein Bier. Ich erlaube mir lediglich noch den Hinweis: „Wir haben da hinten eine Leiche geladen, bloß, falls du's vergessen haben solltest."

Da kommt auch schon der Polizist zurück und reicht Fusilli unsere angeblichen Papiere. „Jetzt würd'ma aber doch gern noch hinten reinschauen", sagt er.

Ich sehe *Dussili* triumphierend an. *Und was jetzt?*

Der angebliche Installateur steigt aus dem Auto und geht hintenherum. Er öffnet die Klappe und das Taschenlampenlicht fällt in den Innenraum. Ich beobachte das Geschehen von vorne durch das ovale Fenster zwischen dem Fahrerraum und der Ladefläche.

Mirko und der Trottel reiben sich verschlafen die Augen. Auf der Pritsche oben rührt sich natürlich nichts.

„Meine Kollegen san Italiener, de können kein Deutsch", erklärt Fusilli laut.

„Aber das geht vei so nicht", tadelt der Polizist. „Sie können doch nicht unangeschnallt hier hinten mitfahren. Das ist nicht zulässig."

Fusilli kriegt einen zerknirschten Tonfall hin, als er erwidert: „I weiß scho. Aber es is halt ned bequem beim Schlafen, verstehen'S? Es wären aber Gurte da, schauen'S, für jeden."

Der Polizist leuchtet den Innenraum aus.

„Und die dritte Person? Wo ist die?"

Ha! Jetzt bist du erledigt! Jetzt bist du erledigt!

In mir singt es förmlich, weil ich diesem Möchtegern-Mafioso jeden Misserfolg gönne, schon allein wegen dem ganzen Ärger, den wir wegen ihm auf unserer Baustelle hatten!

„Da oben." Fusilli zeigt auf die dritte Pritsche. „Mei Kuseng Francesco hat an beneidenswerten Schlaf. Wenn der amal schlaft, is er wie tot."

Haha. Ja, Humor hat er irgendwie, der Fusilli.

Ob die österreichische Polizei allerdings genauso viel Sinn für Humor hat?

Der Uniformierte leuchtet zu der Pritsche hinauf.

„Hey", ruft er. „Hey, aufwachen da oben! Hören Sie mich?"

Der Polizist setzt seinen Fuß auf den Einstieg. Er will den vermeintlichen Schläfer wecken.

Der Trottel – ausnahmsweise mal geistesgegenwärtig – steigt auf die untere Pritsche, anders reicht der abgebrochene Zwerg nämlich nicht bis zur oberen hinauf. Er rüttelt seinen eingefrorenen und wieder aufgetauten Cousin und ruft: *„Svegliati! Avanti, avanti!"*

Na da bin ich ja gespannt, ob der trottelige Mafioso Tote wieder auferwecken kann. Wäre sicher 'ne praktische Gabe für einen wie ihn. Wenn er schon sonst zu nichts nutze ist.

Fusilli wendet sich wieder an den Beamten: „Nix zum machen. Wenn der amal schlaft, dann schlaft er. I sag Ihnen was, Kommissar, wir machen jetzt da auf dem Rastplatz a Pause und wenn er wieder wach is, dann soll er se ordentlich anschnallen. Und dann fahr ma weiter. Is des was?"

Der Polizist leuchtet noch einmal zu dem vermeintlich Schlafenden hinauf, dann steigt er wieder herunter. Kurz darauf fällt die Tür hinten ins Schloss. Ich höre noch durch das offene Fenster den Polizisten zu Fusilli sagen: „Dann gönnen Sie sich und Ihrer Frau aber auch eine Pause. Schönen Abend!"

Dann sind sie so schnell weg, wie sie gekommen sind.

Wir warten noch eine Weile auf dem Rastplatz, dann setzen wir unseren Weg fort.

Brenner. Brixen. Bozen.

Wir lassen den Gardasee rechts liegen und steuern auf Bologna zu. Zwischen Florenz und Arezzo geht die Sonne auf. Die Gegend ist schön, soweit man das von der Autobahn aus beurteilen kann.

Wir nähern uns Rom.

Ich war lange nicht in der schönen Hauptstadt Italiens. Gerne würde ich einen Zwischenstopp einlegen, um den Sehenswürdigkeiten der Stadt einen Besuch abzustatten.

Außerdem muss ich mal.

Die Männer haben es da ja naturgemäß leichter. Aber da kommt mir eine Idee ...

„Hey, Fusilli", herrsche ich ihn an.

Fusilli schreckt auf, verreißt fast das Lenkrad. Offenbar habe ich uns gerade davor bewahrt, in der Leitplanke zu enden, weil der Kerl seine Lenkzeiten überschritten hat.

„Pennst du, oder was?", fauche ich.

„Nein."

„Toll. Ich brauch aber mal 'ne Pause. Ich muss mal", erkläre ich ihm.

„Vergiss es."

„Ja, gut, ich meine, dann pullere ich eben hier in den Sitz. Olfaktorisch wird das vermutlich in Kürze von den Verwesungsgerüchen aus dem Fond übertönt werden, bis dahin riecht's halt ein bisschen nach Pisse."

Fusilli fasst ohne aufzublicken neben sich und leert die halbvolle Wasserflasche in einem Zug. Dann hält er sie mir auffordernd hin.

„Bitte? Ich soll ...? Neeeeee ... Das vergisst du mal ganz schnell, mein Lieber! Ich geb dir mal eben Nachhilfeunterricht in weiblicher Anatomie: Frauen haben keinen Schwanz. Du auch nicht, schon klar. Also, ich und du, wir beide können nicht in Flaschen pullern, geht alles daneben. Verstehste?"

Fusilli schnaubt entnervt. „In zehn Kilometer is da nächste Rastplatz, haltst des no aus?"

Ich wiege den Kopf. „Mal schauen."

Fusilli traut mir offenbar nicht, denn er drückt aufs Gas. Kurze Zeit später biegen wir von der Autobahn ab und rollen auf den Parkplatz vor dem Autogrill. Inzwischen steht die Sonne hoch am Horizont und die Temperaturen steigen. Der gesamte Parkplatz ist überfüllt mit Familienkutschen, voll bis unters Dach mit Urlaubsutensilien. Ein Rudel Holländer mit den klischeemäßigen Wohnwagen parkt neben einem Mannschaftsbus der Carabinieri.

Tja, man muss halt auch mal Glück haben!

Ich schnalle mich ab und schiebe die Pistole wieder unter mein T-Shirt. „Ich geh dann mal schnell rein und erledige mein Geschäft", kündige ich an.

„Du gehst keinen Meter allein!", knurrt Fusilli.

Ich grinse ihn spöttisch an. „Ach, willst du mit aufs Klo? Dass Frauen nicht allein gehen können, ist ein Klischee, weißt du? Ich krieg das hin."

Von hinten klopft es gegen die Trennscheibe. Fusilli schiebt sie auf. Der Trottel steckt seinen Kopf durch und fragt: „Was isse los? Warum stopp?"

„Madame muss mal", erklärt Fusilli. „Du bleibst im Auto. I geh mit, damit uns de ned auf blöde Ideen kommt."

„No!", protestiert der Trottel. Den Rest seines Lamentos bringt er in Italienisch vor. Ich verstehe nur so viel, dass er mit in den Autogrill will. Wahrscheinlich plagt ihn auch ein Bedürfnis.

Am Ende steigen wir alle vier aus, um uns die Beine zu vertreten. Francesco bleibt aus naheliegenden Gründen als Einziger im Wagen.

Während Fusilli und der Trottel auf Italienisch rumdiskutieren, sondiere ich die Lage. Besser hätte es eigentlich nicht laufen können, stelle ich fest. Ich stupse Mirko an, um die beiden tölpelhaften Mafiosi nicht auf uns aufmerksam zu machen, und lenke seinen Blick auf das Rastplatzgebäude. Es ist eines von der Sorte, das wie eine Brücke über die Autobahn gebaut wurde. Es gibt also zwei Ein- und Ausgänge. Einen auf unserer Seite und den anderen drüben beim Gegenverkehr.

Mirko nickt.

Als ehemaliger Polizist tickt er ein wenig so wie wir Verbrecher. Zumindest kann er sich in unser Denken hineinversetzen. Das hilft uns jetzt.

„Porca miseria!", schimpft Fusilli gerade. „Na gut, dann gehst halt du mit ihr mit. Is mir doch wurscht. Aber pass ja auf, dass de kein Scheiß macht da drin!"

Erwartungsvoll streckt der Trottel seine Hand aus. Fusilli schaut ihn verständnislos an. „Auf was wartst?"

„Ich brauchen bummbumm."

„Ja, spinnst etz du komplett? Glaubst du, dass i dir jetz mei Pistolen gib, damit da du dann da drin de a no abnehmen lasst, oder wie? Bist etz du direkt deppert? Und mit was, glaubst na du, dass i jetz da den Polizistn in Schach halten soll?"

Ich kann Fusillis Aufregung verstehen. Mit so einem unterbelichteten Kompagnon macht die schönste Gaunerei keinen Spaß mehr, deshalb war ich immer Einzelkämpferin. Bloß von der allerhellsten Sorte scheint unser Chef-Mafioso hier auch nicht zu sein.

Am Ende gehen alle gemeinsam. Außer Francesco. Dass der unbewacht das Weite sucht, ist jetzt nicht direkt zu erwarten.

Wir müssen eine Reihe Treppen hinauf, dann stehen wir in einem großen Verkaufsraum. Überall drängen hungrige Touristen zu den Theken hin, wo es typisch italienische Hamburger, Currywurst und ähnliche Truckernahrung gibt. Direkt vor uns an einem großen Tisch sitzen ungefähr ein Dutzend Carabinieri in voller Montur bei ihrer Mittagspause.

Ich grinse Fusilli an und halte nun meinerseits die Hand auf.

„Was mechst'n?", blafft er mich an. Die ganze Situation macht ihn sichtlich nervös.

„Geld", antworte ich.

„Warum?"

„Schon mal auf einer Raststätte auf der Toilette gewesen?", frage ich zurück.

„I hab kein Geld", bescheidet mich Fusilli.

„Ich auch nicht." Während er immer nervöser wird, beginne ich das Ganze hier immer mehr zu genießen. „Ich kann ja die freundlichen Carabinieri da drüben fragen."

Ich setze einen Schritt in Richtung des Tisches. Schon spüre ich die fettige Hand des Ex-Installateurs an meinem Ärmel. Er herrscht den Trottel an: „Geh zurück zum Auto und hol a paar Euro!"

„*Ma come … Perché io?*"

Fusilli drückt ihm den Autoschlüssel in die Hand. „Schau, dass'd dich schleichst, Herrschaftszeiten. Und beeil di!"

Ich schnalze tadelnd mit der Zunge. „Tz tz tz, aber so geht man doch nicht mit Untergebenen um."

Dussili sieht aus, als ob er mir gleich an die Gurgel wollte. Aber eine Szene hier mitten unter all den Leuten und mit der italienischen Polizei in Poleposition, will er dann doch vermeiden.

Der Trottel trollt sich.

„Hunger hätte ich eigentlich auch", bemerke ich nebenbei.

„Du, pass amal auf, gell!" Fusilli klingt so, als ob er gleich einen hysterischen Anfall bekäme. „Du bleibst jetzt da stehn und bewegst dich kein Millimeter. Und wenn der Depp wieder da is, dann kannst von mir aus aufs Klo geh. Aber dann is hier Schluss und wir fahrn weiter. Wir san ja schließlich ned zum Spaß da!"

„Ach so, nicht?", sage ich bedauernd.

Ich bewege mich noch einen Schritt auf den Tisch der Carabinieri zu und erkläre: „Sieht eh nicht besonders einladend aus. Vielleicht suchen wir uns lieber einen hübschen kleinen Italiener. Eine Pizza wär jetzt recht … Oder Pasta. Fusilli, zum Beispiel."

Ich kann förmlich sehen, wie viel Überwindung es den dicken Ex-Installateur kostet, nicht seine Pistole zu ziehen und sie mir unter die Nase zu halten. Und ich finde es lustig.

Da kommt der Trottel zurück und reicht mir zwei Euros.

„Du gehst mit!", kommandiert Fusilli.

„*Ma …*", beginnt der Einwand erneut, doch Fusilli fährt ihm barsch über den Mund: „Wenn i jetz no einmal *ma* hör von dir, dann passiert aber was, mei Lieber! Du gehst jetz mit aufs Klo und von mir aus bis rein in de Kabine. Und dann bringst'as wieder da her. Hast mi?"

Ich spaziere in Richtung Toiletten davon, der Trottel heftet sich fluchend an meine Fersen. Wir sind außer Sichtweite und für einen wahrscheinlich sehr kurzen Moment auf dem Gang zu den Toiletten allein. Jetzt oder nie. Auf Mirko kann ich jetzt leider keine Rücksicht nehmen. Er muss selber zusehen, wie er seinen Begleiter loswird. Unser Ziel ist jedenfalls klar.

Ich nutze die Gelegenheit. Das sollte man immer, denn man weiß nie, ob sich noch eine zweite bietet. Also bleibe ich stehen, so abrupt, dass mein tölpelhafter Begleiter unsanft in mich hineinläuft. Blitzschnell drehe ich mich herum, schlinge den Arm um seinen Hals

– dass er geradezu mickrig klein ist, kommt mir dabei sehr entgegen – und drücke ihm den kalten Lauf der Pistole an die Schläfe.

„So, *amigo*. Wir zwei machen jetzt einen schönen kleinen Ausflug. Und wenn du gern noch ein bisschen was sehen möchtest von dieser wunderbaren Welt, bevor du deine Augen für immer zumachst, dann rate ich dir: Tu jetzt genau das, was ich sage."

Der Trottel hat Fracksausen, ich kann es fühlen. Er will noch nicht abtreten. Tja, etwas mehr Kaltschnäuzigkeit wäre vielleicht angeraten, so als Mafioso. Gewöhnlich sind die richtigen Mafia-Typen keine solchen stümperhaften Arschgeigen wie Fusilli und auch nicht solche weinerlichen Hosenscheißer wie der hier. Man könnte fast meinen, ich wäre der Mafia keine Profis wert, oder wieso hat man mir diese zwei Praktikanten geschickt?

Ich bin ein bisschen beleidigt, muss ich sagen. Aber bald schon wird sich hoffentlich die Gelegenheit bieten, dass ich dem Paten persönlich mitteile, was ich von seinem Außendienst halte.

Ich zerre den Trottel weiter Richtung Toiletten. Irgendwo muss es hier doch einen Übergang geben. Wir stehen vor drei Türen, eine für *Donne*, eine für *Uomini*, und die dritte?

Da öffnet sich die Tür zur Damentoilette und eine heftig schnaufende Urlauberin mit einem tomatenroten Gesicht und schweißverklebten Haaren schiebt ihren üppigen Leib heraus, gefolgt von zwei jüngeren und schlankeren Exemplaren derselben Gattung. Ich verberge die Pistole rasch hinter des Trottels Rücken und lasse ihn los.

„Ist das hier unerträglich heiß", röchelt die Dicke auf Deutsch. „Nächstes Mal fahren wir wieder an die Nordsee!"

Obwohl ich ihr sofort ausgewichen bin, rempelt sie den Trottel an, als sie vorbei stampft. Dabei entleert sich der Inhalt ihrer kofferartigen Handtasche auf den Boden. Unfassbar, was manche Weiber alles mit sich herumschleppen.

Hat sie Angst, entführt zu werden, und trägt deshalb lieber alles Lebensnotwendige für drei Wochen Geiselhaft immer am Körper? Oder haben diese Leute keine Wohnungen, wo sie ihr Hab und Gut aufbewahren könnten?

Dummerweise ist mein Begleiter zwar tollpatschig und dumm, aber zu schwitzenden Damen mittleren Alters erstaunlich zuvorkommend. Er bückt sich quasi schon im Hinunterfallen nach der Handtasche und sitzt nun auf den Knien, um die herumrollenden Gegenstände wieder einzusammeln.

Und ich stehe etwas belämmert da, mit meiner Pistole im Anschlag. Obwohl ich sofort reflexhaft den Arm sinken lasse und sie hinter meinem Bein zu verstecken versuche, hat die eine der beiden Begleiterinnen sie gesehen.

Es folgt ein ohrenbetäubendes Kreischen. „Hülfe! Zu Hüüülfe! Überfall! Die Frau ist bewaffnet!" In das Geschrei stimmen die beiden anderen Touristinnen lautstark mit ein, obwohl sie noch gar nicht so recht wissen, warum sie eigentlich schreien.

Was jetzt?

Da draußen sitzt eine ganze Wagenladung voll Carabinieri, wenn die hier so einen Rabatz machen, sind die vermutlich in Nullkommanix da. Und dann ist guter Rat erst mal teuer.

Bleibt also nur die Flucht nach vorn.

Ich packe den Trottel am Kragen und zerre ihn wieder auf die Füße. Dann schiebe ich ihn auf Verdacht durch die dritte Tür. Hinter uns gellen die Schreie der Touristinnen. Ich höre andere Stimmen in dem kleinen Flur. Jemand ist gekommen, um nachzusehen, woher das Geschrei kommt.

Jetzt gilt es.

Hinter der dritten Tür verbirgt sich ein Gang, den wir hinunterrennen. Den Trottel schleife ich hinter mir her. Wir befinden uns im Angestelltentrakt des Rastplatzes. Den Gang säumen Regale mit Putzmitteln, Klopapierrollen und Papierhandtüchern. Am Ende des Gangs führt eine weitere Tür zu einem Treppenhaus.

„Wohin?", fragt der Trottel immer wieder. „Dove?"

„Halt's Maul", herrsche ich ihn an. „Vorwärts. Sie sind uns schon auf den Fersen."

„Du willst vorwärts. *Ma io non voglio.*" Er ist störrisch.

Kurz entschlossen entscheide ich, dass sich unsere Wege hier und jetzt trennen werden. „Lauf von mir aus zurück zu deinem Chef. Ich brauche dich nicht. Na mach schon! Verschwinde!"

Einen Moment bleibe ich auf der Treppe stehen und warte, bis sich seine stolpernden Schritte auf den Stufen entfernen. Dann setze ich meinen Weg fort. Die Waffe kann ich jetzt wegstecken.

Wenig später erreiche ich den Verkaufsraum auf der anderen Seite der Autobahn. Hier ist weniger Betrieb als drüben. Die Leute wollen alle nach Süden, wie es aussieht.

Jetzt bloß keine Aufmerksamkeit erregen.

Ich streiche mir die wirren Haare aus dem Gesicht und gehe gemächlichen Schrittes hinaus auf den Parkplatz. Dort sehe ich mich um. Ich brauche ein Fahrzeug. Am helllichten Tag mitten zwischen all den Leuten einen Wagen aufzuknacken und kurzzuschließen ist riskant. Ich schreite eine Reihe geparkter Autos ab. Eins wäre so gut wie das andere. Aber sie sind alle abgeschlossen, ihre Besitzer sitzen im Autogrill beim Essen. Dahinter kommen noch ein paar LKWs und dann schon die Auffahrt auf die Autobahn. Unschlüssig stehe ich da und wäge die Optionen ab.

Da kommt auf einmal Mirko aus dem Autogrill geschossen wie ein verirrter Pfeil. Er steht kurz da, schaut nach links und rechts, weiß nicht, wohin er sich wenden soll.

Ich hebe den Arm und winke ihm zu.

Es ist ein wenig grotesk. Aber er sieht mich und kommt zu mir herüber.

Gehetzt.

Er schaut sich immer wieder im Laufen um.

Schon aus ein paar Metern Entfernung ruft er mir entgegen: „Schnell, wir müssen los! Die Carabinieri halten Fusilli und Alfonso gerade noch auf. Wir müssen weg sein, bevor sie sich loseisen."

Ich kann nicht anders als zu grinsen.

Jetzt hat Mirko mich erreicht. „Der dämliche Alfonso kam dazu, als die Carabinieri drei hysterische Weiber beruhigt haben, und faselte etwas von Überfall und einer Frau mit einer Schusswaffe. Das warst nicht zufällig du, oder?" Mirko muss auch lachen.

„Oh Gott, der ist ja noch blöder, als ich dachte. Fusilli wird sich freuen. Wenn er sich selbst ins Knie schießen würde, wäre das sicherlich nicht hinderlicher als dieser Typ."

„Und was jetzt?" Im selben Augenblick bricht hinter ihm das Chaos los: Die Carabinieri strömen aus dem Autogrill wie die Ratten aus dem Bau.

Was jetzt? ist eine sehr berechtigte Frage.

Von den Autos stehen wir zu weit weg, und vor den Augen der Polizei eines aufzubrechen, erscheint mir ohnehin nicht klug. Noch haben sie uns nicht gesehen, oder nicht mit der Geschichte in Verbindung gebracht, die der Trottel ihnen erzählt hat.

Ich packe Mirko am Ärmel und ziehe ihn mit in die Deckung hinter dem ersten LKW.

Er wiederholt seine Frage von eben: „Scheiße, was jetzt?"

„Kannst du einen LKW steuern?", frage ich zurück.

„Einen LKW?" Mirkos Augen weiten sich. „Würde es ein Auto nicht eventuell auch tun?"

„Klar, aber sag mir, wo ich jetzt ein Auto hernehmen soll? Da drüben steht ein Rudel Bullen!", zische ich.

„Ja ..." Mirko wirft einen Blick zurück zu dem Polizeiaufgebot vor dem Autogrill. „Na gut, dann eben ein LKW."

Ich nicke.

Ein polnischer Laster parkt am nächsten zur Autobahnauffahrt und ist der einzige, der nicht auch noch einen Anhänger hat. Also werden wir den nehmen. Ich knacke das Schloss an der Fahrertür mit einem herumliegenden Schnürsenkel und schwinge mich hinauf. Mirko steigt hinter mir her. Ich rutsche hinüber auf den Beifahrersitz und mache ihm Platz. Dann schließe ich ihm den LKW kurz. Der Motor schnurrt wie ein Kätzchen. Apropos Kätzchen: Zwischen Mirko und mir auf dem Armaturenbrett sitzt eine goldene Winkekatze – eines von diesen pseudochinesischen Viechern, das bei jeder Erschütterung mit einer Pfote wackelt. Das internationale Pendant zum Wackeldackel sozusagen. Sie beäugt uns mit ihren aufgemalten Augen und winkt gleichmütig mit der linken Pfote. Es kann losgehen.

Vorsichtig bewegt Mirko das Monstrum rückwärts aus der Parklücke heraus. Wir biegen auf die Autobahnauffahrt ein. Geschafft!

Ich mache es mir bequem. Das Navi programmiere ich auf Deutsch und Palermo um, dann mache ich mich am Radio zu schaffen, bis ich einen Sender finde, der keine italienischen Popsongs spielt.

„Wenn möglich bitte wenden", rät die freundliche Frauenstimme des Navis. Und damit liegt sie natürlich vollkommen richtig. Wir müssen die nächste Ausfahrt raus und umkehren. Mit dem gestohlenen LKW wieder an dem Autogrill vorbeizufahren, wo wir und auch unser Vehikel vermutlich von der Polizei gesucht werden, kommt mir nicht allzu schlau vor. Also werden wir eine Weile auf der Landstraße fahren müssen. Vielleicht bekomme ich doch noch ein bisschen was von Rom zu sehen.

Die nächste Ausfahrt ist Tivoli-Roma Est. Mirko lenkt den LKW souverän wieder von der Autobahn.

Wir gurken kreuz und quer durch Tivoli, weil die freundliche Dame vom Navi uns unerlaubterweise entweder verkehrt herum in die Einbahnstraße oder so nah an den Ortskern heranlotst, dass wir mit unserem LKW in den engen Gassen Probleme bekommen. Ich glaube, die Stadt wäre sehenswert, wenn man nicht gerade mit einem gestohlenen Fahrzeug hindurchpflügt. Wir passieren einige römische Ruinen und hübsche Palais. Ich möchte aber ungern schon wieder die italienische Polizei auf uns aufmerksam machen.

Bei mir meldet sich wieder der Hunger. Dummerweise haben wir kein Geld. „Wir haben noch gut neun Stunden Fahrt vor uns. Irgendwann werden wir etwas essen und vor allem trinken müssen", überlege ich laut.

Mirko deutet auf das Handschuhfach. „Schau dich doch mal etwas um, vielleicht haben wir Glück und der Fahrer hat uns irgendetwas Essbares dagelassen."

Ich öffne das Handschuhfach, finde darin aber nur eine Unmenge leerer Bonbonverpackungen. Darunter fördere ich noch ein paar zerlesene Straßenkarten – wer braucht denn bitte heutzutage noch sowas?! –, das Handbuch mit der Bedienungsanleitung und ein altes Notizbuch mit polnischem Gekrakel zutage. Im Staufach der Beifahrertür steckt ein Eiskratzer – den werden wir wohl so schnell nicht benötigen –, eine Parkscheibe und ein ganzer Packen von diesen Sanifair-Bons, die man bei der Benutzung von Autobahnraststättenklos bekommt. Nichts davon ist auch nur im Ansatz essbar.

„Nichts", fasse ich für Mirko meinen Fund zusammen.

„Dann schau hinten", rät er mir.

„Ich soll in den Laderaum klettern? Während du fährst?", frage ich irritiert.

Mirkos Gesicht verzieht sich zu einem Grinsen. „Wieso? Ist das ein Problem für dich?"

Bevor ich noch auf die Idee komme, das Fenster runterzukurbeln und mich auf das Dach zu schwingen, fügt er schnell an: „Dummerchen, hinter uns ist die Schlafkabine des Fahrers. Schau doch da mal nach."

Ich schnalle mich ab und schiebe den Vorhang zur Seite, der den Schlafbereich von der Fahrerkabine abtrennt, dann krieche ich nach hinten. Das Bettzeug müffelt nach ungewaschenem polnischem Fernfahrer. Soweit ich das durch Abtasten feststellen kann, befindet sich aber außer Kissen, Decke und Laken nichts auf der Pritsche. Es gibt mehrere Klapptüren über dem Bett. Ich öffne die erste und daraus fällt mir gleich ein Stapel Schmuddelheftchen entgegen. Unser Fahrer steht wohl bevorzugt auf schwarzhäutige, vollbusige Damen, wie mir scheint. Ich stopfe die Hefte wieder dahin zurück, wo sie hingehören. Im zweiten Fach befindet sich die Wechselgarderobe. Unglücklicherweise ist unser Fahrer schon eine Weile unterwegs und es überwiegen die gebrauchten Kleidungsstücke, die ebenfalls einen markanten Schweißgeruch verströmen.

„Bist du schon fündig geworden?" Mirkos Stimme dringt durch den Vorhang zu mir nach hinten.

„Oh ja!", erwidere ich. „Was hättest du gern? Ich kann hier anbieten: Wichsvorlagen, gebrauchte Socken und Unterhosen ..."

Mirko macht ein Geräusch, das wie „urks" klingt.

Dann brettert er durch ein Schlagloch, ich federe nach oben, stoße mir schmerzhaft den Kopf an den Klappfächern und rolle dann zur Seite. Haltsuchend klammere ich mich an die Matratze. Doch die löst sich mit einem Ratschen. Sie haftet nur mit Klettverschluss auf dem Untergrund. Ungebremst krache ich gegen die Seitenwand.

„Hoppla", kommentiert Mirko meinen Stunt. „Da war noch ein größeres Schlagloch, dem wollte ich ausweichen."

Ich reibe mir die Schulter. „Passt schon", murmle ich. Ich habe etwas entdeckt, das meine schmerzende Seite vergessen lässt. So wie es aussieht, kann man die ganze Pritsche hochklappen. Wahrscheinlich verbirgt sich darunter noch mehr Stauraum. Doch dazu muss Mirko anhalten. Ich kann die Pritsche nicht hochheben, während ich darauf sitze.

Auf mein Geheiß fährt Mirko bei der nächsten Gelegenheit rechts ran. Ich schiebe mich rücklings wieder durch den Vorhang nach vorne und klappe die Pritsche nach oben. Darunter kommt eine Kühltasche zum Vorschein, die ich Mirko nach vorne reiche. Damit sollte unser Hungerproblem gelöst sein. Außerdem finde ich einen schwarzen Lederkoffer, den ich ebenfalls nach vorn hebe.

Dann tauche auch ich wieder neben meinem Mann auf. „So, das ist alles, was ich da hinten finden konnte."

Mirko hat schon die Kühltasche geöffnet. Wobei – von *kühl* kann eigentlich nicht mehr die Rede sein. Die Kühlakkus wurden wahrscheinlich zuletzt in Warschau gekühlt; inzwischen sind sie und auch der restliche Inhalt der Tasche warm. Mirko reicht mir nacheinander fünf Dosen Bier. *„Tyskie cztery wieki tradycji warzenia"*, lese ich ihm vor.

Mirko droht scherzhaft an, mir eine knapp einen halben Meter lange eingeschweißte Salami über den Kopf zu ziehen. Lecker! Immerhin etwas.

Als nächstes reicht er mir eine Papiertüte, in der sich bereits in Italien gekaufte Brötchen befinden. Mit Zähnen und Fingernägeln versuche ich mir gewaltsam Einlass in die Salamiverpackung zu verschaffen. Ich habe solchen Hunger, dass ich das Plastik auch mitessen würde, wenn's sein muss. Mirko nimmt mir die Salami aus der Hand und öffnet die Verpackung gekonnt mit einem Taschenmesser.

„Woher hast du das denn?"

„Hab ich in der Fahrertür gefunden. Außerdem eine Stange polnischer Zigaretten, ein Feuerzeug, die Packung mit den Bonbons zu den leeren Papierchen im Handschuhfach und ein kleines Fläschchen Sagrotan."

„Sagrotan?!", frage ich überrascht. „Da hinten riecht's, als läge ein toter Iltis unterm Bett, und der Typ braucht allen Ernstes Sagrotan für die Autobahnraststätten, oder was?"

Ich stopfe jetzt abwechselnd Brot und Wurst in mich hinein, vergesse fast zu kauen vor Hunger. Die Salami schmeckt toll.

Mirko öffnet mit einem vernehmlichen *Pffff* eine der Bierdosen. Er muss die Trinköffnung sofort an den Mund führen, weil das Gebräu durch das Geschüttel auf den europäischen Autobahnen überschäumt. Noch während er das Bier mittels Aufschlürfen am Überlaufen hindert, verzieht er angeekelt das Gesicht. Als er die Dose wieder absetzen kann, kommentiert er das Geschmackserlebnis: „Igitt. Schmeckt wie eingeschlafene Füße!"

„Na ja, das fährt der Typ vermutlich auch schon ein paar Tage in der Gegend herum."

„Und es ist pisswarm!"

„Beschwer dich nicht, wir haben nichts anderes. Und auch kein Geld, uns irgendetwas anderes zu kaufen. Wenn du nicht in einer süditalienischen Raststätte aus dem Wasserhahn trinken willst, wirst du das da nehmen müssen."

Diese Aussicht überzeugt ihn offenbar doch vom polnischen Dosenbier. Er nimmt noch einen Schluck, dann fragt er: „Und was ist in dem Koffer da?"

Den kleinen schwarzen Koffer habe ich über dem opulenten Trucker-Mahl ganz vergessen. Ich wische mir die Salamifett-Finger an der Hose ab und ziehe das gute Stück zu mir herüber. Wieder ein Zahlenschloss. Beim letzten Mal war ich schnell am Ziel, ich versuche wieder dieselben Zahlenkombinationen: 0-0-0. Nichts. 1-2-3. Auch nichts. Beim toten Francesco war der Code 6-6-6. Ich versuche diese Kombination, und siehe da, sie funktioniert auch hier. Ich lasse die Verschlüsse aufschnappen. Was ich im Inneren des Koffers finde, verschlägt mir die Sprache.

„Heilige Scheiße …"
Ich bekomme Schnappatmung.
Ich spüre Mirkos forschenden Blick auf mir. Als ich den Koffer so drehe, dass er hineinsehen kann, reißt auch er die Augen auf.
„Mein Gott … Wie viel ist das denn?", fragt er.
„Ich habe keine Ahnung … ne Menge!"
Ich nehme ein Bündel Geldscheine heraus und lasse sie durch die Finger gleiten.
„Jedenfalls brauchen wir uns jetzt keine Sorge mehr zu machen, dass wir bis Palermo verhungern." Mirko ist einfach ein sehr praktisch veranlagter Mensch. Das ist eines der Dinge, die ich so an ihm mag!

Nach unserer Stärkung fahren wir weiter und lassen Tivoli hinter uns. Bald danach wagen wir uns wieder auf die Autobahn und bringen Kilometer zwischen uns und unsere potenziellen Verfolger. Wenn auch vielleicht die Carabinieri schon das Interesse an uns verloren haben, müssen wir zumindest damit rechnen, dass Fusilli und sein trotteliger Adjutant hinter uns her sind.

Die süditalienische Landschaft ist recht reizvoll und ich bin bester Stimmung. Wir brausen über die Autobahn mit Namen „Autostrada del Sole". Wie hübsch. Es fühlt sich tatsächlich fast ein bisschen wie Flitterwochen an, wenn man von dem ratternden LKW absieht.

Am späten Nachmittag passieren wir Neapel. Hach … Napoli … Capri … Die Amalfiküste … Ich seufze. Schon früher habe ich bevorzugt Mafia-Aufträge angenommen, weil ich Italien so liebe. Es gibt doch nichts Schöneres, als dort zu arbeiten, wo andere Urlaub machen!

In Salerno biegt Mirko plötzlich von unserer Autobahn ab und schlägt sich trotz heftiger Proteste seitens der Navi-Dame an die Küste durch. Vor uns liegt das Mittelmeer. Auf dem satten Blau schaukeln weiße Boote. Die Straße säumen Palmen und blühender Oleander.

„Wohin fährst du uns denn jetzt?", frage ich.
Mirko macht ein geheimnisvolles Gesicht. „Ist das nicht schön hier?", fragt er zurück.
„Schon, aber sollten wir nicht eigentlich nach Süden fahren? Wegen dem Paten und unserer Drohung und so?"
„Doch, doch, aber ein kleiner Abstecher wird ja wohl drin sein. Verspätete Flitterwochen hat deine Mutter doch gesagt, oder?"

Keine Stunde später erreichen wir über die Küstenstraße Amalfi. Das kleine Städtchen sieht aus wie an die Felswand geklebt, die bunten Häuser stapeln sich entlang des Hanges wie Bauklötze auf. Obwohl ich in der Karibik und in Thailand war, muss ich sagen, dass ich wenige Flecken auf der Welt kenne, die so schön sind.

Mirko lässt den LKW auf einem Parkplatz stehen. „Wir können nicht mal abschließen", überlegt er.

Ich muss lachen. „Du machst dir Sorgen, dass unser gestohlener LKW gestohlen wird?"

„Na ja, zumindest um das viele Geld wär's schade", gibt er zu bedenken.

„Das nehmen wir natürlich mit."

„Und um die Salami wär's auch schade", stellt Mirko fest.

Da gebe ich ihm recht. Die war wirklich sehr lecker. Also schiebe ich die Stapel mit den Geldscheinen zusammen und packe die Salami mit in den Koffer. „Kann losgehen."

Wir schlendern die Uferpromenade entlang, unter uns reihen sich die bunten Sonnenschirme aneinander. Es sind noch viele Touristen am Strand und im Wasser. Wir laufen über den Domplatz und besichtigen die Kathedrale di Sant'Andrea.

Bis auf den Koffer in meiner Hand fühlt es sich wirklich fast wie Urlaub an. Wir kaufen ein Eis und setzen uns damit auf die Piazza. Der Strand beginnt sich zu leeren und die Ristoranti entlang der Promenade füllen sich im selben Maße.

Mirko schlägt vor: „Lass uns auch etwas essen. So richtig schick!"

Ich schwenke den Koffer mit dem Geld. „Kein Problem!"

Normalerweise suchen wir Restaurants – wenn wir denn überhaupt einmal ausgehen, mit Kind und Baustelle und so weiter – eher danach aus, dass die Preise hinter den Gerichten möglichst niedrig sind. Heute suchen wir gezielt nach dem Gegenteil.

Was kostet die Welt?

Wir finden ein passendes Etablissement, allerdings rümpft der italienische Ober ein wenig die Nase bei unserem Anblick. Nach der überstürzten Abfahrt, der langen Autofahrt und dem Abhängen der Mafiosi im ersten Ausbildungsjahr, sehen wir beide vermutlich ein wenig ramponiert aus. Ich schnüffle unauffällig an meiner Achselhöhle und komme zu dem Schluss, dass eine Dusche nicht schaden könnte. Als Mutter eines Kleinkinds wird man in diesen Dingen irgendwie schmerzfrei.

Aber ich weiß, wie man das auf italienische Art lösen kann.

Ich habe wohlweislich den Koffer gegen eine etwas unauffälligere Aufbewahrungsmethode gewechselt. Ich trage die Geldscheinbündel jetzt direkt am Körper, wie ein Selbstmordattentäter seine Sprengladung, die Salami steckt in der Jackeninnentasche von Mirkos Outdoor-Jacke. Nun hole ich ein paar Scheine heraus, einen größeren halte ich dem Ober unter die gerümpfte Nase, und siehe da, seine Stirn glättet sich, als hätte ich ihm gerade eine Botox-Injektion verpasst.

„Eine Tisch auf die *terrazza*? *Per due*? Folge Sie mir."

Geht doch. Korruption hat eine lange Tradition im christlich-abendländischen Wertekodex.

Noch ein Scheinchen und er sieht großzügig über unseren Aufzug hinweg und ringt sich sogar ein Lächeln ab. Wir bekommen einen sehr schönen Tisch an der Balustrade, zusammen mit der Speisekarte. Einstweilen verlässt der Ober uns wieder, damit wir in Ruhe wählen können.

„*Rombo con crosta di pistacchio su una schiuma di rucola*", buchstabiere ich die italienischen Ausdrücke. „*Piramide di mezzancolle con una leggera nota di piccante* ... Was zum Teufel soll das sein? Ich versteh kein Wort! *Piramide*? Eine Pyramide? Aus was?"

„*Fettuccine all'astice con rucola fritta croccante*", steuert der Mann meines Herzens ratlos bei. „Frittierter Krokant und Rucola? Igitt ..."

„Mein Italienisch ist etwas eingerostet", murmle ich, während ich versuche, aus irgendetwas schlau zu werden. „Ich glaube, ich nehme das *risotto con radicchio, pinoli tostati al vino rosso con neve di parmigiano*. Risotto ist Reis, da kann man fast nichts falsch machen, *radicchio* versteh ich und Rotwein klingt doch auch gut."

Da erscheint auch schon der Ober mit der gekräuselten Nase wieder auf der Bildfläche, dieses Mal mit gezücktem Stift, und nimmt unsere Bestellung auf. Nachdem wir die absonderlichen Bezeichnungen heruntergestottert haben, fragt er unverbindlich freundlich lächelnd: „Wünsche die Herrschaften vielleichte die Speisekarte in tedesco?"

Blödmann. Der wusste doch genau, dass wir Deutsche sind, der hat uns die italienische Karte gegeben, weil wir nicht seinen optischen Vorstellungen entsprechen, Snob, der er ist. Bildet sich weiß Gott was ein, weil er in diesem Nobelschuppen popeliger Kellner ist. Dabei habe ich unter meiner lädierten Fassade mehr Kohle, als er hier jemals verdienen wird.

Ich recke das Kinn: „Danke, nein, wir kommen sehr gut zurecht."
Unsere Wahl entpuppt sich dann auch als gut. Wahrscheinlich gibt es in diesem Laden überhaupt nichts Ungenießbares. Auf Mirkos Teller türmen sich die Garnelen zur Pyramide, bei mir aalen sich geröstete Pinienkerne in Rotweinsauce. Alles perfekt!

Zu denken, es wäre alles perfekt, ist natürlich immer strafbar. Das hätte mir schon aus meiner aktiven Auftragskillerzeit bekannt sein müssen.

Nachdem wir fertig gegessen und eine veritable Menge an Wein und Prosecco verräumt haben, bezahle ich großzügig und wir wanken zu unserem LKW zurück. Die Nacht ist mondhell und unter uns kräuseln sich die Wellen des Ozeans. Die Luft ist immer noch lau.

„Ha, *la dolce vita*", lalle ich. „Das war eine sehr gute Idee von dir! So viel Spaß hatte ich nicht mehr seit den Jungferninseln, glaub ich. Apropos Jungfrau: Was hältst du davon, wenn wir jetzt gleich noch den Brummi entweihen?"

Mirkos Rechte kneift mich unmissverständlich in den Hintern. „Ich freue mich schon darauf, dir die Geldpäckchen vom Körper zu fetzen."

Schäkernd und kichernd erreichen wir den Parkplatz.

Dort werden wir mit einem Schlag wieder ziemlich nüchtern. Der LKW ist weg.

Unser geklauter fahrbarer Untersatz ist uns noch einmal gestohlen worden. Das ist jetzt natürlich Pech. Zumal der Truck ja auch unser Schlafplatz für die Nacht gewesen wäre. Die derzeitige Situation sieht nun nach einer Nacht am Strand aus. Nun ja, könnte schlimmer sein.

„Was jetzt?", fragt Mirko verunsichert. Ihn macht so etwas berufsbedingt nervös.

„Wir klauen uns morgen ein neues Gefährt", beschließe ich leichthin.

Mirko protestiert empört: „Hey, wir können es uns ja wohl leisten, als nächstes ein legales Transportmittel zu nehmen, oder?"

Auch wieder wahr.

Ich war halt schon wieder so drin. Das ist echt schlimm bei mir!

Da trifft mich etwas Schweres am Hinterkopf.

Ich sacke in die Knie. Das Letzte, was ich noch sehe, ist Mirkos entsetzter Gesichtsausdruck, dann wird es dunkel.

Als ich wieder zu mir komme, ist es immer noch dunkel und es rumpelt. Dem Geräusch nach zu urteilen fahren wir. Ich taste die nähere Umgebung ab. Der Boden ist aus Metall, die Seitenwand, die ich von meiner Position aus erreiche, offenbar auch. Mein Kopf brummt.

Ich mache eine kurze Bestandsaufnahme: Hände und Beine kann ich bewegen. Gefesselt wurde ich nicht. Es steckt auch kein Knebel in meinem Mund. Ich bin vollständig bekleidet. Außer dem dumpfen Kopfschmerz kann ich keine Verletzungen feststellen. Bleibt die Frage: Wo bin ich?

Und wo ist Mirko?

Ich setze mich auf und versuche etwas zu erkennen. Die Dunkelheit ist undurchdringbar. Und es ist wirklich ohrenbetäubend laut hier. Der Boden vibriert. Immer wieder fliege ich in die Luft und knalle unsanft zurück auf den Boden.

Ich fahre. Kein Zweifel.

Womit? Mit dem LKW?

„Gaby? Bist du da?"

Es ist Mirkos Stimme, die in die Finsternis flüstert.

„Ja, ich bin hier", gebe ich zurück.

„Gott sei Dank!"

Ich fühle Mirkos Hand auf meinem Knie. Ist wohl das Erste, was er gefunden hat.

Das erinnert mich an das versteckte Geld. Schnell taste ich meinen Oberkörper ab und stelle fest: Es ist noch immer genau da, wo ich es festgezurrt habe.

Die Fahrt dauert eine ganze Weile. Das Gelände scheint immer unwegsamer zu werden, denn das Geschaukel und Geschubse wird schlimmer. Mirko und ich krallen uns aneinander fest. Trotzdem gibt es hundertprozentig blaue Flecken.

Dann endet die Odyssee jäh.

Mein Kopf dröhnt noch etwas nach, kurz darauf ist alles ruhig.

„Wo sind wir?", flüstere ich Mirko zu, der es natürlich auch nicht weiß.

Da reißt jemand die Abdeckung auf. Der Kegel einer Taschenlampe blendet uns. Ich blinzle in die unerwartete Helligkeit.

„*Avanti, avanti!*", befiehlt eine grobe Stimme.

Hände packen meine Arme und reißen mich in die Höhe. Ich stolpere mit und finde mich alsbald auf gekiestem Boden wieder. Ein alter italienischer Bauernhof ist im Mondschein zu erkennen.

Hinter mir wird Mirko unsanft aus unserem Gefängnis befreit. Es war ein Kastenwagen, ähnlich dem von Fusilli, in dessen Laderaum wir befördert wurden.

Der Lauf eines Gewehres schiebt sich in unser Blickfeld. Der fahle Mond reflektiert auf der sauber polierten Waffe. „Mitkommen", lässt sich die Stimme erneut vernehmen.

Irgendwo in meinem Hosenbund steckt noch die Knarre des tölpelhaften Installateurgehilfen. Aber ich denke, ein Aufstand ist hier unangebracht. Ich lasse sie, wo sie ist.

Wir werden in das Haus geführt.

Grober Sandstein, zwei Stockwerke, flaches Zeltdach. Die Fensterläden sind geschlossen. Es sieht aus, als schlafe das Haus. Unsere Entführer bugsieren uns quer durch die Eingangshalle und in einen Raum, der nach hinten hinausgeht. Erst dort knipst jemand das Licht an. Unsere Entführer sind ein aufgequollener, blonder Bär mit schlecht rasierten Bartflusen, ein Alter mit zerfurchtem Gesicht und ein Jüngelchen, das aussieht als wäre es noch keine zwölf. Jüngelchen hält das Gewehr im Anschlag.

Der Alte weist ihn an: *„Aspetta qui con loro."*

Er soll uns bewachen, wie es aussieht. Heute Nacht passiert wohl nichts mehr hier.

Der Alte und der Bär gehen. Jüngelchen knallt die Tür zu und postiert sich davor. Er zieht sich einen Hocker heran und setzt sich darauf, den Blick und das Gewehr stets auf Mirko und mich gerichtet.

Ich sehe mich um. Wir sind in einer Art Abstellkammer gelandet. Außer einem Eimer mit Wischmopp, einem Rechen und einem Besen wird hier nicht viel geboten. In Ermangelung von Alternativen setze ich mich auf den Steinfußboden. Mirko tut es mir gleich. Eine Weile spielen wir „Wer zuerst wegschaut, verliert" mit unserem Bewacher. Doch das Spiel wird schnell langweilig.

„Verstehst du Deutsch?", frage ich.

„*Sì*", antwortet Jüngelchen und stiert mich stur weiter an.

„Schön! Dann können wir uns ja auch unterhalten", schlage ich vor.

„*Sì.*"

„Wo sind wir hier?"

„In *Italia.*"

Ach nee. Sag bloß.

„Und was machen wir hier?"

„Wir warten auf *il padrino*."

Auf den Paten warten wir, so so ...

„Sind wir hier bei der Mafia?"

„*Sì*."

Verdammt. Irgendwie müssen Fusilli und der Trottel uns gefunden haben. Wie konnte das nur passieren?

Mein erster Verdacht stimmt also: Der Bär und seine Komplizen gehören zur Mafia, genau wie Fusilli und der Trottel. Und jetzt haben sie uns.

Ich muss nachdenken.

Ich will, dass die Mafia mich und meine Familie in Zukunft in Ruhe lässt. Wie kriege ich das hin? Ob dafür das Geld reicht, das ich immer noch um die Körpermitte gewickelt habe? Aber ich befürchte, Geld ist nicht unbedingt das, was die Mafia am nötigsten braucht.

Über meine Überlegungen döse ich ein wenig ein. Es ist ja auch schon weit nach Mitternacht.

Plötzlich reißt uns Lärm unsanft aus dem ohnehin leichten Schlaf. Jüngelchen ist wohl auch eingepennt. Vor Schreck kippt er vom Stuhl und plumpst auf den Steinboden. Sofort reißt er das Gewehr nach oben und feuert sicherheitshalber einen Warnschuss in die Decke ab.

„*Sei pazzo?*", fragt der Alte von gestern. Er und sein kleiderschrankförmiger Begleiter sind wieder da, um uns abzuholen. Inzwischen ist es draußen hell geworden.

„Aufstehen!", herrscht er uns an. Das Gewehr nimmt er dem Jungen lieber ab. Nicht, dass der noch weiter unkontrolliert in der Gegend herumschießt. Ich kann das nur begrüßen. Wie schnell hat man bei so einem Geballere jemanden verletzt!

Ich versichere mich noch, dass die kleine Pistole in meinem Hosenbund gut sitzt, bevor ich aufstehe und gemeinsam mit Mirko Fusillis Mafiafreunden folge.

Wir werden eine Treppe hinauf gescheucht. Oben passieren wir ein paar spärlich möblierte Räume. In einem sind die Möbel sogar mit weißen Laken abgedeckt. Scheint so, als ob hier nicht regelmäßig so viel Betrieb herrscht. Allerdings wirkt die Ausstattung insgesamt doch recht kostspielig.

Dann haben wir unser Ziel offenbar erreicht.

Der letzte Raum ist vom Boden bis zur Decke mit Regalen vollgestellt, die alle von Büchern und losem Papier überquellen. In der

Mitte steht ein schwerer Schreibtisch aus Eichenholz – ein edles Stück mit feinen Intarsien. Dahinter ein Drehstuhl. Auf dem Drehstuhl sitzt ein graumelierter Gentleman im feinsten Zwirn, eine dunkelgetönte Sonnenbrille auf der Nase, die Hände vor sich zur Raute gefaltet, wie eine gewisse deutsche Politikerin. Die Aura, die ihn umgibt, macht es sofort deutlich: Das ist der Pate!

„Capo, abbiamo i voluti", begrüßt uns ein hageres Kerlchen zu seiner Rechten.

Der Assistent des Capos scheint einem schlechten Louis de Funès-Film entsprungen zu sein (wobei, gibt's da auch gute?). Sein Nadelstreifenanzug sitzt miserabel und die dicke Zigarre lässt ihn mehrmals heftig husten. Wer soll das sein? Der Paten-Azubi? Und wer von den beiden ist jetzt Fusillis Auftraggeber?

Auf Deutsch brüllt er in unsere Richtung: „Zu euch komme ich gleich. Und wenn ich mit euch fertig bin ..." Seine Stimme überschlägt sich fast.

Hui ... Der ist aber irgendwie unentspannt, dieser Mini-Pate.

Der Alte, der uns gebracht hat, erzählt dem Paten und seinem Mini-Me wortreich davon, wie er uns aufgegriffen hat. Der Pate verzieht dabei keine Miene, nicht ein Muskel in seinem Pokerface zuckt.

Da fliegt plötzlich die Tür auf – mit so viel Schwung, dass sie gegen die Regalwand kracht und eine Lawine aus Büchern, Papieren und Staub in Bewegung setzt. Mirko, der dem Epizentrum am nächsten steht, beginnt zu husten.

Als sich der Staub wieder legt, erkenne ich, wer hereingekommen ist: Fusilli, der Trottel Alfonso und der tote Francesco!

Der Gute sieht nicht mehr so taufrisch aus wie bei unserer letzten Begegnung. Die lange Fahrt in dem heißen Kastenwagen ist ihm nicht gut bekommen. Er verströmt einen unangenehmen Geruch und seine wächserne Haut wirkt aufgequollen. Natürlich kann er sich schon längerer Zeit nicht mehr selbstständig bewegen, er kommt am Arm von zwei weiteren Ganoven herein.

Prompt stößt der Mini-Capo auch angeekelt aus: „Che cosa è questo?" Er deutet auf die Leiche.

Und wie aufs Stichwort beginnt der Trottel wieder mit Heulen. Sogar sein Mafiaboss – beziehungsweise dessen Assistent – verzieht angewidert das Gesicht. *„Madonna, si prega di lasciare!"* Diese Worte verstärken das Geheule aber eher noch.

Mit einer winzigen Bewegung seiner linken Augenbraue über der Sonnenbrillenfassung gibt der ansonsten teilnahmslose Ober-

Pate das Startzeichen. Der Hagere versteht den Wink, zieht einen Revolver und feuert dem heulenden Alfonso zwischen die tränennassen Augen. Der verstummt augenblicklich, verdreht die Augen zur Decke und fällt kerzengerade nach hinten um.

Fusilli hat seine Knarre im Anschlag und richtet sie etwas unbestimmt zwischen den Hageren und den einen der beiden Mafiosi, die Francesco tragen. Er fuchtelt damit herum und brüllt: „Keine falsche Bewegung. I bin a bewaffnet!"

Der Alte, der uns hergeführt hat, richtet seinerseits sein Gewehr auf Fusilli und schreit ihn an: „Waffe runter!"

Er schiebt die beiden Kollegen mit der Leiche zur Seite und hält Fusilli seine Knarre direkt ins Gesicht. „Ich habe gesagt: Waffe runter!"

Fusilli denkt gar nicht daran, er richtet seine Pistole auf seinen Angreifer und lässt den Hahn klicken. „Hoid's Maul, du Spaghettifresser, sonst blas i da's Hirn beim Arsch hinten naus!"

Der Mafiosi ist sichtlich irritiert. Er wirft Mirko über Fusillis Schulter einen fragenden Blick zu und will wissen: „Versteht er mich überhaupt? Kann er Deutsch?"

Was geht hier grad vor? Wieso kloppen sich die ganzen Mafiosi jetzt eigentlich gegenseitig?

Ehe einer von uns etwas erwidern kann, nutzt Fusilli den Moment der Unachtsamkeit seines Gegenübers und rammt ihm die Pistole mit Schmackes vor den Schädel. Der Alte taumelt, fällt gegen die beiden Kollegen, die Francesco halten, reißt den Toten mit und stürzt dem hysterischen Mini-Paten damit direkt vor die Füße.

Mehrere Hähne klicken.

Fusilli richtet seine Waffe direkt auf den Paten. Die beiden Leichenwächter, die jetzt die Hände frei haben, ziehen ihre Pistolen und richten sie auf Fusilli. Mirko und ich stehen währenddessen unbeteiligt am Rand, ebenso wie Jüngelchen und der Bär, die ja unbewaffnet sind.

Wie auf Kommando geht das Geballere los. Es lässt sich nicht mehr erkennen, wer zuerst und wer auf wen feuert. Kugeln zischen durch die Luft, Holz zerberstet, Splitter fliegen herum. Es regnet Bücher und jede Menge Staub aus den Regalen. Mirko und ich hechten zur Seite und robben auf dem Bauch liegend aus dem Schussfeld.

Der letzte Schuss verhallt.

Langsam legt sich der aufgewirbelte Staub. Der Anblick hinter dem Schreibtisch ist exakt derselbe wir vor der Schießerei: Der Pate sitzt mit ausdruckslosem Gesicht da, seine Hände ungerührt gefaltet, nicht ein Stäubchen scheint sein Anzug abbekommen zu haben.

Sein dürrer Assistent kommt aus seiner Deckung hinter dem Drehstuhl hervor, klopft sich den Anzug aus, darum bemüht, einen ebenso unbeteiligten Eindruck zu vermitteln wie der Große.

Vor dem Schreibtisch liegen nebeneinander hingestreckt Fusilli, der Trottel, Francesco, der ja vorher schon tot war, und einer von den Leichenwächtern.

Ich rapple mich auch auf. Auf dem Bauch zu liegen ist auf Dauer einfach zu erniedrigend. Auch Mirko wagt sich wieder in die Senkrechte.

„So", fasse ich vorsichtig zusammen, „nachdem wir jetzt alle so nett beisammen sind: Könntet ihr euch vielleicht mal wieder beruhigen und uns freundlicherweise erklären, wieso die Heulboje und seine beiden Kumpel uns überhaupt hierhergeschleppt haben?"

Der Mini-Pate bringt ein neues Thema auf den Tisch, wobei er meinen Einwurf einfach ignoriert: „Wo iste das Geld?"

„Welches Geld?", frage ich zurück.

Wie kommt er jetzt darauf? Und woher weiß er das denn mit dem Geld überhaupt?

„Das Geld aus die Koffer!", bellt er. Wenn er laut wird, bekommt seine Stimme in den Höhen ein ganz peinliches Kieksen.

„Welcher Koffer?", setze ich die Fragerei einfach fort.

Seine Augen treten aus den Höhlen hervor, so sehr strengt ihn das Verhör jetzt schon an. „Die Koffer von die Lastwagen!"

Soll ich jetzt wieder „Welcher Lastwagen" fragen? Nicht, dass ihm der Herzschrittmacher stehenbleibt. Ich verlege mich aufs Bockige: „Ich weiß von keinem Koffer. Wer sind Sie überhaupt? Und was machen wir hier?"

„Fragen stelle *io!*", knurrt er.

Mit Cholerikern zu streiten, ist immer besonders unterhaltsam.

Er herrscht seine Mafiosi an: „*Dov'è il camionista? Chi ha guidato la macchina?*"

Der Bär tritt vor. Die drei Kerle, die uns hergebracht haben, haben sich bisher aus dem Geschehen großzügig herausgehalten.

Ist das der Fahrer von unserem gestohlenen LKW?

Wie passt das alles denn zusammen?

Der hat jetzt auf jeden Fall ein Problem. Er muss seinem Boss erklären, weshalb er sich den LKW samt Geldkoffer hat stehlen lassen.

Es entwickelt sich ein Schlagabtausch auf Italienisch, dem ich nur im Ansatz folgen kann. Der Capo am Schreibtisch überlässt das Reden auch weiterhin seinem Assistenten und der wird dabei feuerrot im Gesicht; es fehlt nicht mehr viel und er spuckt Feuer. Der mutmaßliche LKW-Fahrer lässt sich davon nicht einschüchtern, im Gegenteil: er hält kräftig dagegen. Es gibt wieder jede Menge Pistolengefuchtel auf beiden Seiten, aber immerhin schießt niemand mehr. Vielleicht sind die Magazine auch einfach leergeschossen.

Bevor sie noch aufeinander losgehen, hake ich ein: „Ich störe ja nur ungern, aber kann mir vielleicht jemand mal verraten, was das alles hier soll? Oder wenn es sonst nichts mehr zu besprechen gibt, dann gehen mein Mann und ich jetzt einfach am besten ..."

„*No!*" Der kleine Choleriker hustet mir seinen Widerspruch förmlich ins Gesicht. „Ihr geht *nessu caso*. Ich wille das Geld! *Immediatamente!*"

Mirko wirft mir einen flehentlichen Blick zu. Ich weiß, was er denkt: Rück das Geld raus und lass uns verschwinden. Aber das seh ich jetzt auch nicht ein. Das Geld können wir gut gebrauchen. Ich mag mir noch gar nicht vorstellen, was uns die Stümpereien unseres Pseudo-Installateurs noch kosten werden. Wahrscheinlich müssen wir die gesamten Installationen im Haus noch einmal von einem echten Klempner überprüfen lassen. Nee, so schnell geb ich nicht auf. Wer einen Koffer unterm Rücksitz versteckt, hat das Geld auch nicht auf ehrliche Weise verdient. Da ist es bei uns definitiv in den besseren Händen.

„Bedaure", erwidere ich deshalb. „Ich weiß von keinem Geld."

Ich peile kurz die Lage. Rausschießen kann ich uns nicht, dafür sind immer noch zu viele Bewaffnete im Raum. Ich werde uns wohl raustricksen müssen. Aber auch damit hab ich Erfahrung.

„Wisse du eigentlich *con chi parlare, eh*?", braust der Capo auf.

„Stimmt. Wo habe ich bloß meine Manieren? Wir haben uns gar nicht vorgestellt. Ich bin die Gaby." Ich strecke ihm meine Rechte über den Schreibtisch entgegen.

Ein vernichtender Blick trifft mich.

„Das Geld in die Koffer ist *soldi mafia. Hai capito? La mafia!*"

„Ja, ich weiß", strahle ich den kleinen Capo an. „Dann kannst du mir vielleicht auch gleich sagen, was die Mafia von mir will! Wieso schickt ihr uns diese Idioten und lasst uns nach Sizilien verschleppen?"

"*Sicilia? Non siamo in Sicilia. Non so di cosa stai parlando.*"

Dass wir nicht in Sizilien sind, weiß ich auch. Dafür sind wir nicht lange genug unterwegs gewesen. Aber ursprünglich wollte der Fusilli uns doch nach Palermo bringen.

Da meldet sich der LKW-Fahrer zu Wort. *„I due sono loro complici. Abbiamo raccolto altri due truffatori."* Er deutet auf den toten Fusilli und den Trottel.

„Complici?", raunzt der Zwergen-Capo.

„Komplizen?!", fragte ich verblüfft. „Die drei toten Idioten sind ja wohl eher eure Komplizen gewesen. Ist die Mafia so groß, dass Ihr euresgleichen nicht erkennt? Das ist aber ungünstig ..."

Vielleicht sollte man auch nicht immer gleich schießen, bevor man sich vergewissert hat, wer zu wem gehört.

Den echten Paten scheint das wenig zu stören. Er regt sich noch immer nicht. Dafür kippt sein cholerischer Freund demnächst aus den Latschen. Er hyperventiliert schon. Ich würde ihm gern eine Plastiktüte anbieten, hab aber keine.

„Gib uns die Geld", zischt er zwischen zusammengebissenen Zähnen, mühsam beherrscht. Er hebt seinen Revolver, spannt den Hahn und richtet ihn auf Mirko.

Der sieht aus, als gingen ihm gleich die Nerven durch – angesichts des sich mehrenden Leichenbergs auf dem Fußboden auch nicht verwunderlich, vielleicht habe ich mich doch zu weit aus dem Fenster gelehnt. Eine Ad hoc-Lösung bleibt uns erspart – ich hätte auch keine gehabt –, denn jemand stampft die Zimmerflucht entlang auf unsere offene Tür zu. Das Tohuwabohu hier dürfte auch für Mafiaverhältnisse schwer erklärbar sein.

„Cos'è questo rumore, eh?" Eine Frau steckt ihren Kopf zur Tür herein. Das Erste, was man von ihr sieht, ist eine unglaublich lange, spitze Nase. Spontan fühle ich mich an *Hänsel und Gretel* erinnert: Die Hexe schaut aus dem Knusperhäuschen heraus. Der Eindruck wird noch verstärkt durch ein gemustertes Kopftuch, das sie über ihren ergrauten Haaren trägt. Und sie hat einen Besen in der Hand.

Bei ihrem Anblick kommt auf einmal Leben in die Bude. Sogar der Ober-Pate springt erschrocken auf, während der Hagere mit einem gequälten *„Mamma"* wieder zurück hinter die breite Lehne des Drehstuhls hechtet.

Aber *Mamma* wäre keine echte italienische Mutter, wenn sie ihren missratenen Spross nicht längst gesehen hätte. Sie stapft um den Schreibtisch herum, den Besen drückt sie dabei einem der dort an der Wand noch aufgereiht stehenden Mafiosi in die Hand.

Dieser nimmt ihn anstandslos von ihr entgegen und strafft den Rücken. Fehlt nur noch, dass er salutiert.

Die Hexe packt sich den dürren Choleriker in seinem Versteck und zerrt ihn am Ohr bis vor den Schreibtisch. Ich muss beide Hände vor den Mund halten, um nicht laut loszulachen.

"*Come ti permetti? Dimmi! Perché si stanno facendo un tale rumore terribile? Eh?*" Zur Verstärkung ihres mütterlichen Anschisses schüttelt sie den Hilfs-Paten im Staccato ihrer Rede.

Alles Cholerische ist aus ihm gewichen. Er hat sogar die Pistole vergessen, die er immer noch umklammert hält. Jetzt tut er mir fast ein wenig leid. Ich weiß ja, wie das ist. Man ist im Berufsleben eine richtig coole Sau und haut die größten Typen um, und dann kommt man nach Hause zur Mutti und ist plötzlich wieder der pickelige, nichtsnutzige Teenager mit den schlechten Zensuren.

Es muss sich allerhand angestaut haben bei *Mamma*. Sie überschüttet ihren Sohn mit einem Schwall italienischer Beschimpfungen und er lässt sie über sich ergehen, den Kopf gesenkt, die Arme hängend. Der große Pate steht daneben und betrachtet zerknirscht seine Schuhspitzen. Ich weiß zwar nicht, in welchem verwandtschaftlichen Verhältnis er zur *Mamma* steht, aber ein Teil der Tirade trifft auch ihn, das kann man deutlich sehen.

„*Rosetta ...*", versucht er den Redefluss zu bremsen. Vergeblich.

„*Zitto! Ora sto parlando! Non ho ancora finito!*", fährt sie ihn an. Das verschlägt dem Ober-Mafioso die Sprache.

Sie wendet sich wieder ihrem Sohnemann zu, da fällt ihr Blick auf mich. Ihre Augen verengen sich zu Schlitzen, ihr ohnehin schon runzeliges Gesicht wird noch furchiger. Ihre beiden Augenbrauen wandern so nahe zur Nasenwurzel, dass sie sich in der Mitte berühren. Alle Wut, die sich eben noch gegen ihren Sohn gerichtet hat, entlädt sich gleich über mir, ich kann das drohende Unheil heraufziehen spüren.

Instinktiv weiche ich bis zum Regal hinter mir zurück. Es wackelt, ein paar Bücher, die die Schießerei noch überstanden haben, fallen jetzt zu Boden und hüllen mich in eine Staubwolke.

Die Hexe Rosetta schiebt ihren Sohn beiseite und schießt auf mich zu. Ihre knochigen Finger schließen sich um meine Kehle. Ich will etwas rufen, doch aus meinem Mund kommt nur ein ersticktes „*Pfffft*".

Mirko eilt mir zu Hilfe, er packt die Alte und zerrt sie von mir weg.

Der Capo und das Muttersöhnchen saugen erschrocken die Luft ein ob dieses Sakrilegs.

Ihre Empörung verschafft mir Luft zum Sprechen. „Hey!", fahre ich sie an. „Was soll denn das?"

Die Hexe dreht sich zu den beiden Mafiabossen am Schreibtisch um und speit italienische Verwünschungen aus. Der Hagere übersetzt mit zitternder Stimme: „*Mamma* sagt, du seien eine *diabolica* ... Hexe!"

„Danke, das Kompliment kann ich nur zurückgeben", knurre ich und reibe mir über die immer noch schmerzende Stelle an meinem Hals.

Mamma schimpft weiter. Sohnemann übersetzt: „Sie sagt, du seien an alle schuld. Du müsse sterben für das, was du gemachen hast."

„Was hab ich denn gemacht?", frage ich verwirrt. „Ich kenne die Alte doch überhaupt nicht."

Jetzt meldet sich erstmals der Obermafioso zu Wort. „Das ist meine Schwägerin", stellt er mir die Hexe vor. „Rosetta Tramezzini. Eigentlich meine Ex-Schwägerin. Mein Bruder und sie haben sich scheiden lassen, bevor er ... "

„*L'hai ucciso!*", kreischt die Hexe, reißt sich aus Mirkos Griff los und stürzt sich wieder auf mich. Buchstäblich mit Zähnen und Klauen fällt sie über mich her. Ich habe Mühe, sie abzuwehren.

Der Mini-Pate muss seine Übersetzung schreien, um sich über unser Handgemenge hinweg Gehör zu verschaffen: „Sie sagt, du hast ihre Mann ermordet. Meine *Papa* ..."

Ich sehe es nicht, aber ich kann hören, dass er heult. Diese italienischen Männer und ihre Gefühlsduselei. Widerlich. *Halt die Klappe und stirb wie ein Mann!*

Das Gewimmere ihres Söhnchens lenkt die Spaghetti-Mamma kurz von mir ab. Obwohl sie ihn grad eben selber noch zusammengefaltet hat, kann sie es jetzt doch nicht mitansehen, dass er rumheult. „*Bambino mio. Non si pensava. Lo farò.*"

Unter Tränen ringt der hagere Milchbubi sich ein Grinsen ab und übersetzt mir großzügigerweise: „*Mamma* wird euch umlegen. Bummbumm. Du verstehen?"

Schon wieder einer mit *bummbumm*. Nee, langsam reicht's mal mit der Schießerei.

Bevor mir die Alte noch mal an die Gurgel springt, packe ich sie von hinten im Würgegriff. Aus meinem Hosenbund ziehe ich die

Pistole des leider allzu früh von uns gegangenen Trottels. Die richte ich jetzt auf *Mammas* bekopftuchten Schädel.

„So, Freunde, jetzt tanzen hier mal alle nach meiner Pfeife. Es ist ja wirklich sehr gemütlich bei euch, aber langsam müssen mein Mann und ich uns dann auch verabschieden. Wir haben ein kleines Kind zu Hause, das auf uns wartet. Also: Wer hat uns denn jetzt diese Trottel da auf den Hals gehetzt und uns herbringen lassen? Und wieso?" Ich schaue auffordernd in die Runde.

Die Mafiosi, große wie kleine, haben ihre Waffen gezückt, aber da ich die *Mamma* habe, wagt niemand zu schießen. Die Alte keift und strampelt, aber ich bin größer und stärker als sie.

„Wir haben Sie beide hierhergebracht", beginnt der Hagere. „Wegen die Geld in die Lastwagen."

„Nein, nein", unterbreche ich ihn. „Ich rede von davor. Diese da", ich gestikuliere mit der Pistole in Richtung Fusilli und der anderen Leichen auf dem Boden, „die kamen zu uns nach Hause, gaben sich als Handwerker aus und wollten uns nach Sizilien verschleppen. Zur Mafia eben. Angeblich."

„*No*", sagt jetzt der Obermafioso. „Diese Männer nix sind in die Mafia. Wir sind Mafia. *Questo non c'è.*"

Dacht ich's mir doch. Für echte Mafiosi waren Fusilli und seine Kompagnons auch zu dämlich.

„Aber wer hat sie mir dann auf den Hals gehetzt?", überlege ich laut.

Das Strampeln wird stärker. *Mamma* zetert etwas Unverständliches auf Italienisch. Sohnemann übersetzt: „Das war *Mamma*."

„Was?" Ich schüttle die Alte ein wenig.

„Sie sagt, du hast erschossen ihre Ehemann. Felipe Tramezzini."

Felipe Tramezzini ...

Der italienische Mafiaboss!

Jetzt fällt der Groschen bei mir. Die Hexe ist die Witwe meines letzten Auftrags! Felipe Tramezzini war der Mafiaboss, den ich wegen der Sache mit dem Plutonium umgelegt habe. Also ja, es stimmt, ich habe ihren Mann auf dem Gewissen.

Die Geschichte, die *Mamma* dann durch ihren Sohn übersetzen lässt, ist ungefähr diese: Sie war zwar längst von Felipe geschieden, als ich ihn abgeknallt habe, aber als sie davon erfuhr, nagte die Eifersucht an ihr. Sie war der Auffassung, dass sie die einzige Frau war, die einen Grund gehabt hätte, Felipe ans Leder zu wollen. Wenn ich nun aber eine Kugel in sein Hirn jagte, musste ich ja wohl einen ähnlich guten Grund dafür gehabt haben. Auftragsmord im Namen der Mafia kam natürlich nicht in Betracht, ich war ja eine Frau. Also konnte es dafür nur eine Erklärung geben: Ich hatte auch etwas mit Felipe gehabt.

Die letzten Jahre hatte Rosetta in einem sizilianischen Kloster verbracht, um Buße zu tun, weil sie sich als gute Christin von ihrem Mann getrennt und ihn dadurch einer anderen in die Arme getrieben hatte, die ihn am Ende das Leben gekostet hatte. Doch irgendwann hielt sie es dort nicht mehr aus. Alles in ihr schrie nach Rache.

Deshalb engagierte sie kurzerhand den Zeitungsausträger und den Gärtner des Ordens – Alfonso und Francesco. Letzterer versprach, über seinen Cousin dritten Grades, der in Deutschland lebte und dort einen italienischen Schnellimbiss betrieb, einen Plan zu entwerfen, um mich nach Sizilien zu bringen.

In Amalfi wartete die Familie auf den Geldkoffer. Das Geld, das ich immer noch um meine Hüften gewickelt hatte, war das Schutzgeld aus dem Vatikan. Es sollte gestern an den Bubi übergeben werden und er und seine *Mamma* hätten damit zurück nach Sizilien fahren sollen. Dort wollte Rosetta dann auf Fusilli warten, der ihr bereits Nachricht geschickt hatte, dass er mit uns unterwegs war. Dann kam allerdings die Sache mit dem gestohlenen LKW dazwischen. Dadurch trafen wir *Mamma* etwas früher als geplant.

Als die Geschichte zu Ende erzählt war, sage ich: „Ist ja alles ganz herzallerliebst. Jetzt haben wir uns also alle auch noch mal persönlich kennengelernt. Zu deinem Seelenheil, liebe Rosetta, sei gesagt: Ich hatte nie etwas mit deinem Felipe. Ich bin ... also vielmehr, ich *war* eine hochdotierte Auftragskillerin. Und ich mache euch jetzt einen Vorschlag zur Güte: Ihr stellt uns ein vollgetanktes Fluchtfahrzeug zur Verfügung und sichert uns freie Fahrt zurück nach Deutschland zu. *Mamma* begleitet uns ein Stück, damit ihr euer Versprechen auch nicht vergesst. Wenn wir uns sicher fühlen, schmeißen wir sie an einem Rastplatz raus und ihr könnt sie dort wieder abholen. Damit ist die Sache erledigt. Wir haben keine Ansprüche mehr an euch, ihr habt keine mehr an uns. Fertig."

Ich zerre Mutti schon mal Richtung Tür. Der Hagere springt ihr bei, er will versuchen, sie mir zu entreißen. Um meiner Rede von eben mehr Ausdruck zu verleihen, schieße ich ihm ins Bein. Ich will ihn nicht ernsthaft verletzen, aber es muss doch klargestellt werden, wer hier das Sagen hat.

Natürlich jault und schreit das Bubi, als hätte ich ihm seine edelsten Teile zerschossen. Und *Mamma* strampelt und keift wie eine Furie, weil sie nicht zu ihrem Riesenbaby kann. Sie beißt mich sogar in den Arm, wofür ich ihr mit dem Kolben des Revolvers kräftig auf den Schädel haue.

Ich schaue den Paten an, denn er wird ja wohl das letzte Wort haben wollen. Ich kann sehen, wie sein Kiefer mahlt. Dann presst er hervor: *„D'accordo* ... Ein Auto für euch und ihr verschwindet hier."

„Selbstverständlich. Nichts lieber als das!"

Ich muss über Fusilli und Alfonso steigen, um zur Tür hinaus zu kommen. Tja, sorry Jungs, das habt ihr euch selbst eingebrockt. Man macht halt auch keine solchen faulen Deals mit der Mafia.

In Windeseile wird ein klappriges Auto aus der Remise gefahren. Es ist jetzt nicht ganz das, was ich mir gewünscht hätte, aber es wird gehen. Wir können es ja zusammen mit *Mamma* zurücklassen, wenn wir einen Sicherheitsabstand zwischen uns und die Mafiosi gebracht haben, und uns ein bequemeres Transportmittel suchen. Geld genug haben wir ja jetzt. Denn – das erwähnte ich eben nicht extra noch – das Geld bleibt natürlich da, wo es ist: bei mir. Die Mafiosi können sich ja beim Papst neues erpressen.

Dann steigen wir ein, Mirko vorne am Steuer, ich zusammen mit *Mamma* hinten. Der besseren Transportierbarkeit wegen habe ich mir noch ein Seil und Klebeband geben lassen und Mamma für die Reise verpackt. Auf ihre italienischen Tiraden während der Fahrt habe ich keine Lust. Und dann fahren wir.

Flitterwochen ade, auf nach Hause!

Danksagung

Ich danke allen Beteiligten, die dazu beigetragen haben, auch dieses Buchprojekt wieder zu realisieren.

Zur Stammbesetzung meiner fleißigen Helferlein gehören wie immer: Grafikerin Grit Richter, Lektorinnen und Autorenkollegen Melanie Vogltanz und Jacqueline Mayerhofer, Setzerin Ingrid Pointecker und Co-Autor und Muse Martin Lackerbauer.

Daneben möchte ich den Kollegen danken, die mir im Kollektiv stets mit Rat und Inspiration zur Seite stehen und deren Werke ich interessierten Lesern nur wärmstens ans Herz legen kann. Neben den bereits genannten sind das: Eva Seith, Julia Adrian, Thomas Heidemann, Erik Huyoff, Robert Friedrich von Cube, Fabian Dombrowski, Werner Graf und André Geist.

Wer die kulinarischen Highlights, die Flori und Margarete Veitl in *Grog & Vanillekipferl* an Bord der *Vasco da Gama* genießen, live erleben möchte, sei an Tom und Irene Brüderl vom *Barrique* Landshut verwiesen. Hier hatte ich außerdem verschiedene Helferlein, die mir Interna zum Leben und Arbeiten auf Kreuzfahrtschiffen zugetragen haben. Danke dafür! Und Dank auch an Melanie Astner, die Vicky Mabuse wieder ihre schwäbische Zunge geliehen hat.

Selbstverständlich möchte ich auch nicht versäumen, meiner Familie zu danken, für Verständnis, Unterstützung, Kritik und den freigehaltenen Rücken!

Grog & Vanillekipferl ist der vorerst letzte Teil der *Kriminalgeschichten aus der bayerischen Provinz*. Doch sicherlich wird es auf die eine oder andere Art ein Wiedersehen mit den Protagonisten geben. Und natürlich ganz viele neue spannende Buchprojekte!

Über die Autorin

Geboren 1981 wuchs ich im niederbayerischen Markt Mallersdorf-Pfaffenberg auf. Nach dem Abitur zog es mich zunächst fort von daheim, ich studierte Tourismus-Management in Kempten und Brünn, machte Praktikum in Dubai und Frankfurt. Anschließend arbeitete ich einige Jahre in der gehobenen Hotellerie, bis ich 2011 an die Universität zurückkehrte und in Passau einen Masterstudiengang absolvierte. Während dieser Zeit heiratete ich und bekam unseren Sohn. Seit dem erfolgreichen Abschluss in Passau arbeite ich als Dozentin für Deutsch als Fremdsprache und Berufsintegration und Autorin.

Das Schreiben zählte schon immer zu meinen liebsten Freizeitbeschäftigungen. Seit 2008 gelang es mir immer wieder, Kurzgeschichten bei Wettbewerben zu platzieren. 2010 gewann ich dann bei einem Online-Reiseportal den 1. Preis für meinen Reisebericht über einen Rucksacktrip durch Indien.

Mein Romandebüt *Burgfried* erschien 2014 im Verlag *ohneohren*. 2015 war *Burgfried* für den *Deutschen Phantastik Preis* nominiert und erreichte den 5. Platz.

Anfang 2016 habe ich *Hugo & Leberkäs* in Eigenregie veröffentlicht, die Fortsetzung *Sushi & Weißbier* folgte im September 2016, Teil drei *Latte & Dampfnudeln* im Mai 2017.

Hugo & Leberkäs - Anzeige

... heißt der erste Teil der Krimi-Sammlungen von Veronika Lackerbauer.

Fünf Kriminalgeschichten – alle spielen in der bayerischen Provinz! Doch provinziell sind ihre Figuren keinesfalls. Hinter den Kulissen von beschaulichen Einfamilienhäusern mit gepflegten Vorgärten tun sich Abgründe auf; biedere Hausfrauen hüten bodenlose Geheimnisse. Doch was sie nicht ahnen: Gewitzte Ermittler im Trachtenjanker sind ihnen bereits auf der Spur ..., oder etwa nicht?

„Eine fesselnde Sammlung von Kurzgeschichten mit nachvollziehbaren Charakteren, gut begründeten Motiven, sowie teilweise lustigen Elementen. Geschichten, die mit Sicherheit wunderbare Lesestunden versprechen!"
– Jacqueline Mayerhofer, Autorin & Lektorin

„Der Gegensatz von Hugo und Leberkäs ist hier Programm. Mal frisch und urkomisch, mal schwerer verdaulich und sozialkritisch, aber immer spannend!"
– Melanie Vogltanz, Autorin & Lektorin

ISBN: 9-783-739-222-264
E-Book: €4,99
Hardcover: €8,99

Sushi & Weißbier - Anzeige

... heißt der zweite Teil der Krimi-Sammlungen von Veronika Lackerbauer.

Drei neue Kriminalgeschichten – Ein Wiedersehen mit alten Bekannten und ein Stelldichein von ganz neuen Charakteren, aber wieder dreht sich alles um die bayerische Provinz. Vom Grund eines abgelegenen Sees in den bayerischen Alpen bis in die Schlafzimmer der Münchner Highsociety reicht die Bandbreite und jeder Fall beansprucht sowohl die Nerven, als auch die Lachmuskeln!

„Ich habe jede Geschichte mit Hingabe verschlungen! Mit bayerischem Charme und gelungener Mundart weiß die Autorin den Leser zu fesseln!"
– Barbara Straßer auf Amazon

„Dieser Kurzgeschichtenband enthält eine bunte Mischung von Kurzkrimis, die je nachdem erheitern, erschrecken oder auch in menschliche Abgründe blicken lassen."
– Leserstimme

ISBN: 9-783-839-152-348
E-Book: €4,99
Hardcover: €9,99

Latte und Dampfnudeln - Anzeige

Bereits zum dritten Mal werden vier unterschiedliche Krimi-Geschichten die Leser-Innen tief in die bayerische Provinz entführen – und das ist in diesem Fall durchaus wortwörtlich zu verstehen! Vor der *Landshuter Hochzeit* machen die Verbrecher genauso wenig Halt, wie vor renommierten Hotels. Zum Auftakt ermittelt wieder Kommissar Veitl, aber auch ganz neue Gesichter sorgen garantiert für kurzweilige Krimi-Unterhaltung.

„Diese Krimis punkten vor allem in ihrer Art, Situationen zu beschreiben, die wie aus dem Leben gegriffen wirken. Die Charaktere und Dialoge sind wunderbar authentisch. Auch an Abwechslung mangelt es nicht - jede der Geschichten hat einen eigenen Schwerpunkt, eine eigene Gangart."
– Melanie Vogltanz, Autorin & Lektorin

„Spannende Unterhaltung, teilweise im Dialekt. Ein unterhaltsames Buch für Krimi-Fans und als Urlaubslektüre geradezu perfekt!"
- Beate Majewski, Buch-Bloggerin

ISBN: 9-783-744-816-687
E-Book: €4,99
Hardcover: €9,99

Licht und Schatten - Anzeige

Der historische Zweiteiler "Licht und Schatten – Eine Erzählung aus 100 Jahren deutscher Geschichte" zeichnet die Geschehnisse in München von 1899 bis zum Jahr 2000 nach. Das ganze 20. Jahrhundert aufgerollt und in mundgerechte Brocken zerteilt, illustriert anhand einer (fiktiven) Münchner Industriellenfamilie. Von der Kaiserzeit, über die bewegte Zeit der beiden Weltkriege bis in die geteilte und wiedervereinigte Bundesrepublik. Meine ganz persönliche Antwort auf die "postfaktischen Zeiten".

Band 1
ISBN: 9-783-743-139-305
E-book: €6,99
Hardcover: €19,99

Band 2
ISBN: 9-783-743-109-377
E-book: €6,99
Hardcover: €19,99